Jerome Charyn
Abrechnung in Little Odessa

Geboren wurde der New Yorker Cop Isaac Sidel in der Bronx, und zwar im Jahre 1937, im gleichen Jahr wie der Autor. Inzwischen ist er um die sechzig und soll nächsten Monat Bürgermeister von New York werden. Doch vorher gibt es noch etwas zu regeln: Die Knickerbocker Boys, eine rassistische Gang, macht Obdachlose kalt. Isaac Sidel schlüpft in die Rolle des Penners Geronimo Jones, um zu ermitteln. Plötzlich tauchen weitere Geronimo Jones auf, und einer nach dem andern wird getötet. Isaac Sidel, der König von New York, nimmt die Verfolgung auf und folgt den Tätern bis in einen Sexpalast am Times Square, in die alten Baseball-Ligen der Schwarzen und gerät immer tiefer in die Strudel der Erinnerung an die Kleine Engel Straße in Odessa, wo einst die von Isaac geliebte Margaret Tolstoi mit einem rumänischen Prinzen lebte. Nur eines fehlt dem »Pink Commish« noch: die Wahrheit.

Jerome Charyn, geboren 1937 in der New Yorker Bronx, ist Autor von über zwanzig Romanen, darunter elf Krimis um den New Yorker Cop Isaac Sidel. Im Rotbuch Verlag sind davon seit 1989 mittlerweile sechs erschienen, die Reihe wird fortgesetzt. Jerome Charyn ist im Vorstand der International Association of Crime Writers, seine Krimis wurden mit zahlreichen Preisen ausgezeichnet, 1989 erhielt er die Würde des »Chevalier de l' Ordre des Arts et des Lettres« in Paris. Er lebt in Paris und New York.

Jerome Charyn

Abrechnung in Little Odessa

Roman

Aus dem Amerikanischen
von Jürgen Bürger

Rotbuch Verlag

Für Georges Moustaki

Die Deutsche Bibliothek – CIP-Einheitsaufnahme

Ein Titeldatensatz für diese Publikation ist bei
Der Deutschen Bibliothek erhältlich

Titel der Originalausgabe: »Little Angel Street«

Umschlaggestaltung: projekt ®, Hamburg
Herstellung: Das Herstellungsbüro, Hamburg
Satz: H & G Herstellung, Hamburg
Druck und Bindung: Druckerei Himmer, Augsburg
Printed in Germany

ISBN 3-434-54003-2

Informationen zu unserem Verlagsprogramm
finden Sie im Internet unter www.rotbuch.de

Teil Eins

1

»Sweets.«

Er befand sich auf einem Platz voller Eis. Aber das Eis bot ihm keinen Halt. Seine Schuhe sanken unter die gefrierende Haut. Er ertrank nicht. Er hatte einen Riss im Eis verursacht, einen Spalt, der sich mit seinen Ausmaßen verbreiterte. Er war zu massig. War es schon immer gewesen.

»Sweets.«

Er tauchte aus einem Traum auf. Er befand sich in den Hollows, einem Urlaubsort in der Nähe von Morristown, New Jersey, wo seinem Vater ein Sommer- und Winterpalast gehört hatte. Es war der exklusivste Urlaubsort Amerikas. Er war ausschließlich auf schwarze Millionäre ausgerichtet. Und das Eisfeld war Sweets' Revier gewesen, als er noch ein kleiner Junge war. Außerdem war es heroischer Boden. George Washington hatte im Winter 1779–80 seine Armee in den Hollows versteckt und die Briten auf genau diesem Eisfeld ausgetrickst.

»Sweets.«

Er öffnete ein Auge. Jemand mit einem breitkrempigen Hut saß an seinem Schreibtisch. Es war sein eigener Frontmann, Albert Wiggens, der sich vorzugsweise an ihn anschlich und unangemeldet kam. Wig war sein getreuester Helfer, ein brutaler Polizist und Angehöriger der Purple Gang, einem mythischen Haufen Harlemer Desperados.

Wig war wie ein Wegbereiter, der unsichtbare Grenzen überschreiten und sein eigenes Gefühl für einen inneren Raum erschaffen konnte, den kein Police Commissioner, weder schwarz noch weiß, je betreten konnte. Carlton Montgomery III, genannt Sweets, war einmal der Star der Baseball- und Basketball-Mannschaften des Columbia College gewesen. Eine Knieverletzung jedoch hatte ihm einen Strich durch die Karriere eines Profisportlers gemacht. Er saß hinter seinem Schreibtisch mit einer Begonie, die er von Isaac Sidel geerbt hatte, seinem Vorgänger als Commish, und träumte von den Hollows, bis Albert Wiggens ihn schließlich weckte.

»Wig, du sitzt auf einem Erbstück. Das war Teddy Roosevelts Schreibtisch.«

»Ein Haufen weißer Müll«, sagte Wig.

»Aber jetzt ist es mein Schreibtisch. Beweg deinen Arsch da weg.«

»Oh, das werde ich, Mr Sweets. Ich habe Neuigkeiten für Sie. Ich habe den Pink Commish gefunden.«

In einem Monat würde Sidel ins Gracie Mansion umziehen. Er war der unwillige König von New York. Und der König hatte die derzeitige Bürgermeisterin, Ms Rebecca Karp, gezwungen, Sweets zum ersten schwarzen PC zu vereidigen. Sweets hatte keinerlei Interesse an Winkelzügen im Zusammenhang mit ethnischen Vorurteilen, jeder andere dafür aber offensichtlich umso mehr. Er musste in Kirchen und Synagogen und Universitätsinstituten für Kriminologie reden. Er war nicht bereit, für sich persönlich ein Honorar anzunehmen. Was er bekam, spendete er in Gänze dem AIDS-Hospiz von Kardinal O'Bannon in der Attorney Street. Die Schäfchen des Kardinals wollten das Hospiz nicht. Aber Kardinal Jim war mutig. Sweets bewunderte den Mann, obwohl Jim gegen ihn intrigiert und versucht hatte, Isaac zu bewegen, einen irischen PC zu ernennen.

»Und wo ist unser König?«, musste Sweets fragen.

»Der Junge ist kein König. Er scheißt sich morgens, mittags und abends in die Hosen.«

»Wo ist er, Wig?«

»In der Seventh Avenue Armory.«

»Was zum Henker hat er in einem gottverdammten Asyl in Harlem zu suchen?«

»Herumschnüffeln, wie er's immer macht.«

»Nach was schnüffeln?«

»Schmutzige alte Socken. Der weiße Junge lebt jetzt schon seit einer Woche in der Armory.«

»Er verschwindet so einfach mir nichts, dir nichts und zieht zu einem Haufen obdachloser Männer? Das ist seltsam. Er wird noch seine eigene Amtseinführung verpassen.«

»Ich wäre begeistert, Sweets. Die Stadt läuft ohne Bürgermeister runder.«

In Wigs Worten schwang eine ordentliche Portion Bosheit mit. Er war Chef der zu Rebecca Karp abkommandierten Truppe gewesen, die wie eine alte Jungfer im Gracie Mansion hockte und niemanden empfing. Wig war ihr langer Arm gewesen. Und Isaac hatte ihn geschasst, Wig aus dem Sondertrupp der Bürgermeisterin entfernt.

»Wir fahren zur Armory rauf, Wig.«

»Aber nicht ich, Bruder. Ich wische dem Pink Commish bestimmt nicht den Arsch ab.«

»Du wischst, wenn ich dir sage, dass du wischen sollst, denn andernfalls schicke ich dich nach Staten Island, wo du Kuhweiden bewachen kannst.«

»Sie geben sich schon viel zu lange mit diesen weißen Pissern ab. Langsam sehen Sie ja schon aus wie Al Jolson, ein weißer Junge mit Teer im Gesicht.«

»Ich lass dich fallen, Wig, das schwöre ich.«

»Nehmen Sie meine goldene Dienstmarke. Ich werde

gebratenen Catfish auf der 125th Street verkaufen. Dann verdiene ich mehr als jeder Police Commissioner.«

»Freut mich. Aber zur Seventh Avenue Armory fährst du trotzdem.«

Er hatte Isaacs schwarzen Dodge geerbt und auch Isaacs kranken Chauffeur, Sergeant Malone, der rosa Milch schluckte, um sein Magengeschwür zu besänftigen. Allerdings zog Sweets es vor, selbst zu fahren. Er setzte sich nach vorn zu seinem Frontmann. Wig hatte keinen millionenschweren Zahnarzt-Daddy wie Sweets. Er war bei einer langen Parade von Onkeln und Tanten an der Lenox Avenue aufgewachsen. Er war in East Harlem auf die Highschool gegangen und gehörte keinen Ehrengesellschaften an. Aber er hatte einen Schulabschluss. Sidel, der herumschweifende Polizei-Gelehrte, hatte mit der Highschool geredet, war mit Sweets gekommen, einem seiner grünschnäbeligen Adjutanten, und Wig hatte nicht einen Augenblick zugehört, sich dafür aber sofort in Sweets Körpergröße von eins achtundneunzig verliebt. Wenn das Police Department schwarze Riesen akzeptierte, warum dann nicht auch Wig? Er arbeitete als Kfz-Mechaniker, absolvierte einen Crashkurs in Kriminologie und bestand die Aufnahmeprüfung der Polizei. Mit zweiundzwanzig ging er auf die Akademie und machte nicht mal Dienst in einem Revier. Er wurde vom Büro des First Dep aufgenommen, wurde verdeckter Ermittler und war so was wie ein schwarzer Hawkeye in Harlem, spürte Dealer und ehrgeizige Banditen auf. Ihm wurde in den Kopf geschossen und er wurde von Dächern und Feuerleitern geworfen. Er war der höchst dekorierte Cop der Stadt direkt nach Vietnam Joe Barbarossa, der noch verrückter war als Wig, bis er Isaacs Tochter heiratete, Marilyn the Wild. Joe und Wig hatten geschworen, sich gegenseitig umzubringen. Zum Teil basierte der Hass auf der Tatsache, dass sie sich so ähnlich waren. Draußen auf der Straße kannten sie keine Angst. Beide hatten selbst mit Drogen gedealt und verdingten sich angeblich als Killer. Allerdings umgab Joe nicht die Aura der Purple Gang. Er hatte eine selbstmörderische Schwester und eine selbstmörderische Frau.

Wig erreichte mit Sweets die Seventh Street Armory. Es war eine staubige Burg mit dunklen Ziegelmauern. Einen Soldaten hatte er in der Armory noch nie gesehen, hatte aber gehört, dass dort während des Ersten Weltkriegs ein schwarzes Regiment einquartiert worden war. Sein Onkel hatte ihm von schwarzen Köchen und schwarzen Burschen erzählt, die sich weißen Generalen zugeteilt und in der Armee des weißen Mannes zu Sergeants »entwickelt« hatten, aber von keinem einzigen schwarzen Kämpfer. Aber sein PC war ein merkwürdiger Fall. Sweets' Vorfahren hatten in der Revolution als freie Männer Seite an Seite mit George Washington gekämpft. Das war vielleicht eine satte Scheiße. Mutige Nigger traten den Briten in den Arsch.

Sweets schien sich unwohl zu fühlen. Harlem war nie sein Terrain gewesen. Es war gebrochenes Land. Er konnte sich einfach nicht an all die verlassenen Gebäude gewöhnen, nicht an das gelbe Gras, das aus den Ritzen der Bürgersteige wuchs, nicht an die halb leeren Bierflaschen, die die Bordsteine säumten und auf einen geisterhaften Trinker warteten.

Wig erkannte die Männer, die auf den Stufen der Armory lungerten. Es waren Whiskey-Prediger, die ihre Gemeinden verloren hatten, verurteilte Straftäter, die sich vor dem Gesetz versteckten, hirngeschädigte Psychopathen, Harlem-Ratten, die mit Wig die Schule besucht hatten und die Aufnahmeprüfung der Polizei nicht bestanden. Er kannte ihre Namen, ihre Vorstrafen, ihre sexuellen Vorlieben.

»Hallo, Bruder John, hallo, Bruder Joshua. Wie geht's meinem Mann?«

»Ach, Wig, du willst uns doch nicht nerven, oder?«, meinte einer der Herumtreiber.

»Nein. Wir suchen den weißen König.«

Die Herumtreiber lachten.

»Du meinst den Trottel mit den Wahnvorstellungen? Der glaubt, eine Matratze in unserer Kaserne wäre besser als das Gracie Mansion.«

»Ja, das ist der König. Aber macht ihn nicht runter.«

»Scheiße, den nächsten Bürgermeister von New York würden wir doch nie runtermachen. Wer ist dein Freund da?«

»Der Police Commissioner«, sagte Wig. »Mr Carlton Montgomery der Dritte.«

»Ist denn unser kleiner Zunftbruder nicht mehr Commish?«

»Nein«, sagte Wig.

Und die Herumtreiber salutierten Sweets. »Hallo, Bruder Carlton.«

Wig schob sie aus dem Weg und betrat mit Sweets die Armory. Ein Wächter versuchte, sie aufzuhalten, bis er Wig erkannte. Der Wächter war mit einem Gummiknüppel bewaffnet. Er trug eine Art Uniform, Hemd und Hose, die überhaupt nicht zueinander passten. Hinter einer Glasscheibe saß ein weiterer Mann. Er war der »Nachtportier«, der eine ununterbrochene Achtzehn-Stunden-Schicht arbeitete, bis die Zeit und das Wetter zu einem endlosen mitternächtlichen Nebel verschmolzen.

»Ohne Durchsuchungsbefehl, Wig, kannst du da nicht rein.«

»Du hast den Police Commissioner vor dir, Bruder William.«

»Das heißt nichts. Das hier ist *unsere* Armory, Wig. Die armen Schlucker haben auch ihre Rechte.«

»Du versteckst doch nicht etwa was, William, oder? Denn wenn du Bruder Carlton sauer machst, kommt er mit zwei Sonderstaatsanwälten zurück und macht dieses stinkende Loch zu.«

Und Wig führte Sweets ins Herz des Asyls, eine trostlose Kaserne mit Reihe um Reihe von Betten, was irgendwie an eine letzte ungewaschene Welt erinnerte. Der Gestank war unerträglich. Er schien sich von den Wänden abzuschälen, diesen gewaltigen Raum zu umkreisen und sich über Sweets zu legen. Er fing an zu husten. Er konnte kaum noch atmen. Nichts in seinem privilegierten Leben hatte ihn auf das hier vorbereitet. Er kam von einem Ort, der immer noch George Washingtons Geist trug. Er hatte sein eigenes Kindermädchen gehabt, das ihm Zaubertricks beigebracht hatte. Er hätte bei den Harlem Globetrotters spielen können, schlimmes Knie oder nicht, er hätte auch Vizepräsident der Ford Foundation werden können. Doch er hatte alle Headhunter abgewiesen. Er war ein Police Commissioner, der in einem Heim für obdachlose Männer stand, von denen sich manche völlig unter weiße Laken zurückgezogen hatten wie Gestalten in einem Leichenschauhaus.

Er erkannte Isaac, der in Winterunterwäsche auf einem Bett saß und Worte auf einen langen Block kritzelte. Er hatte keine Nachbarn, die ihn störten. Die verlorenen Seelen hatten die Betten um Isaac herum geräumt.

»Hallo, Mr Bürgermeister.«

»Nicht so laut«, raunte Isaac. »Ich bin hier unter Pseudonym. Geronimo Jones. Und nenn mich nicht ›Mr Bürgermeister‹. Ich bin lediglich der designierte Bürgermeister.«

»Aber Sie sind unser König«, sagte Wig.

»Musstest du den unbedingt mitbringen?«, fragte Isaac den Police Commissioner. »Er ist ein gedungener Mörder. Ich suspendiere Wig, und du hast nichts Eiligeres zu tun, als ihn wieder einzustellen.«

»Völlig richtig, Wichser«, sagte Wig. »Sie sind ein stinkender alter Mann. Ich würde Sie auch ohne Auftrag umlegen. Ich würd's gratis tun. ... Wie geht's Ihrem Schwiegersohn Barbarossa? Verkauft er immer noch Drogen an Collegeschüler?«

»Es reicht«, sagte Sweets. »Isaac, Sie können dieses Bett nicht beanspruchen.«

»Wieso denn nicht? Ich brauchte Urlaub. Ich kann in diesem Raum hier meditieren.«

»Isaac, Sie haben eine Wohnung an der Rivington Street. Die Stadt muss Ihnen kein Obdach geben.«

»Sweets«, sagte Isaac und starrte dabei Wig an. »Könntest du ihn wegschicken? Ich kann ihn nicht ertragen. Er ist mir nicht geheuer. Wie zum Teufel hat er mich gefunden?«

»Harlem ist sein Wohnzimmer.«

»Baby«, sagte Wig zu Isaac. »Ich hätte dich umlegen können, als du geschlafen hast, hätte meine Kanone unter dein Kopfkissen schieben und dir das Hirn wegblasen können. Ich war in Versuchung, Bruder Isaac, als ich dich schnarchen hörte wie ein Walross. Ich hätte dich erdrosseln können, sauber und perfekt.«

»Warum hast du's nicht gemacht?«, fragte Isaac mit unschuldigem Kinderblick.

»Ich würde Sweets doch nie zur Witwe machen.« Wig fing an zu lachen und verließ das Asyl.

»Er ist mir unheimlich.«

»Isaac, ich kann Sie wegen ungebührlichem Verhalten verhaften. Es ist Ihnen nicht gestattet, einen Obdachlosen zu spielen.«

»Sweets, ich habe Angst.«

»Angst wovor? Sie hatten sechsundachtzig Prozent der Stimmen. Es war ein Erdrutsch.«

»Ah«, machte Isaac, »die Republikaner haben eine Gurke aufgestellt.«

»Die Stadt ist verrückt nach Ihnen. Es ist die heißeste Liebesgeschichte, die wir jemals hatten. Sie können tun, was Sie wollen. Die Stadt steht auf Ihrer Seite, Isaac. Sie haben einen Blankoscheck.«

»Tu mir einen Gefallen, Sweets. Zieh zu mir hier ins Asyl, und dann reden wir über Schecks. Ich habe mir den Haushaltsplan angesehen. Was passiert neunzehnsechsundachtzig? Bauen wir mehr Asyle?«

»Fragen Sie Ihre Haushaltsexperten. Ich bin nicht der Bürgermeister. Ich kann Ihnen nicht sagen, was die Stadt sich leisten kann.«

»Genau das ist das Problem, Sweets. Kein Mensch kann das Steueraufkommen der Stadt voraussagen. Zweihundert Millionen Dollar Überschuss, haben sie gesagt. Und wir hatten ein beschissenes Defizit. Ich kann nicht in Erfahrung bringen, wie viele Lehrer an unseren Schulen beschäftigt werden. Lehrer kommen und gehen. Das ist die Antwort, die ich kriege. Wir leben in einem Leviathan. Ich kann nichts verändern. Ich stelle ein paar Nachforschungen an. Deshalb bin ich hier. Ich sehe Wächter, die die Leute bestehlen, ich sehe, dass sie Sex verlangen.«

»Sie sind wie Gefängniswärter, Isaac, das ist alles.«

»Aber das hier ist kein Gefängnis.«

Isaac zog Hemd, Hose und Schuhe an, knotete seine Krawatte und streifte sich einen seiner berühmten Wintermäntel von der Orchard Street über. Er kleidete sich vorzugsweise »downtown«. Er musste sich dringend rasieren, aber er war immer noch der designierte Bürgermeister.

»Der Kardinal fragt nach Ihnen, Isaac.«

»Ich rede derzeit nicht mit Kardinälen.«

»Ich dachte, Jim wäre Ihr Freund.«

»Ich habe keine Freunde. Ich habe Bittsteller und Suchende.«

»Und was zum Teufel bin ich, Mr Sidel?«

»Mein ehemaliger First Dep. In fünf Wochen, nach meiner Krönung zum König, wirst du mich um Gefallen bitten. Aber es könnte gut sein, dass es keine Krönung gibt, Sweets. Ich könnte aus der Stadt verschwinden, weißt du.«

»Wig würde Sie finden«, sagte Sweets.

2

Kaum erreichte Isaac die Rivington Street, da vermisste er auch schon die Armory. Er war fünfundfünfzig Jahre alt, fast schon sechsundfünfzig, und die Frau, die er liebte, war irgendwo im Auftrag des FBI unterwegs. Margaret Tolstoi, Flüchtling aus Rumänien. Sie hatte sich vom Justizministerium getrennt, aber Frederic LeComte, Kulturkommissar des Justizministeriums, hatte sie aus Isaacs Bett und zurück in den Schoß der Gemeinde gelockt. Sie war für kurze Zeit Isaacs Zimmergenossin gewesen, so etwas wie ein Gast. Die Tageszeitungen hatten sie während des Wahlkampfs entdeckt, hatten sie »die geheimnisvolle Anastasia« genannt. Aber die Presse liebte Isaac, und so zogen sie nicht den Schleier von ihrer Vergangenheit.

Während des Zweiten Weltkriegs war sie als Kindbraut von Ferdinand Antonescu nach Odessa gegangen, dem Schlächter von Bukarest, der im Schwarzmeerraum Zigeuner und Juden abgeschlachtet hatte. Er war Finanzminister von Russisch-Rumänien und gab sie als seine Nichte aus. Sie hatten in einem Haus an der Kleinen Engel Straße gewohnt. Als aber Ferdinand wie ganz Odessa zu hungern begann, stahl er Kinder aus der Irrenanstalt und verschlang ihr Fleisch. Er war ein gottverdammter Kannibale ohne Zukunft. Ferdinand schmuggelte Anastasia auf ein Schiff des Roten Kreuzes, und so kam sie als dreizehnjährige Lady nach Amerika. Sie besuchte Isaacs Klasse auf der Junior High. Für Sidel war es Liebe auf den ersten Blick. Aber es war nicht von Dauer. Anastasia verschwand so schnell wie sie gekommen war, kehrte nach Rumänien zurück und wurde zu einer kleinen Schachfigur im Krieg zwischen dem FBI und dem KGB. Sie besuchte einen KGB-Kindergarten, lebte mit einem General zusammen, verführte Wissenschaftler und wechselte die Identitäten, bis sie schließlich nur noch eine konstante Größe im Schädel hatte: einen dunkeläugigen Jungen, der sie an einen Zigeuner erinnerte. Sidel.

Er hatte geheiratet, hatte eine Tochter, Marilyn, und jetzt auch einen Schwiegersohn, Joe Barbarossa, aber nichts konnte ihn so durchrütteln wie diese Prinzessin von der Junior High, wie Anastasia mit ihren zerrissenen Socken.

Der König war ganz allein. Ohne Anastasia und ihre zahllosen Perücken konnte er die Rivington Street nicht mit Leben erfüllen. Er glaubte an Astralkörper, und doch schien er in seinem eigenen kleinen Karnickelstall an Zimmern nie Margarets Emanationen zu begegnen. So kam es, dass er eine Woche in der Seventh Avenue Armory als Geronimo Jones lebte, ein fiktiver Mann, der weder Telefonanrufe beantworten noch auf die Bitten von Politikern und Geschäftsleuten und all den anderen reagieren musste, die Sidel nachsetzten. Er musste seine eigene Verwaltung aufbauen, Dezernenten und Sekretärinnen finden, einstellen und entlassen, und dennoch war er untätig. In einem

Monat würde er Bürgermeister sein, und bislang hatte er noch kein einziges Einstellungsgespräch geführt.

Wie ein Grizzlybär schlief er sechzehn Stunden an einem Stück. Dann warf er einen Blick auf den Kalender, den er auf seinem Ärmelaufschlag führte. Er musste ins Waldorf zu einem Geschäftsfrühstück mit drei der größten Immobilienbarone der Stadt. Alle hatten sie seinen Wahlkampf finanziell unterstützt. Papa Cassidy, ein Mittelsmann der Mafia, Jason Figgs, der Herr aller Wohnimmobilien, und Judah Bellow, der Architekt und Bauunternehmer, der einst bei Emeric Gray in die Lehre gegangen war, dem Baron einer anderen, früheren Zeit. Isaac liebte Emeric, der zwischen den Kriegen Wohnblockpaläste mit Zierbalkonen und Terrakottafliesen errichtet hatte, dem ein Königreich an Handwerkern zur Verfügung gestanden hatte, die Wassertürme mit Ziegeltürmchen gekrönt hatten, die nie mit Baumaterial gespart hatten. Emeric starb nicht als reicher Mann. In der Weltwirtschaftskrise verlor er alles, was er besaß, und wurde mit sechsundachtzig von einer Straßenbahn überfahren.

Es war Isaac immer eine zutiefst empfundene Freude, um eine Straßenecke zu gehen und auf einen Emeric Gray mit Terrakotta-Elementen zu stoßen, die auf einer Wand aus Ziegeln und Stein wie Tonleitern wirkten. Ach, in einem anderen Leben hätte er durchaus Architekt sein können.

Er traf im Waldorf ein. Die drei Barone hatten einen Privatraum angemietet. Sie hatten einen eigenen Butler. Isaac bestellte sich wie ein Gutsherr Eier zubereitet in gebutterten Schalen. Jason Figgs war neunundvierzig. Er hatte das Vermögen seines Vaters geerbt und es vervierfacht. Er repräsentierte altes Geld, war ein Protestant in einer katholischen und jüdischen Stadt. Papa Cassidy hatte ein Porno-Modell geheiratet, Delia St. John. Er wusch Mafia-Geld. Er hatte versucht, Isaac umbringen zu lassen, und war Schatzmeister von Isaacs Wahlkampf geworden. So wurden in New York Allianzen geschmiedet. Judah Bellow war der reichste der Barone. Angefangen hatte er mit Türmen aus schwarzem Glas und war dann zum Ziegel und Stein seines Meisters zurückgekehrt, Emeric Gray. Ohne Emerics Bestreben, positive architektonische Akzente zu setzen, blieben Judahs Gebäude jedoch glanzlose Meisterwerke. Ihre Eleganz wirkte bedrückend, ihre Ornamentik viel zu gewollt. Isaac verachtete jeden einzelnen Judah Bellow, den Mann selbst aber mochte er.

Judah trank Grapefruitsaft. »Ich habe gewettet, dass Sie nicht aufkreuzen. Sie waren verschwunden, Mr Bürgermeister.«

»Ach«, sagte Isaac, »ihr seid meine Lieblingspharaonen.«

Sie waren auf Steuersenkungen aus, um mit Isaacs Hilfe ihre Türme zu bauen. Doch sie erwähnten keine Türme.

»Isaac, wir machen uns Sorgen«, sagte Jason. »Wegen Schyler Knott.« Schyler war Präsident der Christy Mathewsons, einem Haufen Baseball-Antiquare. Außerdem war er Investmentbanker, aber wie könnte er den drei Baronen schaden? Und dann begriff Isaac plötzlich, worum es zum Teufel bei diesem Frühstück ging. Schyler Knott hatte eine Passion für alte Gebäude. Er war Vorsitzender des Denkmalschutzausschusses, und Isaacs Barone waren die einzigen drei Immobilienleute in diesem Ausschuss.

»Er ist völlig unfähig«, sagte Jason.

»Eine absolute Fehlbesetzung«, sagte Papa.

»Er ist ein gefährlicher Mann«, sagte Judah. »Er will alles unter Denkmalschutz stellen.«

»Das ist sein Vorrecht«, sagte Isaac. »Das ist sein Standpunkt.«

»Und wie sollen wir dann bauen?«, fragte Papa Cassidy.

»Keine Ahnung.«

»Das ganze Steuersystem wird vor die Hunde gehen.«

»Ich bitte euch«, sagte Isaac. »Ihr macht Konferenzen. Ihr streitet euch ein bisschen. Schyler ist kein verschissener Diktator.«

»Er ist noch viel schlimmer«, sagte Judah Bellow. »Er wird uns alle vernichten.«

»Wie denn?«

»Wir besitzen ein Stück Land.«

»Ihr drei zusammen?«

»Ja«, sagte Papa. »An der Ecke Fifty-sixth und Third. Und auf diesem Land steht eine Schuhschachtel, ein sechzig Jahre altes Monster mit Ratten im Keller.«

»Wer hat eure Schuhschachtel denn gebaut?«

»Emeric Gray.«

»Judah«, sagte Isaac, »du solltest dich schämen. Emeric war dein Lehrmeister.«

»Es ist trotzdem eine Schuhschachtel. Einen seiner Klassiker würde ich nie anrühren. Es ist ein mittelmäßiges Gebäude.«

»Ein Mietshaus, Mr Bürgermeister, voller Kakerlaken«, sagte Jason Figgs. »Wir könnten ein Prachtstück hochziehen. Coca-Cola wird mehrere Etagen übernehmen. Wir könnten Ihnen Judahs Entwürfe zeigen. Es wäre für die Stadt sehr wichtig, Mr Bürgermeister. In Millionenhöhe.«

»Ihr seid alle Genies«, sagte Isaac. »Könnt ihr euch kein anderes Stück Land suchen?«

»Wir würden sechs Monate verlieren. Coca-Cola sind wir dann los.«

»Jungs«, sagte Isaac zu den drei Baronen. »Baut doch auf Emerics Burg auf, sichert euch die Luftrechte.«

»Schyler ist dagegen. Er sagt, das wird die Konturen des Gebäudes negativ beeinträchtigen, das Dach entkräften. Er hat nicht mehr alle Tassen im Schrank, Mr Bürgermeister.«

»Nein. Er ist Schyler Knott. Ich kann euch nicht helfen, Jungs.«

Jason versuchte, Isaac unter Druck zu setzen. »Wir könnten zum Gouverneur gehen.«

»Tut euch keinen Zwang an.«

»Er kontrolliert den Staatssäckel.«

»Da stimme ich zu«, sagte Isaac. »Wir sind Almosenempfänger. Aber falls er sich mit meiner Denkmalschutzbehörde anlegt, werde ich ihm das Bein brechen.«

Isaac verließ die drei Barone. Er fing an leise vor sich hin zu singen, bis er Margaret Tolstoi mit einer ihrer roten Perücken vor seinem geistigen Auge sah. Ach, wäre er doch nur sechsundachtzig. Womöglich dachte er nicht mehr so viel an Margaret, wenn seine Potenz je schwinden sollte. Andererseits wollte er nicht unter den Rädern einer Straßenbahn zermalmt werden wie Emeric Gray. Und dann erinnerte sich Isaac, dass es in Manhattan überhaupt keine Straßenbahnen mehr gab.

Er suchte Rebecca Karp auf, die in ihrem Schaukelstuhl auf der Veranda des Gracie Mansion saß. New York hatte sie in den Wahnsinn getrieben, sie wagte sich nicht mehr hinaus auf die Straßen, doch sie war Isaacs erste Beraterin, seine geheime Außenministerin.

»Das Erscheinungsbild, Isaac. Du musst aussehen wie ein Connaisseur.«

»Ich und ein Connaisseur? Ich schaff's ja gerade, mir die Hose anzuziehen.«

»Das liegt daran, dass deine Kanone zu schwer ist.«

Bürgermeister sollten keine Schusswaffen tragen, aber der neue Commish hatte ihm seinen Waffenschein gelassen. Isaac und Sweets besaßen Glocks, Handfeuerwaffen mit Plastikläufen.

»Becky«, sagte Isaac breit grinsend, »ich habe meine

Glock heute nicht dabei. Ich komme gerade aus meinem Schlupfwinkel in der Seventh Avenue Armory.«

»Schwanzlutscher«, sagte sie, »du bist noch nicht mal vereidigt, und schon nutzt du die Obdachlosen aus. Willst du uns begraben? Ich verliere meinen Schaukelstuhl, wenn gegen dich ein Verfahren wegen Amtsvergehen eingeleitet wird.«

»Ich bitte dich. Ich musste fühlen, wie es ist, in einem Asyl zu leben.«

»Die Obdachlosen können dich nicht retten, Isaac. Die gehen nie zur Wahl. Und auf dich warten wichtigere Projekte. Du wirst einen ersten stellvertretenden Bürgermeister brauchen. Ich habe einen Kandidaten für dich. Malik.«

Isaac ließ ein Stöhnen los. Martin Malik war Chef der für Disziplinarverfahren zuständigen internen Gerichtsbarkeit des NYPD. Isaac hatte ihn selbst eingestellt. Malik war ein Moslem und Türke, dessen Vorfahren in Istanbul Mathematiker gewesen waren. Er war ein Richter, der mit Todesurteilen schnell bei der Hand war, der Cops um ihre Pensionen brachte. Die Republikaner bauten ihn als nächsten Gouverneur auf. Er war mit Delia St. John gegangen, bis Papa Cassidy sie in sein Ehebett gelockt hatte.

»Malik ist mein Feind«, sagte Isaac. »Er glaubt, ich wäre Papa Cassidys Lude gewesen, ich hätte ihm Delia weggenommen. Er wird niemals in meine Verwaltung kommen. Er ist viel zu ehrgeizig.«

»Er wird sich einem Mann anschließen, der neunzig Prozent der Stimmen erhält.«

»Sechsundachtzig«, musste Isaac verkünden. »Übertreibe bitte nicht.«

»Malik wird dir die Minderheiten vom Hals halten. Und er wird dafür sorgen, dass dir die Barone nicht in den Arsch beißen.«

»Ich habe mit ihnen gefrühstückt«, sagte Isaac. »Mit

Papa, Judah und Jason Figgs. Sie wollen, dass ich Schyler Knott mundtot mache, ihn aus dem Denkmalschutz entferne.«

»Sie haben Recht«, sagte Rebecca.

»Du hast ihn ernannt.«

»Er ist unnachgiebig gewesen, Isaac. Wir müssen uns auf die Seite der Investoren schlagen. Sie sind unser Brot und unsere Butter.«

»Aber sie wollen einen Emeric Gray abreißen.«

»Die Schuhschachtel an der Fifty-sixth? Das ist Kakerlaken-Land. Wir können es uns leisten, einen Emeric Gray zu verlieren. Aber wenn wir die Barone enttäuschen, laufen sie uns womöglich in eine andere Stadt weg. Es ist stets ein heikles Tänzchen, Isaac. Schyler wird gehen müssen.«

»Dann feuere du ihn.«

»Isaac, du hast mich gebeten, Sweets zum Police Commissioner zu ernennen. Ich habe ihn ernannt. Ich kann Schyler Knott nicht feuern. Die Umweltschützer werden über uns herfallen. Und sie werden wissen, dass du dahinter steckst. Ich bin Ms Rebecca, die lahme Ente. Du wirst Schyler sanft abschieben und ihm ein anderes Amt geben.«

Rebeccas schnurloses Telefon klingelte. Sie nahm es vom Schoß, murmelte einige Worte und reichte das Telefon dann weiter. »Für dich.«

»Sidel am Apparat«, knurrte er.

Es war sein Schwiegersohn, Barbarossa.

»Chef, in Ihrem Bett liegt ein Toter.«

»Joey, sprich bitte etwas langsamer, hörst du? Welcher Tote?«

»Geronimo Jones.«

»Ich bin Geronimo Jones«, sagte Isaac.

»Nicht mehr. Er liegt mit einem Messer im Hals in Ihrem Bett in der Seventh Avenue Armory.«

»Joey«, sagte Isaac, »ich bin in fünf Minuten oben«, und

sprang wie eine nichtsnutzige Gazelle über das Verandageländer.

3

Lieutenant Quinn, Chef der persönlichen Polizeitruppe des Bürgermeisters, fuhr ihn zum Asyl. Isaac flitzte um den Glaskasten der Rezeption herum und betrat den großen Schlafsaal. Es war kein großes Spektakel. Der Gerichtsmediziner war eingetroffen. Er stand mit einem Polizisten in Uniform, einem Detective von der Mordkommission, zwei Burschen von der Gerichtsmedizin und Joe Barbarossa an Isaacs früherem Bett. Darauf lag ein nackter Mann. Das Messer war inzwischen aus seinem Hals entfernt worden. Zurück blieb ein sehr schmales Mal mit geronnenem Blut. Ansonsten war er genauso rosa wie Isaac Sidel.

»Wer hat ihn gefunden?«

»Ich«, antwortete Barbarossa. »Ich habe Sie gesucht und ...«

»Gab es keine Zeugen?«

»Chef, das hier ist ein Obdachlosenasyl, um Himmels willen. Kein Mensch hört was, kein Mensch sieht was. Dieser Geronimo ist ganz allein gestorben.«

»Wieso bist du so sicher, dass er Geronimo ist?«

»Unter diesem Namen hat er sich hier angemeldet. Geronimo Jones.«

»Das ist doch alles nur Schwindel«, sagte Isaac. »Irgendein Wichser schickt mir hier einen Kassiber. ›Pass auf deinen Arsch auf, Sidel. Für deine Krönung wirst du nicht mehr lange genug leben.‹ Ich will, dass jeder Einzelne in dieser Kaserne verhört wird. Wir lassen zwanzig Detectives von Manhattan Nord kommen.«

»Chef, Sie sind nicht der Police Commissioner.«

»Ja, Joey. Der Commissioner arbeitet für mich.«

»Das ist das Problem. Er arbeitet nicht für Sie. Noch sind Sie nicht Bürgermeister.«

»Aber ich werde es sein.« Und Isaac begann, den Gerichtsmediziner zu befragen. »Boris, gab es einen Kampf, eine Rauferei?«

»Ich würde sagen, nein. Der Schnitt ist viel zu sauber. Der arme Drecksack ist im Schlaf gestorben.«

Und Isaac fuhr mit der Eskorte, die Sweets ihm zugewiesen hatte, nach downtown. Sein Schwiegersohn war nicht besonders gesprächig. Isaac erkundigte sich weder nach Marilyn the Wild noch nach ihrer neuen Wohnung in Tudor City, das wie eine eigene kleine Stadt auf einem Felsen oberhalb der Forty-second Street war. Isaac konnte es sich nicht leisten, ihnen die Wohnung zu kaufen. Das Geld kam von seiner getrennt lebenden Frau, Kathleen, der Immobiliengöttin aus Florida.

Er machte einen Zwischenstopp in der Rivington Street, holte seine Glock, schob sie sich unter den Gürtel, denn er mochte keine Holster, und drängte sich dann mit Joe in die Police Plaza. Er war immer noch der Pink Commish, auch wenn er in der One PP keinen wirklichen Status mehr besaß. Ein zukünftiger König hatte keinen besonders großen Geschäftsbereich. Er fuhr hinauf zum vierzehnten Stock, bellte Sweets' Assistenten an und betrat das Büro des Commissioners. Sweets und Wig gossen gerade Isaacs Pflanzen.

»Wunderbar«, sagte Isaac. »Ein eifriges Gespann ... Ich will, dass dieser Mann verhaftet wird, Sweets.«

»Wovon reden Sie, zum Teufel?«

»Er hat Geronimo Jones ermordet.« Isaac drehte sich zu Barbarossa um, der unmittelbar hinter ihm stand. »Joey, würdest du bitte Wig Handschellen anlegen und ihm seine Rechte vorlesen?«

»Chef«, sagte Barbarossa.

»Niemand legt mir Handschellen an«, sagte Wig. »Nicht Ihr kleines Arschloch, Barbarossa.«

Alle drei, Isaac, Wig und Joe, zogen ihre Glocks.

»Ich werde meinen Sergeant reinrufen«, sagte Sweets. »Ich stecke euch alle in den Bau.«

»Vorher feuere ich dich«, sagte Isaac.

Barbarossa musste ihm ins Ohr flüstern. »Chef, Sie können niemanden feuern. Es ist eine Zeit des Wechsels. Bis zum neuen Jahr sind Sie nur ein einfacher Zivilist.«

»Sag's ihm«, sagte Wig. »Er ist ein weißes Gespenst.«

Sweets begann sich zu wiegen. »Ich lasse nicht zu, dass in meinem Büro Waffen gezogen werden. Steckt sie wieder ein oder verlasst sofort den Raum.«

Die Glocks verschwanden.

»Wenn Sie mich jetzt vielleicht aufklären würden?«, bat er.

»Joey hat eine Leiche in der Seventh Avenue Armory gefunden ... einen obdachlosen weißen Mann mit einem Messer im Hals. Angemeldet hat er sich als Geronimo Jones und geschlafen hat er in meinem Bett.«

»Und wo kommt Wig ins Scheißbild?«

»Hat er nicht versprochen, Geronimo Jones zu töten? Hat er nicht gesagt, er würde mich umlegen, sobald sich ihm die Chance dazu bietet? Er hat sich einen Spaß gemacht. Er hat einen anderen Geronimo umgelegt, damit ich einen Anfall kriege.«

»So exaltiert ist er nicht, Isaac. Wig ist kein Dichter.«

»Aber er gehört zur Purple Gang.«

»Muss ich mir dieses alte Liedchen wirklich anhören?«,

stöhnte Sweets. »Die Purples sind ein Mythos. Sie wissen es, ich weiß es, Wig weiß es. Fragen Sie Joe.«

»Ich habe noch nie einen Purple gesehen«, sagte Barbarossa.

»Damit wäre das geklärt ... Isaac hat sich diesen Toten nicht ausgedacht, Wig. Wie ist er dorthin gekommen?«

»Scheiße, Sweets. Ich bin kein Medizinmann.«

»Aber die Seventh Avenue ist Ihr Revier. Ein Mann namens Geronimo stirbt in Isaacs Bett ...«

»Es war nicht Isaacs Bett. Er hat zufälligerweise dort geschlafen. Soll ich Ihnen sagen, wie viele George Washingtons und Abraham Lincolns es in diesem Asyl gibt?«

»Aber es gab nur einen Geronimo Jones«, sagte Isaac. »Mich.«

»Und wie hab ich dich gefunden, Bruder? Jeder Penner in dem Viertel wusste, dass König Isaac als Geronimo Jones in dem Asyl abgestiegen war. Ich musste einen Scheißdreck tun. Ich bin einfach meiner Nase zum größten Gestank gefolgt.«

Sweets starrte Wig an. »Die Wahrscheinlichkeiten gefallen mir immer noch nicht. Zwei Geronimo Jones landen in ein und demselben Bett.«

»Ach, Sweets, dieser Wichser könnte überall umgelegt und dann in Isaacs Bett abgeladen worden sein. Ich wette mit Ihnen um hundert Dollar, dass wir über Geronimo nichts in den Akten haben. Rufen Sie die Spurensicherung an.«

»Ist noch zu früh«, sagte Isaac.

»Die Spurensicherung kann einem was über die Haare in der Nase eines Toten sagen.«

»Es ist noch zu früh«, murmelte Isaac. »Wir waren vor einer Stunde bei dem Gerichtsmediziner und zwei Labortechnikern.«

»Sweets«, sagte Wig, »rufen Sie die Zauberer an.«

Sweets machte zwei kurze Telefonate. Dann schüttelte er den Kopf. »Wir haben nichts über Geronimo Jones. Ein absolut Unbekannter. Er besitzt keine Geschichte. Er ist downtown im Hauptasyl nie aufgenommen worden. Niemand hat ihn zur Armory geschickt.«

»Aber sein Name stand im Dienstbuch. Joey hat's auch gesehen.«

»Dienstbücher können lügen«, sagte Sweets. »Ich werde Wig der Sache nachgehen lassen.«

»Nicht Wig«, sagte Isaac. »Nicht Wig.«

»Wollen Sie mir vielleicht sagen, wie ich meinen Laden zu schmeißen habe, Mr Bürgermeister?«

»Nein«, sagte Isaac. »Wig wird Ihr Forscher ... Komm, Joe. Wir sind zwei Ausgestoßene. Wir sind auf der vierzehnten Etage nicht mehr willkommen.«

»Der Kardinal hat wieder nach Ihnen gefragt«, sagte Sweets.

»Ich kümmere mich selbst um meine Termine«, sagte Isaac, ließ aber Barbarossa das Büro des Kardinals anrufen, nachdem sie zum Wagen zurückgekehrt waren, einem verbeulten blauen Plymouth, den sich Joe aus dem Fuhrpark der Polizei gekrallt hatte. Sein Chef war kein Aristokrat. Isaac war der König des Volkes.

Sie fanden den Kardinal in einem Freizeitzentrum in der Nähe der Williamsburg Bridge. Die Einheimischen waren gegen das AIDS-Hospiz, das Jim an der Attorney Street aufgemacht hatte. Sie wollten, dass der Laden wieder geschlossen wurde. Sie sprachen von der Seuche, die Jim in ihr Viertel gebracht hatte.

»Jesus«, sagte Jim mit einer Zigarette im Mund. Bevor er Priester wurde, war er ein Bantamgewicht-Boxer in Chicago. Er trug nicht seinen Kardinalsrock. Er sah aus wie ein ganz gewöhnliches Gemeindemitglied. Seine Hose war zerknittert. Seine Krawatte saß schief. Er besuchte seine Gemeinden für sein Leben gern in Zivil. Aber seine Herde brüllte Jim an.

»Eure Eminenz, wir wollen nicht, dass unsere kleinen Kinder was mit der Seuche zu tun kriegen. Gehen Sie mit Ihrem Hospiz in eine andere Gemeinde.«

»Es gibt keine andere Gemeinde«, antwortete Jim.

»AIDS ist die Krankheit des Teufels.«

»Dann werden wir eben gegen den Teufel kämpfen«, sagte Jim. »Aber mit Güte und Mitgefühl.«

Im Hintergrund war ein ständiger Sprechgesang zu hören. »Weg mit dem Hospiz, weg mit dem Hospiz.«

»Ich werde sterbende Kinder und Frauen und Männer nicht allein lassen.«

Doch die Schreihälse übertönten seine Stimme und brachten Jim. Ein Zucken tauchte auf seiner Wange auf. Er kaute auf seiner Zigarette. Und dann legte sich für einen Moment Stille über den Raum. Der König hatte allein den Saal des Freizeitzentrums betreten. Isaac hatte Barbarossa auf den Fall von Geronimo Jones angesetzt. Es war nicht legal. Doch ohne seine eigene winzige Polizei konnte Isaac nicht überleben, und diese Polizei bestand jetzt aus seinem Schwiegersohn, Joe.

Der König trat zu Kardinal Jim.

»Du hast mich im Stich gelassen, Jungchen«, sagte Jim. »Ich bin ein einsamer und verlassener Kirchenfürst. Ich werde zum Rückzug blasen müssen.«

»Hören Sie auf zu jammern«, sagte Isaac. »Ich kümmere mich darum.«

Und wie ein Mussolini trat er vor die Gemeindemitglieder, wobei die Glock aus seiner Hose ragte.

»Bei allem gehörigen Respekt, Mr Bürgermeister«, sagte ein irischer Steuerberater aus einem der Mittelschichtsviertel an der Essex Street. »Hätte Kardinal Jim, Gott segne ihn, auch die Park Avenue mit seinem Hospiz heimgesucht?«

»Nein«, sagte Isaac. »Irgendein Millionärsclub hätte ihn lahm gelegt. Die Millionäre und ihre Frauen hätten sich von irgendeinem freundlich gesinnten Richter eine Verfügung besorgt, und dann wäre kein Hospiz je gebaut worden.«

»Und wieso müssen wir dann leiden?«

»Weil das hier die Lower East Side ist. Dies ist die Geburtsstätte der Politik. Wir schützen die Schwachen.«

»Unsere Schulen sind auch ohne kranke Kinder schon schlimm genug. Wir wollen hier keine Seuche.«

»Ich werde die Kinder selbst unterrichten. Fühlt ihr euch jetzt besser? Ich widme ihnen zehn Stunden die Woche.«

»Jungchen«, raunte ihm der Kardinal zu, »versprich nichts, was du nicht auch halten kannst.«

»Halten Sie sich da raus, Jim. Ich habe meine eigene Gemeinde.«

Und die Bürger aus dem Viertel hatten ihren König. Er war ihnen erheblich näher als ein Kardinal aus der fernen Machtzentrale der St. Patrick's Cathedral im feinen Norden der Stadt. Isaac war einer von ihnen. Er würde sie nicht verraten. Sie tranken mit ihm Schnaps aus Pappbechern und gingen nach Hause.

Isaac stand allein mit Kardinal Jim und einem Berg von Pappbechern in dem menschenleeren Saal.

»Jungchen«, sagte Jim, »ich habe mich in Ihnen geirrt. Sie werden ein beeindruckender Bürgermeister. Aber wir müssen ein Treffen vereinbaren, Ihre Jungs und meine.«

»Ach, diese wunderbaren Monsignores. Sie sind Haie, Jim. Mit denen in einem Raum würde ich niemals überleben. Sie würden mir die Hose und die Einnahmen der Stadt klauen.«

»Ich bin ein Kardinal«, sagte Jim. »Ich muss stehlen. Ich

leite die halbe Stadt, mein Junge. Und vergessen Sie nicht: Ich habe für Sie Wahlkampf gemacht. Ich habe Ihnen die Stimmen der Katholiken geholt.«

»Tsss«, machte Isaac. »Sie wollten einen republikanischen Bürgermeister, damit Sie diese Stadt beherrschen können. Sie haben Ihre Monsignores in die Schatzkiste der Republikaner einzahlen lassen, und streiten Sie das ja nicht ab.«

»Jesus, ich musste mich ein bisschen absichern. Und Ihnen haftete eine echte Belastung an, mein Sohn. Diese Frau, diese Tolstoi. Sie ist bei den Nazis aufgewachsen. Wie ich höre, soll sie in Odessa Waisenjungen verspeist haben.«

»Sie war noch ein Kind, Jim.«

»Aber alt genug, um den Schlächter von Bukarest zu heiraten. Antonescu war sein Name, stimmt's? Der hat Zigeunerblut getrunken. Er war ein echter Ghul.«

»Er war ihr Ballettlehrer.«

»Ach, das ist ja zum Schreien. Der Herr über Transnistrien, sein kleines, frei erfundenes Land am Meer. Ein Nazi-Fürst.«

»Sie scheinen Ihre Monsignores fleißig mit Nachforschungen beschäftigt zu haben.«

»Überhaupt nicht. Ich hatte ein Schwätzchen mit Frederic LeComte. Einen Kardinal konnte er nicht belügen, oder? Sie sollten diese Tolstoi lieber so schnell wie möglich fallen lassen. Diese Stadt wird eine Nazi-Prinzessin nicht mögen.«

»Schweigen Sie von Anastasia.«

»Aaah, die kleine Braut mit den vielen Namen.«

Isaac ließ den Kardinal einfach stehen, ließ ihn allein mit seinen gelben Tabakfingern und einer Zigarettenkippe. Er kehrte zur Rivington Street zurück. Er legte seine Kleidung ab. Der König musste nicht in einen finsteren Schlaf fallen. Er träumte von Margaret Tolstoi, während er in der Wanne in seiner Küche saß. Er hatte vergessen, die Wanne mit Wasser zu füllen, also würde Isaac eines seiner Trockenbäder ertragen müssen. Der Kopf sackte ihm auf die Schulter. Er befand sich auf einem seiner Astraltrips. Aus seiner Badewanne war er nach Odessa gegangen. Es war die Zeit mitten im Zweiten Weltkrieg. Isaac sah ein Herrenhaus. Anders als Rebeccas Haus besaß es weder Schlagläden noch eine Veranda aus Holz. Es war vollständig aus Stein gebaut. Es stand auf einem Berg. Isaac befand sich in der Nähe eines Hafens. Er konnte das Meer riechen.

Ach, es war die Kleine Engel Straße, wo seine geliebte Anastasia mit dem rumänischen Prinzen von Odessa gelebt hatte. Unter den Steinen rannten Ratten, ein ganzes Volk verhungernder Ratten, die sich um Isaac scharten. Er konnte nicht verhindern, mit seinen Schuhen gegen sie zu treten. Sie hatten lange, knochige Körper, die an schreckliche graue Rüstungen erinnerten. Doch Isaac kam durch die Tür in Antonescus Haus. Hier wimmelte es von Ratten.

»Anastasia«, stöhnte er.

»Ich bin hier.«

Isaac der Tapfere musste blinzeln. Er befand sich nicht im Odessa der Kriegszeit. Er war wieder in seiner Wanne, wie ein nacktes, wildes Tier. Und sein Schatz war nicht Annie, das arme, kleine Waisenkind, in den Klauen eines unechten rumänischen Prinzen. Sie war Margaret Tolstoi mit einer blonden Perücke.

»Ich habe geträumt«, sagte er. »Von der Kleinen Engel Straße ... Wie bist du reingekommen?«

»Mr Bürgermeister, ich habe immer noch deinen Schlüssel. Und ich bin ein findiges Mädchen. Dein Türschloss hätte ich im Schlaf knacken können. Badest du gern in der Kälte? ... Oh, ich erinnere mich. Du bist ein Eisbär. Was hast du in der Kleinen Engel Straße gemacht?«

»Dich gesucht.«

»Musst du in mein Privatleben eindringen, Isaac? Odessa ist die einzige Vergangenheit, die ich je hatte. Und dort gab es keine Kleine Engel Straße. Sie hieß Deribaskova. Onkel Ferdinand hatte beschlossen, die ganze Stadt umzubenennen.«

»Er hatte das Recht dazu. Er war ein Prinz.«

Anastasia lachte hinter einem Vorhang blonder Haare. »Das sagst du doch nur, weil du selbst ein Grandseigneur bist. Ein König, um's genau zu nehmen.«

»Du hättest mein Bett nicht verlassen dürfen.«

»Ich musste, mein Lieber.« Sie zog sich aus, stieg zu Isaac in die trockene Wanne, und sie küssten sich mit einer Leidenschaft, die an den Wurzeln von Isaacs Augen zu zerren schien. Er war Annie, das arme kleine Waisenkind. Und sie war LeComtes kleine Soldatin ...

Er fand sich in seinem Bett wieder. Er musste mit Anastasia geschlafen haben. Er konnte sich an absolut nichts erinnern. Er litt unter Amnesie, litt ständig unter Gedächtnisschwund. Aber diese Anastasia trug keine Perücke. Sie war kahlköpfig und wunderschön, wie ein wunderbares Mannequin mit kurz geschnittenem, grauem Haar.

»Du bist ohne ein Wort gegangen. Hast deine Koffer gepackt und peng! Du bist wieder Frederics Spielzeug.«

»Ich bin kein Spielzeug«, sagte sie. »Ich bin auf der Jagd nach einem Kinderhändler, einem Dreckskerl, der blonde, blauäugige Jungs und Mädchen aus Rumänien verkauft.«

»Aha, einer von Ceausescus Ministern.«

»Lach nicht«, sagte sie. »Ich bin in Rumänien geboren.«

»Ich dachte, du wärest eine Weltbürgerin.«

»Bin ich auch«, sagte sie. »Der KGB hat mir mein Land genommen, und das FBI will es mir nicht zurückgeben. Aber ich habe immer noch Odessa, Isaac ... und die Lower

East Side. Sagen wir einfach, ich habe eine Schwäche für blauäugige Waisen.«

»Wer ist der Dreckskerl?«

»Er nennt sich Quentin. Er besitzt überall Massagesalons. Er dealt auch ein bisschen mit Koks. Und er besitzt Verbindungen zu den Reichen und Superreichen. Unter ihnen findet er seine Kunden.«

»Und LeComte schickt dich rüber, um mit ihm zu schlafen, was?«

Anastasia suchte ihre Perücke. Dann war sie wieder dieses blonde Wesen, Margaret Tolstoi.

»LeComte ist dein Zuhälter.«

»Er ist jedermanns Zuhälter, Liebling. Wusstest du das nicht?«

»Meiner nicht«, sagte Isaac.

»Du bist doch für ihn auf Tournee gegangen, Lieber. Du warst sein Hamilton Fellow, der Handlungsreisende des Justizministeriums.«

»Aber ich reise nicht mehr für ihn.«

»Tja, ich schon ... Ich habe gehört, dein Namensvetter ist ermordet worden, Geronimo Jones.«

»Ach, das hat dir LeComte erzählt. Das Justizministerium hat schon eine Akte über Geronimo.«

»Du solltest nicht in Asylen schlafen, Lieber. Das ist gefährlich.«

»Es war nicht gefährlich. In dieser Wohnung gibt es zu viele Geister. Ich musste mal weg. Und die Purple Gang hat den anderen Geronimo Jones umgelegt.«

»Es gibt keine Purple Gang. Du meinst Wig.«

»Ja, Sweets' kleiner Deputy. Er hat aus dem Gracie Mansion mit Dope gedealt. Ich habe das Arschloch suspendiert, und Sweets holt den Kerl zurück.«

»Er ist der beste Cop in New York City. Er kann sich in Harlem frei bewegen, Isaac, und das kannst du nicht.«

»Ich bin ein Downtown-Mann.«

»Und was hattest du dann in einem Harlemer Asyl zu suchen?«

»Ich habe es dir doch schon gesagt. Ich habe Urlaub gemacht.«

Sie küsste Isaac auf den Mund. Er begann zu stöhnen. »Wo finde ich dich? Gib mir eine Telefonnummer, Margaret.«

»Keine Nummern. Ich werde dich schon finden.«

Und sie hatte die Arme des Königs verlassen und war aus der Tür, und Isaac musste mit Margarets Geist und der Erinnerung an die Kleine Engel Straße leben.

4

Er war die Purple Gang alias Albert Wiggens. Er hatte einen Kopfschuss abbekommen und sich davon nie wirklich erholt. Er hätte eine Invalidenrente beziehen und mit dreiunddreißig in den Ruhestand treten können, aber er wollte nicht in Pension gehen. Er hatte ein paar Arztberichte verschwinden lassen, einige andere gefälscht. In seinem Schädel steckten winzige Bleifragmente, und er litt unter fürchterlichen Kopfschmerzen, von denen nicht einmal sein Arzt wusste. Er war mehrere Male mitten auf der Straße ohnmächtig geworden. Niemand belästigte ihn. Seine »Cousins« von der Seventh Avenue saßen an seiner Seite, bis er wieder aufwachte. Er war Wig. Für die Kartografen und Touristen, die mal einen kurzen Blick auf die »Negerstadt« riskieren wollten, mochte aus der Seventh Avenue der Adam Clayton Powell Jr. Boulevard geworden sein, aber Adams Boulevard gehörte Wig.

Er war in der Seventh Avenue Armory bei Bruder William, dem Nachtportier, in Williams Glasverschlag. Das Pochen in seinem Schädel hatte wieder begonnen. Ein stählernes Band schlängelte sich über seinen Augen wie eine schreckliche Schraube. Er musste sich mit einer Hand auf Williams Schreibtisch abstützen. »Geronimo Jones.«

»Ach, Wiggy, das war doch nur ein Streich auf Kosten des großen Juden. Pflanzt seinen Arsch in unseren Schlafsaal. Ich musste es ihm heimzahlen.«

»Aber wie ist diese Leiche in Isaacs Bett gekommen?«

»Ich hab sie reingelegt, Wiggy. Hab sie auf meinen eigenen Armen hingetragen.«

Wig verpasste mit der freien Hand dem Nachtportier eine schallende Ohrfeige und wäre beinahe gestürzt. William putzte sich die Nase und fing an zu flennen.

»Habe ich dich je bedroht, Bruder William?«

»Nein«, antwortete William wie ein schmollender Büßer.

»Habe ich dir oder deiner Schwester je was getan?«

»Nein, Wiggy. Kein einziges Mal.«

»Aber ich werde dich umbringen, William. Und zwar nicht mit einem Messer in den Hals. War dir denn nicht klar, dass du dich mit mir anlegst, wenn du dich mit Isaac anlegst?«

»Wieso das denn, Wig?«

»Ich bin für den kleinen König verantwortlich. Ich bin sein schwarzer Engel.«

»Aber du hasst ihn doch, Wiggy, und er hasst dich.«

»Das spielt überhaupt keine Rolle. Ich bin sein Engel.«

»Kein Mensch hat sich die Zeit genommen, mir das zu erklären.«

»Du bist meine Bake, William. Du bist mein Frühwarnsystem. Und du spielst einen saublöden Streich. Woher kam die Leiche?«

»Aus Midtown«, sagte William.

»Das war das Werk deiner Schwester.«

»Rita Mae hatte nichts damit zu tun, Wiggy.«

Wig zog seine Glock und hielt sie genau zwischen Williams Augen. »Was passiert, wenn Leute mich anlügen, William?«

»Sie bekommen keine zweite Chance.« Der Nachtportier flennte jetzt. »Er war doch nur irgendein Freier, der bei Rita einfach so gestorben ist.«

»Sie hat ihn ausgeraubt, stimmt's?«

»Wig, er wollte ihre Muschi und konnte nicht bezahlen. Er hat versucht, Rita zu erwürgen und ihr Geld zu nehmen. Sie musste sich doch verteidigen. Es war Notwehr.«

»Sie hat ihn abgestochen wie ein Schwein.«

»So macht Rita das eben. Sie hat ihre Gewohnheiten, Wig. Sie ist zu alt, um sich noch zu ändern. Aber es gibt keinen Grund zur Besorgnis. Der Freier hatte keine feste Adresse.«

»Ein Obdachloser von außerhalb besucht deine Schlampe von Schwester in der Absicht, sie auszurauben?«

»Ach, nenn sie nicht Schlampe, Wiggy. Rita ist ganz verrückt nach dir.«

»Quentin hat ihn in einem seiner Lieferwagen uptown gebracht und du hast die Lieferung angenommen, richtig?«

»Ich musste, Wig. Sie ist meine Schwester.«

»Ich habe dich gewarnt, William. Keine weiteren Lieferungen mehr. Das Asyl ist keine Müllkippe für die Leichen anderer Leute. Die fetten Zeiten sind vorbei. Ich wohne nicht mehr im Gracie Mansion. Ich kann keine Plätze mehr im Leichenschauhaus zur Verfügung stellen. Es wird härter.«

»Ich werde mich benehmen, Wiggy. Ich schwör's.«

Wig musste seine Glock wieder wegstecken. Er würde Bruder William nicht umlegen.

Mit dem schwarzen Dodge des Commissioners fuhr er hinunter zum Times Square. Er hasste diese Straßen. Sie waren zum Campingplatz für junge Schwarze geworden, die sonst nirgendwo atmen konnten. Die ärmsten von ihnen trugen Metallketten um den Hals. Homeboys ohne ein Zuhause. Er war ein Cop, und es spielte überhaupt keine Rolle, wie viele Schwarze bei der Polizei waren. Alle Cops – braune, rote, gelbe und blaue – waren weiß. Sie mussten die weiße Macht schützen. Und genau aus diesem Grund hatte er sich nicht vom Mythos der Purple Gang gelöst. Schwarze Killer erhoben sich aus den Ruinen Harlems …

Er betrat das Ali Baba, einen Pornoschuppen an der Eighth Avenue nicht weit entfernt von der *New York Times*. Es war ein Multimillionen-Dollar-Unternehmen, der größte Sexsupermarkt in Manhattan mit einem hauseigenen Rotlichtbezirk. Das Ali Baba hatte keine Konkurrenz. Geführt wurde es von der Mafia und von Quentin Kahn, einem Slumlord, einem Psychopathen und Meisterzuhälter. Quentins Markenzeichen war ein gelbes Kondom, das seine Hostessen jedem Freier gaben. Analverkehr duldete er nicht in seinem Traumpalast. Er war so was wie ein durchgeknallter Puritaner. Die Mädchen durften geschlagen oder ausgepeitscht, aber auf keinen Fall in den Arsch gefickt werden. Und jeder Freier muss seinen Schniedel von einer Krankenschwester untersuchen lassen.

Doch das Ali Baba war im Wesentlichen ein Boulevard, auf dem Freier von außerhalb flanierten und sich die verschiedenen Attraktionen ansehen konnten. Der Eintrittspreis belief sich auf fünf Dollar. Und wenn sie erst das goldene Tor des Ali Baba passiert hatten, konnten sie so lange zuschauen, wie sie wollten. Quentins Mädchen standen in Negligés oder völlig nackt hinter gläsernen Séparées. Ein Freier konnte ein Séparée betreten, aber zwischen ihm und dem Mädchen befand sich immer ein

Fenster. Er konnte schmutzige Gespräche führen, sich ausziehen oder sich mit dem Mädchen verabreden, sich mit ihr in einem schrankgroßen Zimmer oder in einer winzigen Sauna in Quentins an ein Labyrinth erinnerndem Obergeschoss treffen. Er musste vorsichtig sein. Das Ali Baba war kein Bordell. Nach Quentin Kahns eigenen Worten war es ein Club der einsamen Herzen. Und seine »Marktforscher«, die hinter einseitig verspiegelten Scheiben standen, konnten einen undercover operierenden Bullen förmlich riechen.

Aber Wig war im Ali Baba stets willkommen. Er hatte ein eigenes »Interesse«, bekam einen winzigen Prozentsatz der Einnahmen, die er sich mit Mario Klein teilte, dem Sekretär der Bürgermeisterin. Dieses »Interesse« mochte durchaus ein Ende haben, wenn Isaac der einzige und wahre König geworden war. Aber Wig besaß noch andere »Interessen« hier und da. Reich war er nicht, aber auch er konnte im Seventh Avenue Armory ein Bett finden, der neue Geronimo Jones werden.

Quentins Boulevard besaß grelle blaue Lichter und Wig musste mit seiner Hand einen kleinen Schirm über den Augen formen, denn andernfalls hätte er Ritas Maes Nische nie gefunden. Sie saß hinter ihrem Fenster und wirkte gelangweilt. Sie trug ein weißes Negligé. Wig betrat das Séparée.

Rita Mae gähnte und legte dann die Hände unter ihre Brüste, ohne zu ihm aufzuschauen.

»Schätzchen«, sagte sie, »ich zeig dir meins, wenn du mir deins zeigst.«

Es war einmal, da hatte er mit Rita Mae zusammengelebt. Sie war seine Lady gewesen, aber er war ein wilder Mann bis zu den Ohren voller Koks. Er stürzte von einem Dach. Er hatte andere Ladies gehabt und Rita Mae trieb es ins Ali Baba. Er hätte den Club der einsamen Herzen in die

Luft jagen, ihn abfackeln, wenn es sein musste, Quentin umlegen können. Aber Rita war bereits fort.

»Zeig mir deins«, sagte sie, und Wig wusste, dass sie Crack geraucht hatte. Sie war ein Mädchen mit unglaublichen Wangenknochen und haselnussbraunen Augen. Er starrte in ihre gläserne Wand, bis sie ihn registrierte.

»Wig, Schätzchen, ich dachte, du wärst ein Freier.«

»Ich bin ein Freier«, antwortete er. »Zieh deinen kleinen Morgenmantel aus.«

»Nein«, sagte sie. »Ich bin nackt genug.«

»Wo ist dein Schweineabstecher?«

»Wovon redest du?«

»Dein Messer, Rita. Wo ist dein Messer?«

»Das alte Ding meinst du. Hab ich verloren, Wig.«

»Im Hals von einem armen Schlucker.«

»Wer hat dir das erzählt?«

»William. Er hat den Wichser in einem seiner Betten im Asyl begraben.«

»Er ist ein dreckiger Lügner. Das letzte Mal musste ich vor zwei Jahren einen Freier abstechen. Quentin hat den Doktor gerufen, und dann haben sie ihn in einen Bus gesetzt.«

»Ja. Auf dem Weg nach Miami ist er dann verblutet.«

»Ist doch nicht meine Schuld, Wig, wenn Quentins Doktor die Blutung nicht stoppen konnte.«

»Zieh den Morgenmantel aus. Ich will dich ansehen.«

Rita stand auf und schüttelte ihr Negligé ab. Ihre Brüste waren eine Idee schlaffer geworden. Ihr Schamhaar war wie ein brauner Diamant. Ihre Nippel waren größer, als er sie erinnerte. Ihre Knie waren leicht gebeugt. Seine Kopfschmerzen wurden schlimmer und schlimmer. Er wollte Rita. Sie war seine Sahneschnitte, auch wenn sie für Quentin Kahn anschaffte.

»Ich werde dich freikaufen, Rita.«

»Wozu? Damit du mich in dein eigenes Haus aus Glas stecken kannst? Ich bleibe, wo ich bin, Mr Albert Wiggens. Und zwar im Ali Baba«, sagte sie, »dem Land der gelben Kondome.«

Wig hob einen Arm. Vielleicht, um die Scheibe einzuschlagen? Dieses Metallband in seinem Schädel drückte auf seine Augen. Wig erblindete. Während er zu Boden ging, begann eine ganze Welt an Farben um ihn herum zu bluten …

Er wachte in Ritas Armen auf. Er befand sich in einem Nebenzimmer hinter dem gläsernen Séparée. Rita wiegte ihn, sang irgendein Weihnachtslied über ein rotnasiges Rentier. Scheiß auf Weihnachten. Wenn er könnte, dann hätte er Rentiere in Harlem verboten.

»Schätzchen«, sagte sie. »Ich muss wieder in mein Séparée. Quentin wird …«

»Ja, er wird dich umbringen, Rita Mae. Und ich werde ihn umlegen. Aber das bringt dich nicht zurück.«

Sie war einunddreißig Jahre alt und hatte eine laufende Nase. Mit siebzehn hatte sie ein Kind bekommen. Der Junge, Harwood, lebte bei ihr an der Lenox Avenue. Er hatte die Schule abgebrochen, verbrachte die meiste Zeit in Crackhäusern. Er war größer als Wig und hatte die haselnussbraunen Augen seiner Mama. Er konnte nicht einen einzigen Satz schreiben. Aber lesen gelernt hatte er wie ein kleiner Teufel, als Wig noch da gewesen war. Scheiß Harwood! Wig liebte den Jungen, aber er konnte es nicht ertragen, das auch zuzugeben.

»Rita, mit mir ist alles okay.«

»Diese Ohnmachtsanfälle werden ziemlich übel.«

»Ich bin okay.«

Er rappelte sich auf. Ihm war schwindlig. »Mädchen«, sagte er, »geh du zurück in dein Séparée. Die Schlange deiner Freier zieht sich über einen Block.«

Doch vor Rita Maes Nische stand niemand in einer Schlange an. Da war nur dieser Boulevard voller Nachzügler. Wig schloss sich diesen Nachzüglern unter dem blauen Licht an. Es war fast ein Paradies.

Vorbei an zwei Bodyguards betrat er Quentin Kahns Firmenzentrale. Quentin Kahn saß hinter einem Schreibtisch, der aus Cornelius Vanderbilts Eisenbahnwagen stammte. Er war älter als Wig. Er hatte sein Vermögen als Slumlord gemacht, dann einen wirtschaftlich maroden Pornoladen übernommen und zum Ali Baba umgebaut. Seit er siebzehn war, kaufte und verkaufte er Häuser. Er besaß ein gewisses verwegen gutes Aussehen und hatte hellbraunes Haar. Er war Tischtennisspieler wie Barbarossa und Sidels toter Engel, Manfred Coen. Er hatte einen Tisch in seinem Büro und ließ Champions aus Rumänien und Portugal einfliegen, um mit ihnen eine halbe Stunde das Bällchen zu schlagen. Diese ausländischen Champions gingen in seinem Büro praktisch ständig ein und aus. Quentin besaß ein eigenes Magazin, das *Pingpong Power*. Er trug das rote Trikot eines längst vergessenen Tischtennis-Clubs.

Er war nicht allein. Sidels rumänische Mörderin, Margaret Tolstoi, war bei ihm.

»Hallo, Wig«, begrüßte sie ihn. Ihr dunkelroter Lippenstift ließ ihren Mund aussehen wie eine klaffende magische Wunde.

»Aha, ihr Kids kennt euch«, sagte Quentin. Er redete gern mit der schroffen Jovialität eines Gutsherrn.

»Ja, wir sind uns schon mal begegnet«, sagte Wig.

»Vor oder nach dem Wahlkampf des Königs?«

»Kurz vorher«, sagte Wig. »Ich komme später wieder, Quent.«

»Nein, nein. Margaret wollte gerade gehen.«

Sie drückte Quentin einen Kuss auf die Wange, schwebte durch den Raum und verschwand.

»Du bist ein saudummes Arschloch, Quent. Das ist Draculas Tochter. Sie kennt nur eine Art von Kuss. Sie vergiftet dich und saugt dir das Blut aus.«

»Entspann dich«, sagte Quentin. »Ich lebe noch, oder?«

»Nicht mehr lange. Wenn sie in der Nähe ist, Quent, bedeutet das, die Feds haben dich ins Visier genommen und basteln an einer Anklageerhebung.«

»Ich werde ständig observiert. Na, und? Ich bin ordentliches Mitglied der Republikaner. Mir kann man nichts.«

»LeComte muss hier in jedem Winkel seine Mikrofone haben.«

»Ich werde ihn mit einem Lachen aus dem Gerichtssaal jagen.«

»Quent, was zum Teufel hatte sie hier zu suchen?«

»Sie steht Isaac nahe, stimmt's? Und ich bin auf einige Gefälligkeiten des Königs angewiesen. Mir gehören zu viele Häuser. Ich muss mich mit ihm gutstellen.«

»Durch Margaret Tolstoi?«

»Durch wen sonst? Das ist, als hätte man seinen persönlichen Lobbyisten in der Sidel'schen Verwaltung.«

»Ein Lobbyist, der gleichzeitig ein Vampir ist.«

»Keine Angst, wenn die Zeit reif ist, werde ich dich dafür bezahlen, sie auszuschalten.«

Wig verdrehte die Augen, und Quentin musste lachen. »Komm schon. Wir gehen in mein Wohnzimmer. Das FBI kann uns nicht stören.«

Sie verließen das Büro durch eine Tür hinter Cornelius Vanderbilts altem Schreibtisch und landeten auf einer Feuertreppe mit einer Leiter, die wie eine metallene Weinrebe aussah. Wig konnte über die heruntergekommenen Felder zwischen der Eighth und Ninth Avenue blicken. Es war ein toter Garten. Wig sah vergessene Kühlschränke, vergammelnde Motoren, eingestürzte Zelte. Dann begriff er, dass in dem Garten Menschen lebten. Es war ein Zufluchtsort für die Obdachlosen und selbst, wenn man riskierte, sich dort den Arsch abzufrieren, war es erheblich verlockender als die Seventh Avenue Armory.

»Quent, du hast deinen Krankenwagen reaktiviert. Noch eine Leiche in der Seventh Avenue Armory kann ich mir nicht leisten. Versuch's zur Abwechslung mal mit Brooklyn oder der Bronx.«

»Wig, ich habe dir einen Gefallen getan. Deine kleine Mama hat einen Freier abgestochen. Ich musste ihn loswerden.«

»Rita schwört, dass sie ihren Schweineabstecher nicht benutzt hat.«

»Hättest du gern Zeugen? Ihr Messer steckte in seinem Hals.«

»Wer war der Freier?«

»Namenlos. Keine Papiere. Nichts kann ihn mit uns oder mit Rita Mae in Verbindung bringen. Ich habe alle Fingerabdrücke von ihrem Schweineabstecher abgewischt.«

»Sehr rücksichtsvoll von dir, Quent. Ich arbeite für den Police Commissioner. Ich kann ihm nicht mit einem beschissenen Märchen kommen.«

»Es gibt keine Ausweispapiere.«

»Er wird ein Team von der Mordkommission losschicken.«

»Die werden einen Scheißdreck finden. Wir schieben's der Konkurrenz in die Schuhe. Ich werde ein paar Kids Geld geben, damit sie schwören, der Freier wäre im Stardust Palace abgestochen worden.«

»Quent, du bist Geschäftsmann. Spiel nicht den Cop. Die Jungs von der Mordkommission werden vom Stardust Palace sofort wieder zum Ali Baba kommen.«

»Ich könnte Rita einen kleinen Urlaub anbieten.«

»Nein, in dem gläsernen Séparée ist sie anonymer. Ich

werde mir eine Geschichte einfallen lassen. Aber es ist das letzte Mal.«

Wig machte sich auf den Weg die Feuertreppe hinunter. Seine Kopfschmerzen waren weg.

»He«, brüllte Quentin ihm nach, »willst du deinen Umschlag nicht?«

»Nein, heute nicht.«

Er würde sich von Quentins wöchentlichem »Interesse« distanzieren müssen. Er beobachtete die obdachlosen Männer und Frauen, die unter Decken und in winzigen Zelten lebten. Ihre Hände waren schwarz. Es gab kein fließendes Wasser in diesem zugrunde gerichteten Garten.

Er wollte nicht mehr zurück und noch einmal mit Rita reden. Entweder log sie oder Quentin log oder beide vertuschten irgendwas. Es hatte irgendetwas mit Margaret Tolstoi zu tun. Das war Wigs Vermutung.

Er schlenderte aus dem Garten.

Teil Zwei

5

Es gab eine zweite Leiche. Wieder ein Geronimo Jones. In der Atlantic Avenue Armory in Brooklyn. Dann eine dritte. Unter einer Decke in der Grand Central Station. Keine Ausweispapiere. Nur ein fotokopiertes, in seinen Mund gestopftes Blatt. Die Spurensicherung musste zunächst eine Speicheluntersuchung durchführen, bevor sie Sweets das Blatt zurückgab. Es war ein unheimliches Manifest.

> Wir haben die Schnauze voll von Pennern und Bastarden und Niggern und Juden. Wir glauben an die Tugenden des alten New York.
>
> Die Knickerbocker Boys

Monte Ward
Will White
Jay Penny
Long John Silver
Sam Wise
Jesse Nichols
Morris deMorris
Alexander Hamilton
Herman Long
Tobias Little

Isaac las immer wieder diese Spalte mit den Namen frei erfundener Wahnsinniger. »Long John Silver« stammte natürlich aus der *Schatzinsel*. Und »Alexander Hamilton« war eine klare Anspielung auf Isaac, den ersten Alexander Hamilton Fellow. Doch die anderen Namen ließen ihm keine Ruhe. Will White, Will White. Es war wie eine poetische Wäscheliste. Isaac brütete über den Namen und den obdachlosen Männern, die ermordet worden waren.

Er traf sich mit Sweets und Wig.

»Ich brauche ein Team. Zwanzig Cops und eine Kommandozentrale.«

Sweets drückte seine riesigen Basketballerpranken auf seine Augen. Dann linste er zwischen den Fingern Isaac an.

»Finger weg von meinen Cops.«

»Deine Cops?«, sagte Isaac. »Wer ist hier der Bürgermeister?«

»Rebecca Karp.«

»Sie hat sich selbst zum Schaukelstuhl verurteilt.«

»Becky ist immer noch mein Chef.«

»Nicht mehr lange«, sagte Isaac. »Ich musste ihr den Arm umdrehen, damit sie dich als neuen Commish akzeptiert ... Nächsten Januar werde ich dein Chef sein.«

»Jetzt ist erst Dezember, Baby.«

»Sweets«, sagte Isaac, »ich bin ein Cop.«

»Ja, der Pink Commish«, sagte Wig.

»Sweets, würdest du ihm bitte das Maul stopfen? Er hat den echten Geronimo Jones umgelegt.«

»Ich massakriere euch beide«, sagte Sweets und ließ seine Basketballerhände vorschnellen. »Ich will ein bisschen Frieden. Wir haben es dort draußen mit einer Bande Verrückter zu tun. Mit den Knickerbocker Boys.«

»Weiße Wichser«, sagte Wig.

»Sweets, gib mir etwas. Ich kann's nicht allein machen. Ich sitze auf dem Trockenen.«

»Er hat meine ganze Truppe im Mansion schlafen gelegt«, sagte Wig. »Soll er sich doch welche von Rebeccas neuen Jungs ausleihen.«

»Ich will Rebeccas Jungs nicht.«

»Sie haben Barbarossa«, sagte Sweets.

»Er ist mein Schwiegersohn. Kein Mensch wird mich ernst nehmen, wenn ich dauernd mit Barbarossa im Schlepptau herumrenne.«

»Dann werden Sie wohl bis Januar durchhalten müssen«, sagte Wig.

»Ich könnte dich in Verlegenheit bringen, Sweets. Ich könnte den Staatsanwalt bitten, mich kommissarisch zu ernennen. Er weiß, wie Politik funktioniert. Er wird dem designierten Bürgermeister erlauben, seinen eigenen Trupp aufzustellen.«

»Sie werden trotzdem nichts Handfestes haben«, sagte Sweets. »Ich werde diesen Scheißtrupp jeden einzelnen Tag der Woche austauschen.«

»In Ordnung«, sagte Isaac. »Was hast du dir einfallen lassen?«

»Zu den Knickerbocker Boys? Herzlich wenig. Bei den Namen schmeißen unsere Computer alles andere als ein fettes Ergebnis aus.«

»Nicht mal bei Long John Silver?«

»Ich rede hier nicht von Literatur, Isaac. Ich rede von Fakten.«

»Aber wissen wir denn nichts über die drei Obdachlosen?«

»Nichts«, sagte Sweets. »Sie sind so was wie Figuren aus einem verschwundenen Buch. Keine positive Identifizierung. Sie könnten genauso gut von einem anderen Planeten heruntergefallen sein.«

»Es muss doch einen Grund geben, warum sie so anonym sind«, sagte Isaac. »Wer lädt Leichen auf unserem Schoß ab?«

»Verrückte ... Freaks.«

»Nein. Es gibt ein Muster. Ich hab's nur noch nicht gefunden.«

Und Isaac verließ vor sich hin murmelnd das Büro des PCs.

»Treten Sie zurück, denn andernfalls haben Sie dieses Weißbrot am Hals.«

»Mit Isaac kann ich leben«, sagte Sweets. »Wig, was zum Teufel ist hier los?«

»Weißbrote sterben in verschiedenen Teilen der Stadt.«

»Hören Sie endlich auf, mir Zucker in den Arsch zu blasen«, sagte Sweets. »Und hören Sie auch auf mit dieser ›Weißbrot‹-Scheiße. Ich höre auf, ein Schwarzer zu sein, sobald ich aus dem Bett steige.«

Isaac zog seine gewohnten Pennerklamotten an und wollte gerade undercover gehen, als er einen Anruf von Rebeccas Schaukelstuhl erhielt.

»Er hat gekündigt«, sagte sie. »Er ist aus dem Denkmalschutz ausgestiegen.«

»Was?«

»Schyler Knott, Dummchen. Er hat seinen Vorsitz aufgegeben. Du solltest dich freuen. Jetzt hast du sämtliche Barone auf deiner Seite.«

»Moment mal. Warum sollte Schyler so plötzlich kündigen? Er ist der toughste Bewahrer in der Stadt.«

»Ach, er widmet sich jetzt wieder ganz dem Baseball«, sagte Rebecca. »Das ist seine eigentliche Leidenschaft.«

»Ich werde seinen Rücktritt nicht annehmen.«

»Schmock«, sagte Rebecca. »Das habe ich längst gemacht. Du kannst dir Schyler nicht leisten. Er ist eine Nervensäge. Isaac, Bauunternehmer müssen bauen. Du kannst sie nicht mit einem Wahnsinnigen wie Schyler belasten. Soll er sein Leben doch dem Andenken an Joe DiMaggio und Willie Mays widmen.«

»Schyler ist ein Antiquar. Er will nicht Willie Mays' gedenken.«

»Hab ich's dir nicht gesagt? Er ist ein Rassist. Und wir haben ihn uns jetzt vom Hals geschafft.«

»Madame Bürgermeisterin«, sagte Isaac, »haben Sie womöglich etwas Druck ausgeübt, um ihn zum Rücktritt zu bewegen?«

»Ich habe seit sechs Monaten nicht mehr mit Schyler gesprochen.«

Sie legte einfach auf. Der designierte Bürgermeister wanderte in seiner Pennerkluft nach Greenwich Village. Schyler wohnte in einem Emeric Gray an der Horatio Street. Das Gebäude war vor der großen Wirtschaftskrise errichtet worden. Es war ein Klassiker aus dem Jahr 1927 mit farbigem Stein über jedem Fenster, einer Drehtür aus Kirschholz und einer Markise mit herrlichen Messingstangen. Das Haus gehörte einem der Barone, Judah Bellow.

Der Türsteher spielte sich überheblich auf. »Sir, tut mir Leid, aber ich kann in diesem Haus keine Bettler dulden.«

»Warum denn nicht?«, knurrte Isaac und ließ seine Glock sehen. »Habt ihr hier vielleicht irgendwelche verschissenen Kleidungsvorschriften? Das verstößt gegen das Gesetz. Ich bin schließlich nicht ohne Schuhe und Socken reingekommen. Mehr brauche ich nicht.«

»Ich werde den Hausmeister verständigen müssen.«

»Ja, ruf ihn an, aber vorher holst du mir Schyler Knott ans Haustelefon. Sag ihm, es wäre der Pink Commish, Isaac Sidel.«

Der Portier wurde rot. »Tut mir Leid, Mr Bürgermeister. Ich habe Sie in Ihrer Verkleidung nicht erkannt.«

»Das ist meine winterliche Freizeitkleidung«, antwortete Isaac. Und er fuhr mit dem Fahrstuhl hinauf zu Schyler

Knott, der auf dem siebzehnten Stock fünf Zimmer bewohnte, deren Fenster New York zu umarmen schienen. Isaac konnte den Hudson und das Empire State Building und das herzlose Land der Glastürme sehen, die von den Baronen errichtet worden waren.

Schyler trug ein rotes Polohemd. Er war ein Investmentbanker, der sich mit achtunddreißig aus dem Berufsleben zurückgezogen hatte, um sich ausschließlich dem Denkmalschutz und dem Christy Mathewson Club widmen zu können. Irgendwie passte das alles nicht so ganz zusammen. Er sah aus wie ein Robert Redford, der seine Chance auf der Leinwand verpasst hatte.

Schyler war ein Gesundheitsfanatiker. Er machte Isaac und sich einen Krug Möhrensaft. Isaac konnte Möhren auf den Tod nicht ausstehen, musste aber dennoch trinken. Seine Lippen wurden orange.

»Schyler, ich will dich wieder im Denkmalschutz sehen.«

»Wozu? Ich hab's satt, mit diesen Immobilienhaien zusammenzusitzen.«

»Ich hacke ihnen die Köpfe ab. Wir werden einen völlig neu besetzten Ausschuss haben.«

»Am Ende läuft's auf das Gleiche hinaus. Isaac, die wollen tatsächlich Emeric Grays abreißen.«

»Ja, ich hab von diesem Fiasko an der Fifty-sixth gehört. Die Pharaos sollen sich doch ins Knie ficken. Dieses Stück Land werden sie nicht bekommen.«

»Haben Sie eigentlich schon mal den ersten Stadtentwicklungsplan für New York gelesen? Ein wirklich bemerkenswertes Dokument aus dem Jahr neunzehnneunundzwanzig. Pharaonen ohne eine echte Vision werden darin nicht toleriert. Kein Investor konnte sich an der Integrität eines Viertels vergehen oder Reminiszenzen an die Vergangenheit zerstören. Isaac, so atmen wir. Jeder

Stein ist wie unsere zweite Haut. Und wenn wir einen oder zwei Emerics umbringen, läuft das auf Selbstverstümmelung hinaus.«

»Ich liebe Emeric«, sagte Isaac zwischen zwei Schlucken Möhrensaft. »Er ist mein Held. Ich kenne sogar die Stelle, an der er von dieser Straßenbahn überrollt wurde.«

»Ihre Stadt, Isaac, ist ein sterbendes Wahrzeichen. Wir hatten unsere Pyramiden, und wir haben sie verloren.«

»Wie die alte Penn Station«, sagte Isaac.

»Ich könnte Ihnen von Wasserspeichern und Banken und Konzertsälen und dem ersten Madison Square Garden erzählen ... Antonio Gaudí sollte in New York einmal einen Wolkenkratzer bauen. Können Sie sich vorstellen, wie der ausgesehen hätte? Schon mal in Barcelona gewesen, Isaac? Schon mal Gaudís Kirche der Sagrada Familia gesehen? Sie ist nie fertig gestellt worden.«

Der König schämte sich zugeben zu müssen, dass er noch nie in Barcelona gewesen war. Allerdings erinnerte er sich, dass Gaudí genau wie Emeric von einer Straßenbahn überfahren worden war.

»Isaac, Gaudís Wolkenkratzer wäre ein riesig hohes Spiegelkabinett gewesen, eine Coney-Island-Kathedrale. Aber er hat die Finanzierung nicht auf die Beine stellen können. Deshalb sitzt es nun wie ein Geist in unseren Träumen, ist nur ein weiteres Phantom-Gebäude.«

»Wir werden einen neuen Gaudí finden«, sagte Isaac.

»Es ist zu spät«, erwiderte Schyler.

»Aber wir werden gegen die Pharaonen kämpfen, und wir werden siegen.«

»Und mit einer abnehmenden Besteuerungsgrundlage leben, Mr Bürgermeister?«

»Ist mir doch egal«, sagte Isaac.

»Ich bin Ihr weißer Elefant. Ich musste gehen, denn andernfalls hätten die Investoren allesamt aufgeschrien.

›Schyler will jeden einzelnen Stein unter Denkmalschutz stellen.‹ Und ich hätte ...« Er schloss die Augen, als probe er eine Zauberformel. Isaac spürte, wie sich Schylers Gesicht zu verschließen begann. Von Schyler Knott würde der König nichts bekommen.

»Würdest du denn einen anderen Vorsitz in Erwägung ziehen?«, fragte er.

»In Ihrer Verwaltung? Isaac, ich würde nicht hineinpassen. Ich bin ein Purist, ich kann keine Kompromisse schließen. Mit den Christys stehe ich mich besser.«

»Aber du kannst doch nicht für den Rest deines Lebens über Ty Cobb und Shoeless Joe Jackson brüten ... Komm als Amtsleiter oder Dezernent zu mir.«

Schyler umklammerte seine Stirn. »Bitte ... keine Leitungsfunktionen mehr, keine Ausschüsse und Dezernate. Ich gehöre zu Shoeless Joe.«

6

Isaac befand sich wieder in Indianerland, in unkartografiertem Gelände. Sweets ließ den designierten Bürgermeister von einer Spezialeinheit suchen. Doch Isaac schien einfach nicht aufzutauchen. Er hielt sich für sein Leben gern in einem selbst geschaffenen Niemandsland auf. Er war wie eine mittelalterliche Heldenfigur, die sich alle möglichen hohen Sachen ausdachte. Sweets hatte sämtliche Armories und Asyle durchkämmen und überprüfen lassen. Er postierte Männer vor Isaacs Wohnung, vor Isaacs Cafeteria an der Delancey Street, vor Isaacs übrigen Lieblingsorten. Er begab sich persönlich zu dem sich vom Rest der

Stadt abkapselnden Burgenland namens Tudor City und suchte Isaacs Tochter, Marilyn the Wild, und Isaacs Schwiegersohn und offizielle Polizeieskorte, Joe Barbarossa, auf. Tudor City erinnerte Sweets ein wenig an die Hollows. Es war keine Gemeinschaft schwarzer Millionäre und es war auch kein Feldlager der Unabhängigkeitsarmee gewesen. Aber es hatte ein eigenes Restaurant, einen eigenen Supermarkt und ein eigenes Fahrradgeschäft, und jeder, der genug Geld besaß, konnte für den Rest seines Lebens in Tudor City kampieren und musste diesen Berg von Wohnhäusern niemals verlassen …

Marilyn bot ihm eine Tasse schwarzen Kaffee und Pfirsichteilchen an, die zu backen sie im Verlauf einer ihrer vielen Ehen gelernt hatte. Barbarossa war ihr zehnter Ehemann. Sie war in Isaacs ersten Engel, Manfred Coen alias Blue Eyes, verliebt gewesen. Sie wollte mit Coen durchbrennen. Isaac ließ es nicht zu. Er hatte Coen in seinen Krieg mit den Guzmanns geworfen, einer Bande peruanischer Zuhälter, und Coen verlor sein Leben. Marilyn verzieh ihm nie … bis sie Joe kennen lernte, einen anderen blauäugigen Waisen, verrückt im Kopf. Barbarossa spielte Tischtennis, wobei er stets einen weißen Handschuh trug. Die Hand war verbrannt worden, als Barbarossa in Saigon war.

»Isaac ist mal wieder MIA«, sagte Sweets.

Marilyn rümpfte die Nase. »Versteh ich nicht.«

»Er ist *missing in action*, er wird vermisst.«

»Was? Wobei? Mein Vater befindet sich in keinem Krieg.«

»Aber er ist der designierte Bürgermeister. Er kann nicht einfach weiter im Arsch des Elefanten verschwinden.«

»Er wäre nicht Isaac, wenn er nicht verschwinden würde.«

»Aber es sind keine vier Wochen mehr bis zu seiner Krönung.«

»Und nur noch zwei Wochen bis Weihnachten«, sagte Marilyn. »Na, und?«

»Ich bin für ihn verantwortlich, Mrs Barbarossa.«

»Sie haben meinen Kaffee getrunken. Sie dürfen mich Marilyn nennen.«

»Joey«, sagte Sweets. »Sie sind seine Eskorte. Sie sollten ihn nicht aus den Augen lassen.«

»Er ist kein minderjähriges Kind«, sagte Barbarossa.

»Ja, er ist der Bürgermeister-König und der Pink Commish.«

»Genau das ist das Problem«, sagte Marilyn. »Mein Vater besitzt viel zu viele Titel. Es ist schon schwierig genug, die Aufgaben eines Königs zu definieren. Aber er ist irgendwo zwischen City Hall und Police Plaza in einen Spalt gefallen. Er ist noch kein Bürgermeister, und er träumt immer noch wie ein Police Commissioner. Es ist ein bitterer Monat für Dad.«

»Ich muss Ihren Vater beschützen, Ms Marilyn. Das ist mein Job.«

»Aber er hat wie jeder Bürger ein Recht auf Anonymität.«

Sweets blinzelte Joe zu. »Ich hätte sie gern in der Rechtsabteilung der One PP.«

»Drei meiner Ehegatten waren Anwälte«, sagte Marilyn.

»Ich geb's auf«, sagte Sweets. »Joey, werden Sie mir helfen, den König zu finden?«

Sweets trank seine dritte Tasse Kaffee und ging. Barbarossa zog sich einen Lumberjack über.

»Joe«, sagte Marilyn. »Isaac braucht etwas Zeit. Er ist wie ein verwundeter Bär.«

»Ach, ich werde ihn nicht drängen«, sagte Barbarossa. »Ich überprüfe mal seine Verstecke, und dann sehen wir weiter …«

»Liebling«, sagte sie, »bitte, sei am Ende nicht tot.«

»Ich bin nicht Blue Eyes.«

»Ich meinte nicht Blue Eyes ... Ich meinte diese verrückte Geschichte mit den Knickerbocker Boys und diese armen obdachlosen Männer.«

»Ich bin nicht obdachlos, aber ich werde ein Risiko eingehen müssen. Verrückte sind Verrückte.«

Er gab Marilyn einen Kuss, und die zwei wiegten sich in ihrem Wohnzimmer mit Blick auf den East River, die Roosevelt Island und die UN. Und Marilyn musste zugeben, dass ihr zehnter Ehemann sie allerdings an Blue Eyes erinnerte. Er war ruhig und gefährlich und zärtlich, aber niemals gefährlich ihr gegenüber. Er war wie alle Tischtennisspieler: verrückt und in einen kleinen weißen Ball verliebt.

Barbarossa stand unter der Williamsburg Bridge. Das war der Lieblingsort des Königs, ein winziges Stückchen der Sheriff Street, wo er vor einem Jahr von einem verrückten Captain der Polizei mit einer Glock niedergeschossen worden war. Isaac hatte über einen Monat im Koma gelegen und von einem verlorenen Baseballteam, den New York Giants von 1944, und ihrem Star, dem Outfielder Harry »Bomber« Liebermann, geträumt, der 1946 in den mexikanischen Ligen verschwand. Der König erwachte aus seinem Koma und schien sich von Harrys Untergang nicht erholen zu können. Aber es war die Brücke, die Brücke machte Joe Sorgen. Er hatte gehofft, dass Isaac in seiner Pennerkluft herumlungern würde. Der König hatte als kleiner Junge hier gespielt und Tauschhandel mit Lebensmittelmarken getrieben, um Geschenke für seinen Schatz kaufen zu können, für Anastasia, heute Margaret Tolstoi. Es war Isaacs magischer Ort. Aber unter der Brücke war kein Isaac, nur ein rauer Dezemberwind und zwei Obdachlose, die vom König noch nicht einmal gehört hatten.

Barbarossa trottete zu Isaacs newyoricanischem Lieblingsrestaurant. Der Penner saß nicht an seinem Tisch und verschlang weißen Reis und schwarze Bohnen. Joe kreuzte mit seinem blauen Plymouth quer durch Manhattan. Er fuhr hinüber nach Brooklyn, versuchte sein Glück in Cafés an der Arthur Avenue in der Bronx. Der große Bär musste seine Cappuccinos trinken. Aber Joe gelang es nicht, auch nur eine Spur von Isaac zu finden. Er gab auf. Und um seine Nerven zu beruhigen, fuhr er hinunter zur Columbus Avenue und machte einen Zwischenstopp im Schiller's, dem letzten Tischtennisclub von Manhattan. Bis zu seiner Heirat hatte Joe in diesem Club gewohnt. Er war sein Hauptquartier gewesen. Er hatte Coens Tisch geerbt. Ein kubanisch-chinesischer Bandit hatte Coen hier ermordet, mitten in einem laufenden Tischtennismatch. Joe hatte sich an genau demselben Tisch in Marilyn verliebt. Sie war an den Ort gepilgert, wo Coen erschossen worden war … und hatte Barbarossa kennen gelernt.

Joe hatte Schiller seit Monaten nicht gesehen. Er konnte sich nicht einmal erinnern, wo sein Tischtennisschläger war, so beschäftigt war er mit Marilyn und Isaacs Wahlkampf gewesen. Er kam sich wie ein Scheißfremder vor. Der Club brummte. Alle fünf Tische waren belegt, sogar Coens Tisch. Die Kibitzer erkannten ihn sofort. »Joey, Joe …«

Schiller war nicht bei ihnen. Er war am fünften Tisch, ein alter Mann mit einem Seil um den Bauch, der Columbus-Avenue-Philosoph. Am hinteren Ende von Coens Tisch stand ein abgerissener Mann in Turnhose und spielte mit einem Butterfly-Schläger. Der Bursche schlug ziemlich unregelmäßig. Er hüpfte herum wie ein Bär. Es war der König, Isaac Sidel. Und Barbarossa war verblüfft.

Schiller verachtete Isaac, machte ihn für Coens Tod verantwortlich.

»Schiller«, sagte Joe, »wie ich sehe, hast du einen neuen Freund.«

Der alte Mann zuckte die Achseln. »Was soll ich machen? Ich muss die Obdachlosen aufnehmen.«

»Er ist der beschissene designierte Bürgermeister.«

»Genau das meine ich doch. Ein Bürgermeister, der in eine Villa umziehen muss, ist ein Bürgermeister ohne Zuhause.«

»Das ist wunderbar«, sagte Joe, »aber was ist mit dem Andenken an Blue Eyes?«

Der alte Mann schniefte. »Es gibt eine Zeit der Trauer und es gibt eine Zeit des Vergessens. Frag die Kibitze. Isaac ist hergekommen, ist auf die Knie gefallen und hat um Verzeihung gebeten. Also habe ich verziehen.«

»Dad«, rief Barbarossa zu Isaac hinüber, »stimmt das?«

»Zisch ab«, antwortete Isaac, »ich arbeite an meinen Schlägen.«

»Und ich werde verrückt«, sagte Barbarossa.

»Joey, du hättest uns nicht verlassen sollen«, sagte Schiller.

»Ich habe euch nicht verlassen … Ich habe geheiratet. Ich bin ein Cop. Ich musste meinen Scheißschwiegervater beschützen … Dad, würdest du mich deinem Tischtennispartner vorstellen?«

»Das ist König Carol«, sagte Isaac. »Der Champion von Rumänien. Carol ist mein Trainer.«

König Carol war ein etwa fünfzigjähriger Schlägertyp mit einer beeindruckenden Technik. Er hätte durchaus ein Champion sein können. Wie sollte Joe das wirklich beurteilen? Carol hatte einen Schnauzbart mit Narben in der Mitte, weiße Flecken, wo keine Haare mehr wuchsen. Er verlieh ihm das Aussehen eines sportlichen Satans; der

Champion von Rumänien hatte knorrige, muskulöse Beine. Er schüttelte Barbarossa die Hand. Er spielte ebenfalls mit einem Butterfly. Joe bevorzugte den Stiga, der einen schwereren Griff besaß. Aber er war ja auch nur der inoffizielle Champion von Saigon gewesen, mehr nicht. Den Schlägen des Rumänen hatte er nichts entgegenzusetzen.

»König Carol«, sagte Joe, konnte seinen Satz aber nicht beenden. Sweets und Wig trafen ein, bauten sich direkt hinter Barbarossa auf.

»Hallo, Mr Bürgermeister«, sagte Sweets. »Das ist ziemlich raffiniert. Sich hinter einem Tischtennisball zu verstecken.«

Isaac gab ihm keine Antwort. Er schlug weiter Bälle mit König Carol.

»Sie sind mir gefolgt«, sagte Barbarossa zu Sweets. »Und Sie haben Ihren Killer mitgebracht.«

»Ich bin kein Killer, Joey«, sagte Wig. »Ich bin nur ein weiterer farbiger Scout im Krieg des weißen Mannes.«

»Schluss damit«, sagte Sweets. Und er streckte seine riesige Pranke aus und schnappte den Ball aus der Luft. »In Ordnung, Mr Bürgermeister. Sie können Ihren Kommandoposten haben. Der Tischtennisclub. Und zwei Männer. Wig und Barbarossa.«

Isaac stöhnte. »Die werden sich doch gegenseitig umbringen. So schnappe ich die Knickerbocker Boys nie.«

»Mehr bekommen Sie nicht, Mr Bürgermeister. Machen Sie's gut.«

Und Sweets überließ Isaac dem Tischtennisclub und seiner kleinen Truppe Cops.

7

Isaac verstand diese neue Sprache von Gummi und Schwamm nicht. Die Spieler in seiner Nähe rissen ständig die Gummiauflage von ihren Schlägern und klebten andere Auflagen auf. Nichts schien beständig zu sein in der Welt des Tischtennis. Er hatte seinen Trainer, König Carol, und seinen Butterfly. Jetzt trug er nur noch kurze Hosen wie ein kleiner Junge. Er hatte diese Reise in Schillers Club nicht geplant. Das war völlig unbewusst. Er war in seiner Pennerkluft angekommen und Schiller hatte ihn wütend angefunkelt. Isaac sah Coens Tisch und fing sofort an zu weinen. Er vermisste diesen blauäugigen Engel. Er hatte Coens Ehe kaputtgemacht und er musste die Wahrheit seiner Machenschaften ertragen. Manfreds Frau ließ sich scheiden, und der Junge driftete in seinen eigenen Alphazustand mit einem Tischtennisball. Marilyn verliebte sich in ihn. Isaac war eifersüchtig. Er war selbst untergetaucht, lebte als ein in Unehre gefallener Cop bei den Guzmanns in einem Süßwarenladen. Manfred Coen geriet zwischen die Fronten und starb im Tischtennisclub.

»Schiller«, hatte er gesagt, »es war meine Schuld ... Hätte Blue Eyes nicht ganz allein dort draußen lassen dürfen ... Ach, er war ein guter Junge. Unterhaltungen mit ihm sind mir immer noch präsent ... Verzeih mir, bitte.«

Er zitterte. Der alte Mann legte ihm eine Decke um die Schultern und adoptierte diesen Penner, der gleichzeitig der designierte Bürgermeister war. Und Isaac hatte seinen Zufluchtsort gefunden, Coens Tisch und Coens Schrank. Die Kibitze konnten sich nicht entscheiden, was Isaac betraf, den sie sowohl für einen Mörder als auch für einen König hielten. Es war Schiller, der die Regeln festlegte. Isaac war der persönliche Pilger des Clubs geworden. Und jeder, der ihm nicht respektvoll gegenübertrat, wurde aus dem Club geworfen.

Die Last seiner Einsamkeit hob sich von Isaac. Er hatte jetzt einen Mentor, Emanuel Schiller, und einen Trainer, Carol, der kein echter König war, dessen Name aber dem von Isaacs früherem Adjutanten ähnelte, Caroll Brent. Caroll war Papa Cassidys Schwiegersohn. Er hatte den Dienst bei der Polizei quittiert und war nun Privatdetektiv in New Hampshire geworden. Aber anders als König Carol war er kein Tischtennisspieler. Isaac wusste, dass Carol ein Rüpel war, dennoch entwickelte er eine Kameradschaft zu dem Rumänen. Sie redeten über Tischtennis. Er hörte seinem Trainer aufmerksam zu.

»Du musst den Ball lieben«, sagte Carol.

»Aber was, wenn ich's nicht kann?«

»Dann wirst du am Tisch keinen Frieden finden.«

»Du wirst in einem dunklen Schrank gefangen sein«, sagte Schiller, der Rousseau des Clubs. Und Isaac lernte, den Ball zu lieben. Tischtennis war ein meditatives Bewegungsspiel. Er war wie ein Mönch, der sein eigenes, ganz persönliches Licht finden musste. Aber er hatte zu viele Geister hinter dem Biss seines Butterfly. Er würde das Satori niemals erreichen. Aber er versuchte es zumindest.

»Schiller«, sagte er, »ich werde abdanken.«

»Sei still.«

»Ich werde mein Leben ganz dem Tischtennis widmen.«

»In diesem Club dulden wir keine Drückeberger. Wenn du nicht zu deiner Krönung gehen willst, werden wir dich eben hintragen.«

»Können wir den Club nicht ins Gracie Mansion verlegen?«

»Kommt nicht in Frage.«

»Die werden mich isolieren, diese Haushaltsplandirektoren und ihre Investorenfreunde. Werden Sie mein erster stellvertretender Bürgermeister?«

»Halt's Maul, Sidel. Ich hab nicht mal einen Highschool-Abschluss ... Du wirst ein- oder zweimal wöchentlich in den Club kommen. Du wirst spielen, und wir werden uns unterhalten. Aber press mich nicht in deine Verwaltung.«

Isaac hatte zwar nicht Margaret Tolstoi, aber er war so glücklich, wie ein Bürgermeister-König unter den gegebenen Umständen werden konnte. Sein Alias, Geronimo Jones, ließ ihn immer noch nicht los. Ein vierter Geronimo wurde tot aufgefunden; in seinem Mund steckte eine Nachricht.

Müssen wir für dieses Pack Steuern zahlen?
Die Knickerbocker Boys

Und wieder dieselbe poetische Liste von Verrückten:

Monte Ward
Will White
Jay Penny
Long John Silver
Sam Wise
Jesse Nichols
Morris deMorris
Alexander Hamilton
Herman Long
Tobias Little

Isaac hätte schwören können, dass er Jay Penny und Tobias Little schon mal irgendwann begegnet war. Er schickte sein merkwürdiges Team los, Barbarossa und Wig, die ihm einen beschissenen Ansatzpunkt finden sollten. Im Telefonbuch von Manhattan gab es einen Tobias Little. Aber der war achtzehn Jahre alt und hatte die Sprache verloren. Es gab zwei Will Whites, aber keiner von denen schien einer extremistischen Splittergruppe nahe zu stehen.

Isaac konzentrierte sich aufs Spiel. Wenn er den Ball genug liebte, könnte ihm das womöglich ein paar Antworten bringen. Monte Ward, Sam Wise …

Eine Frau mit einer blonden Mähne betrat den Club. Margaret Tolstoi. Und ein Begleiter, den sie nicht vorstellen musste. Es war Quentin Kahn, Herausgeber von *Pingpong Power*, der Bibel aller Kibitze im Club. Quentin bereiste die ganze Welt und berichtete über jedes große Turnier. Quent war es, der Carol aus Rumänien geholt und im Schiller's eingeführt hatte, Quent war es auch, der Schiller die Immobilienbarone vom Hals hielt. Die Barone wollten Schillers Mietvertrag übernehmen, das Gebäude abreißen und einen weiteren Wohnblock aus Glas und Stein an der Columbus Avenue errichten. Quent führte einen Massagesalon, aber die Kibitzer spielten nicht Moralapostel, was das Geld anderer Leute betraf.

Isaac war unverschämt eifersüchtig. Er wusste, dass Margaret mit Quentin Kahn schlief. Quent musste der Schieber sein, von dem sie gesprochen hatte, der Dreckskerl, der blauäugige Kinder aus Rumänien herausholte. Isaac musste sich König Carol noch einmal ansehen. Sein Trainer war einer von Quentins Piraten. Und Isaac musste seine ganze Kraft aufbieten, um diesen Piraten von der Kunst des Tischtennisspiels zu trennen und den Ball weiterhin zu lieben.

»Isaac«, sagte Margaret, »darf ich dir Quentin Kahn vorstellen, einen deiner Bewunderer.«

»Mr Bürgermeister«, sagte Quentin, »es ist mir eine ganze besondere Freude zu erfahren, dass Sie ein Tischtennis-Fan sind.«

»Ich bin kein Fan«, antwortete Isaac und versuchte,

seine Aufsässigkeit zu verbergen. »Ich bin blutiger Anfänger ... König Carol ist mein Trainer.«

»Er heißt Michael Cuza. Er war die Nummer fünf auf der Weltrangliste. Ich habe damit angefangen, ihn Carol zu nennen. Carol war der erste König von Rumänien, und sein Großneffe, Carol der Zweite, war ebenfalls König.«

»Ich weiß alles über Rumänien, Mr Kahn. Und Carol ist ein sagenhafter Trainer.«

»Würden Sie einen Artikel für uns schreiben, uns Ihre Eindrücke vom Tischtennis schildern? Ich gebe ein kleines Magazin heraus. Schiller wird Ihnen davon erzählt haben.«

»Pingpong Power«, sagte Isaac.

»Genau das. Nichts Großartiges, Mr Bürgermeister. Einfach nur Ihre Eindrücke. Unsere Leser wären begeistert. Das Magazin erscheint weltweit.«

Da bin ich sicher, du beschissener Kinderhändler, murrte Isaac stumm vor sich hin. In Margarets Gegenwart wurde er zunehmend paranoid. Er fragte sich, ob Schiller mit in der Sache steckte. Nein, entschied er. Nicht Schiller. Nicht seine Kibitz-Galerie. Nur Quentin Kahn und König Carol. Margaret lächelte Carol an, und diesem anderen König gefiel das nicht.

»Ich möchte Sie sehr gern zum Mittagessen einladen, Mr Bürgermeister.«

»Das könnte als Bestechung ausgelegt werden«, sagte Isaac mit einem grausamen Lächeln.

»Sie sind doch noch nicht im Amt. Sie sind noch nicht amtierender Bürgermeister.«

»Aber ich werde es bald sein.«

»Dann müssen wir sobald wie möglich gemeinsam zu Mittag essen.«

»Ich werde einen Blick in meinen Terminkalender werfen, Mr Kahn, und mich bei Ihnen melden.«

»Bitte. Ich bin ein Freund. Ich habe Ihren Wahlkampf unterstützt. Hat Papa Cassidy Ihnen das nicht erzählt?«

»Ich spreche mit dem Schatzmeister meiner Wahlkampforganisation nie über finanzielle Dinge.«

»Das ist mal was ganz Neues. Seine Geldgeber schlecht behandeln.«

»Ich behandele niemanden schlecht«, erwiderte Isaac. »Ich werde mit Ihnen zu Mittag essen. Nächste Woche.«

Quentin Kahn schüttelte Isaac die Hand und ging mit Margaret, die Carol kurz ein zweites Mal anlächelte, für Isaac jedoch nicht einmal ein Zwinkern übrig hatte. Er war deswegen nicht todunglücklich, er war verdrießlich. Doch unvermittelt überkam ihn ein Tischtennis-Satori. Quentins Magazin war das perfekte Vehikel, um blauäugige Kinder zu verkaufen. Eine Suchen-Anzeige, eine persönliche Spalte mit einer sehr diskreten Botschaft.

Mordgelüste überkamen ihn. Zum Tischtennis war er mit der ihm eigenen sonderbaren Unschuld gekommen, der vagabundierende König. Und hatte dabei ein weiteres Klapperschlangennest entdeckt. Es war nicht Schillers Nest. Isaac hatte den alten Mann in weniger als einer Woche lieben gelernt. Schiller würde Kinder weder kaufen noch verkaufen. Der Rumäne allerdings schon. Isaac musste seinen Trainer anlächeln, ihn wie einen Zen-Meister behandeln. Quentin Kahn jedoch würde er vernichten und Carol sollte an einem Tischtennisball ersticken.

Aaah, er hatte es ganz vergessen. Er musste den Ball lieben. Er konnte ihn nicht als Waffe einsetzen.

8

Der König duschte im Schiller's, shampoonierte sich die Haare. Er musste vorzeigbar sein. Er wechselte die Kleidung, trällerte ein Liedchen vor sich hin. *Will White, wo steckst du?* Aber die Knickerbocker Boys würden warten müssen. Isaac ging zu Fuß zum Ali Baba und bezahlte den Eintritt. Er befand sich in einer riesigen, von blauen Lampen erleuchteten Höhle. Er schlenderte an den verschiedenen Nischen vorbei. Keines der schwarzen, weißen oder braunen Mädchen sprach ihn an. Sie hatten einen stechenden, lasziven Blick, wie Dämonen in blauem Dunst. Aber er sah ein Mädchen, dessen Blicke Isaac nicht mit vorgetäuschter Lust verschlangen. Sie war schwarz, um die dreißig. Sie gähnte, und Isaac betrat ihr Séparée.

»Schätzchen«, sagte sie, »ich zeig dir meins, wenn du mir deins zeigst.«

»Wie heißt du?«, fragte er.

»Bist du ein Bulle?«

»Ja ... nein. Ich bin kein Bulle. Ich bin drauf und dran, in einem neuen Job anzufangen. Wie heißt du?«

»Yolanda«, antwortete sie.

Isaac blieb hartnäckig. »Dein richtiger Name.«

»Josepha Church.«

»Bitte«, murmelte Isaac. Sie musste die Überzeugungskraft eines Königs in Isaacs Augen gespürt haben. Jetzt gähnte sie nicht mehr.

»Ich bin Rita Mae. Und wer bist du, Schatz?«

»Geronimo Jones.«

»Mistah«, sagte sie gedehnt, »das ist kein besonders gesunder Name. Du bist ein Bulle.«

»Nein. Ich bin auch noch Isaac Sidel.«

»Der weiße Knabe, der demnächst Bürgermeister wird?«

Er wedelte mit dem Kopf.

»Schämen sollst du dich. Ein Mädchen hereinlegen zu wollen. Was zum Teufel machst du in einer Muschibude? Ein bisschen Feldforschung, Mr Bürgermeister?«

»Ich habe dein Gesicht gesehen und …«

»Mein Gesicht, ja? Und meinen Arsch und meine Titten. Zeig mir deins, Mr Bürgermeister.«

Isaac war in seine eigene beschissene Falle getappt. Er fing an zu stottern.

»Zeig mir deins«, wiederholte sie.

Er knöpfte seinen Hosenschlitz auf, nahm seinen Schwanz in die Hand. Seine Pracht verblüffte ihn. Seit Margaret Tolstoi wieder in sein Leben getreten war, war Rita die einzige andere Frau, bei der er einen Ständer bekommen hatte. Isaac hatte bereits das Gefühl, untreu geworden zu sein. Es war der reinste Wahnsinn. Margaret verführte Gangster für das FBI, und Isaac war im Ali Baba bei einer schwarzen Prostituierten.

»Schätzchen, willst du ein Date?«

»Ich würde gern mit dir reden, Rita.«

»Immer noch auf Forschungsreise, häh? Oben gibt es eine kleine Kapelle. Wir könnten zusammen beten, Schatz … Aber über den Preis kann ich nicht verhandeln. Wir treffen uns in zehn Minuten.«

Ein dunkler Vorhang senkte sich über ihr Fenster, und Rita Mae verschwand. Isaac kehrte auf den langen Korridor blauen Lichts zurück. Den Elefantenknüppel in seiner Hose schleppte er immer noch mit sich herum. Leise pfiff er vor sich hin: *Will White, Will White*. Er schien zu schweben. Mehrere Armpaare transportierten ihn weiter. Schnell wurde er aus dem blauen Licht entfernt und in einem geheimen Kabinett innerhalb eines anderen Kabinetts abgeladen. Dieses Zimmerchen war mit Funkempfängern und Tonbandgeräten ausgestattet. Isaac roch das FBI. Der gottverdammte Frederic LeComte hatte tatsächlich eine kleine Station im Ali Baba eingerichtet. Diesmal allerdings ohne die üblichen Mormonen-Handlanger. Hier waren Frederics Agenten ausnahmslos schwarz. Für Isaac Sidel, den vagabundierenden König, kannten sie nur Verachtung.

»Wo steckt LeComte?«, fragte Isaac.

»Halt's Maul.«

Durch eine verborgene Tür tauchte LeComte auf wie ein Schwertschlucker. Er drohte Isaac mit dem Zeigefinger. Er trug nicht seine gewohnte blau in blaue Farbkombination. Das Ali Baba war ein anderes Land. Er sah aus wie ein Bauer, wie ein Landei von außerhalb in roten Socken und Versandhaus-Anzug. Eine raffinierte Verkleidung, das musste Isaac zugeben. Der Kulturkommissar des Justizministeriums spielte sich selbst ohne die Farbe Blau.

»Dieser Laden ist tabu, Isaac, haben Sie verstanden?«

»Ich bin der designierte Bürgermeister. Ich gehe hin, wo immer ich hinwill.«

Die schwarzen Agenten lachten Isaac aus. Sie hatten strahlend weiße Zähne.

»Du bist ein Nichts ... nur ein kleines, unbedeutendes Arschloch«, höhnten die Agenten.

»Sie lassen noch unsere Tarnung auffliegen«, sagte LeComte. »Sie sind der bekannteste Mann in New York. Das ist eine Tatsache. Nicht mal Paul Newman erhält hier so viel Beachtung wie Isaac Sidel.«

»Ja, ich bin ein Superstar«, sagte der König.

»Sie erleben gerade so etwas wie die Flitterwochen. Genießen Sie's.«

»Sie können mich mal, Frederic.«

Die schwarzen Agenten kreisten Sidel ein. Aber LeComte ließ das nicht zu. Er verscheuchte sie vom König.

»Wo ist Margaret?«, musste Isaac fragen.

»Sie wissen doch, wo sie ist. Bei Quentin Kahn. Sie werden meine Ermittlungen gegen Kahn nicht vereiteln. Dieses Arschloch geht den Bach runter. Und mischen Sie sich ja nicht ein.«

»Ich würde nicht mal im Traum dran denken, LeComte. Aber schnappen Sie ihn sich vor Januar. Denn meine erste Amtshandlung als Bürgermeister wird die Schließung des Ali Baba sein.«

LeComte stöhnte. »Raus hier. Na los. Jagen Sie die Knickerbocker Boys. Das ist Ihr Ding.«

»Ich vermute, Obdachlose sind dem FBI scheißegal.«

»Wir sind für die Asyle nicht zuständig. Das ist eine kommunale Angelegenheit.«

»Eine kommunale Angelegenheit«, brummte Isaac. »Und Quentin Kahn ist wichtiger, ja?«

»Er handelt mit Kindern, Isaac. Er stiehlt sie in Osteuropa und verdient ein Vermögen. Können Sie sich so was vorstellen? Mütter und Väter, die ihre eigenen Kinder verkaufen?«

»Man verkauft alles, wenn man hungrig genug ist.«

»Oder habgierig genug. Es ist so ähnlich, wie eine Hühnerfarm zu betreiben. Man nimmt einen blauäugigen Jungen, mästet ihn und verkauft ihn dann an den Meistbietenden.«

»Auch nur eine andere Form des Irrsinns.«

»Irrsinn? Das ist eine Industrie, in der Millionen Dollar umgesetzt werden. Und Quentin Kahn steckt hinter allem ... Sie lassen unsere Ermittlungen auffliegen, wenn Sie noch einmal herkommen.«

»Quentin hat meinen Wahlkampf finanziell unterstützt. Ich werde nächste Woche mit ihm zu Mittag essen.«

»Sie werden es niemals zu dieser Verabredung schaffen. Ich werde Sie an Ihre Tischtennisplatte fesseln.«

»Super«, sagte Isaac. »Dann werde ich ausführliche Diskussionen über den Kindermarkt in Rumänien mit König Carol führen. Machen Sie's gut, LeComte.«

Die schwarzen Agenten begleiteten ihn aus LeComtes Kabinett. Die Erektion war verschwunden, als er mit den FBIlern zusammen gewesen war. Er dachte an Rita Mae hinter ihrem Fenster. Auch nur wieder eine Maid in Not. Er liebte Margaret, war aber Ritas Ritter. Er verließ den blauen Dunst des Ali Baba und kehrte blinzelnd ans Licht der Sonne zurück.

9

Reporter tauchten in Schillers Club auf. LeComte musste ihnen die neue Anschrift des Königs gegeben haben. Isaac musste in der Nähe der Kibitzergalerie eine Pressekonferenz abhalten.

»Mr Bürgermeister, können Sie uns etwas über Ihre Verwaltungsorganisation sagen?«

Der König musste ein wenig lügen. »Sie formiert sich.«

»Wird Martin Malik Ihr erster Stellvertreter?«

»Ich ziehe Malik in Erwägung, aber eine definitive Entscheidung ist noch nicht gefallen.«

»Aber Sie haben noch keinen einzigen Dezernenten oder Amtsleiter ernannt.«

»Weihnachten habe ich meine Mannschaft zusammen.«

»Was ist mit dem Haushalt, Mr Bürgermeister? Wird das Steuerjahr sechsundachtzig ein fettes Jahr? Oder werden wir weniger in der Kasse haben als fünfundachtzig?«

»Ich werde keine Prognosen über das Steueraufkommen machen«, sagte der König und klang dabei wie ein Bürgermeister. »Das wäre noch verfrüht.«

»Können Sie uns etwas über die Knickerbocker Boys sagen? Sind das weiße Rassisten, gehören sie zum Ku-Klux-Klan?«

»Vielleicht. Ich werde sie zerschmettern, wer immer sie sind.«

»Ist dieser Club Ihre Operationszentrale geworden, bis Ms Rebecca das Mansion räumt?«

»Ich habe keine Operationszentrale. In einem Tischtennisclub macht man keine Politik. Man spielt Tischtennis. Und Ms Rebecca wird das Mansion nicht verlassen. Sie wird als mein Gast bleiben.«

»Wie sollen wir das interpretieren?«

»Da gibt es nichts zu interpretieren. Ich darf Gäste beherbergen.«

»Wird Ms Rebecca Ihrer zukünftigen Verwaltung angehören?«

»Offiziell? Nein. Aber sie wird mir zur Seite stehen.«

»Ist das nicht ein wenig zu viel Nähe zu einem der unbeliebtesten Bürgermeister, die New York je hatte?«

»Sie war ein guter Soldat. Ich schätze und achte Rebecca Karp.«

»Aber Soldaten gehören auf ein Schlachtfeld, Mr Bürgermeister.«

»Das hier ist ein Schlachtfeld, ob Sie's nun glauben oder nicht.«

Isaac beendete die Pressekonferenz, aber draußen auf der Kibitzergalerie kampierten bereits andere Journalisten, die jeden einzelnen seiner Schritte beobachteten. Isaac konnte sich nicht aufs Spiel konzentrieren. Und plötzlich wurden die größten Immobilienbarone New Yorks zu Tischtennisspielern. Jason Figgs und Judah Bellow tauchten in kurzen Hosen auf und umklammerten Butterflys. Schiller dachte nicht daran, sie auszusperren. Er war Philosoph. Er konnte niemanden diskriminieren, nur weil er zufälligerweise ein Pharao war.

Isaac musste sich mit Jason und Judah warm laufen. Er war wütend.

»Ihr habt euch Schyler Knott vom Hals geschafft, stimmt's?«

»Er ist zurückgetreten«, sagte Judah Bellow.

»Dank einem bisschen Druck von seinen Immobilienfreunden.«

Isaac war nur ein Anfänger. Er konnte weder den Ball noch Jason Figgs oder Judah Bellow lieben. Er zog sich in Coens Wandschrank zurück. Er versuchte zu meditieren, doch sein Verstand war wie ein dunkler, schlammiger Fluss.

Er rannte downtown zu seiner Wohnung, zog sich um. Der König hatte einen Termin. Die Modern Language Association tagte in der Stadt und Isaac sollte vor einer Bande von College-Professoren über das Baseball-Ritual reden, über ihre Sprache und Literatur. Aber die Profs wollten eigentlich gar keine Rede. Sie waren Baseball-Fans. Sie wollten etwas über den Bomber, Harry Liebermann, und dieses hervorragende Jahr 1944 hören, als die Majors nur aus »Schrottmannschaften« bestanden, aus Ausschuss, Ruheständlern und drittklassigen Kids.

»Wollen Sie vielleicht wissen, wie Baseball ohne einen Joe DiMaggio war? Es war herrlich«, sagte Isaac. »Wir vermissten alle DiMaggio. Und seine wunderbare Einzelstellung im Centerfield, seine Anmut. Ich persönlich fand es lähmend. Mir war der Bomber lieber. Er war nicht DiMaggio, aber er war der erste Zen-Spieler in der Geschichte des

Baseball. Harrys Bewegungen waren wie ein Koan. Er versuchte niemals, über seine Unbeholfenheit hinauszugehen. Seine Unbeholfenheit war Harry. Und jeder von ihm geschlagene Homerun schwebte zur Tribüne wie ein benommener Vogel.«

Isaac verfolgte in Gedanken den Bogen dieses Vogels. *Will White, Will White.* Und dabei stieß er auf die traurigste Erkenntnis seines Lebens. Er kannte Will und Sam Wise und Herman Long und Tobias Little. Sie alle waren Spieler aus dem neunzehnten Jahrhundert. Deshalb waren ihm die Namen so verdammt bekannt vorgekommen.

Isaacs kleiner Zuhörersaal im Sheraton Centre war bis auf den letzten Platz besetzt. Sein Seminar war das beliebteste des ganzen MLA-Kongresses. Er trank Kaffee mit den Professoren. Aber er sehnte sich danach, einen Blick in seinen Baseball-Almanach zu werfen und seinen Verdacht bezüglich Will White zu bestätigen.

Seine Hände zitterten, als er zur Rivington Street zurückkehrte. Er konnte den Almanach kaum halten. Tobias Little spielte 1887 für Louisville. Jay Penny war dritter Baseman in der Players League, die nur ein Jahr existierte: Er tauchte auf und verschwand 1890. Sam Wise gewann 1884 siebenunddreißig Spiele für die Toledo Americans. Jesse Nichols war in den neunziger Jahren ein erfahrener Catcher für Brooklyn, Pittsburgh und Philadelphia. Will White warf 1879 sechshundertachtzig Innings für die Cincinnati Nationals. Monte Ward war Infielder-Outfielder-Pitcher für Providence und New York. Herman Long war ein knallharter Shortstop. Morris deMorris war ein halbes Jahr Spicks-Manager in Buffalo gewesen, und es gab einen Long John Silver in der National League. Er spielte für die Chicago Cubs. Er fand einen Alexander Hamilton, der bei Columbus und Cleveland spielte.

Die Liste war vollständig. Isaac hatte sämtliche Knickerbocker Boys verortet. Er empfand Verbitterung. Die

Knickerbocker Boys waren ein Sammler-Code und persönlicher Kassiber für den König. Nur ein Mann konnte diesen Kassiber geschickt haben. Ein anderer Antiquar. Es musste Schyler Knott sein. Schyler stammte von den frühen holländischen Bauern von New Amsterdam ab. Seinen Vorfahren hatte einmal ein Stück der Bowery gehört. Und Schyler besaß überall Häuser. Er war Vermieter *und* Präsident des Christy Mathewson Clubs. Für ihn endete der Baseball etwa 1940. Harry Liebermann war ein Christy, konnte aber nicht in die Annalen der Christys aufgenommen werden. Er war 1943 zu den Giants gekommen. Ein paar Jahre zu spät.

Isaac hatte Schyler nie über Hobos und Mischlinge und Nigger und Juden reden hören. Und er konnte sich auch nicht vorstellen, dass Schyler Obdachlose umbrachte. So etwas machte ein Bewahrer nicht, aber es war Schyler, der sich dieses Dreamteam aus Spielern des neunzehnten Jahrhunderts ausgedacht haben musste. Neun Männer und ein Manager, Morris deMorris.

Der König ging zu Schylers Haus an der Horatio Street. Doch Schyler war nicht da. »Er ist fort, Mr Bürgermeister«, sagte der Portier. »Hat seine Koffer gepackt … Hat mich gebeten, seine Post anzunehmen.«

»Wann wird er zurück sein?«

»Das hat Mr Knott nicht gesagt.«

Der König ging uptown zum Christy Mathewson Club. Aber die Türen waren verschlossen. Der Club wurde renoviert und würde erst wieder aufmachen, wenn Isaac bereits zum Bürgermeister-König gekrönt war. Isaac musste mit dem A-Train nach Washington Heights fahren, wo der Bomber allein in seinem sehr langen Ruhestand lebte. Harry hatte unten in Mexiko eine mujer und ein kleines Mädchen gehabt. Das Kind starb an Masern, er kehrte ohne die mujer nach New York zurück, übernahm Gelegenheitsjobs und verbannte sich selbst in ein paar Zimmer an der Fort Washington Avenue. Er war der Hausdiener und Nachtwächter der Christys und er half, die Delancey Giants zu trainieren, Isaacs Baseballteam in der Police Athletic League. Doch Isaac war mit dem Bomber nicht befreundet, Schyler schon. Der Patrizier hatte sich mit Harry angefreundet, hatte ihm im Club ein Zuhause gegeben. Es verband sie mehr als nur Baseball. Vielleicht hatte Schyler Verständnis für einen Mann, der sich vor seiner eigenen Vergangenheit versteckte.

Der König besaß dieses Talent nicht. Harry war sein Held. Und er musste immer wieder von Harrys Homeruns träumen.

Der Bomber wohnte in einem Haus ohne Fahrstuhl in der Nähe eines winzigen Parks mit einer Tischtennisplatte aus Stein. Isaac lauschte auf das Klackern des Balles, stieg dann die Treppe hinauf zu Harry und klopfte an seine Tür. Harry ließ ihn herein und Isaac musste sich zusammenreißen, um nicht laut loszuheulen. Der Bomber war ein graunackiger Junge. Er war alt geworden, besaß aber die wendige Unschuld von jemandem, der ins Centerfield gehörte.

»Bomber«, sagte Isaac und fing dann doch an zu heulen, weil Isaacs eigene Unschuld mit Harrys verbunden war. Sie waren wie zwei im Jahr 1944 erstarrte Eisverkäufer, als Harry zum widerwilligen Star der National League wurde und Isaac Anastasia und die New York Giants hatte.

»Sie können nicht reinkommen«, sagte Harry, »wenn Sie sich nicht die Augen wischen.«

Der König hatte kein Taschentuch und Harry musste ihm eines leihen. Seine Wohnung war so grau wie die Haare auf seinem Nacken. An den Wänden hing kein einziges Erinnerungsstück, nicht ein Foto von Harry als Giant.

»Harry«, sagte Isaac, »erinnern Sie sich noch an dieses

Spiel mit den Cubbies, als Sie drei Homeruns geschlagen haben?«

»Ich habe nie in einem Spiel drei Homeruns geschlagen.«

»Harry, ich war dabei. Es war im Juli vierundvierzig.«

»Ich hatte fast den ganzen Juli einen Durchhänger«, sagte Harry. »Und jetzt halten Sie den Mund von Baseball.«

»Ich hab's überhaupt nicht blöd gemeint, Harry. Ich habe nur ein bisschen in Erinnerungen geschwelgt.«

»Schwelgen Sie, wenn Sie allein sind, Mr Bürgermeister. Was wollen Sie?«

Isaac setzte sich in Harrys Wohnzimmer auf einen Sessel, dessen Sprungfedern kaputt waren, deshalb hatte er ein Gefühl, als würde er fallen, fallen in die Ewigkeit einer längst vergessenen Baseball-Liga.

»Schyler ist verschwunden.«

»Wer sagt das?«

»Harry, er hat seinen Vorsitz in der Denkmalschutzbehörde aufgegeben, hat den Christys zugemacht und ist aus der Horatio Street verschwunden.«

»Das ist doch kein Verbrechen«, sagte der Bomber.

»Doch, ist es, wenn er die Knickerbocker Boys erschaffen hat ... Harry, muss ich es buchstabieren? Was hat Schyler mit einer Bande von Wahnsinnigen zu tun, die Obdachlose umbringen?«

Die Augen des Bombers waren blutunterlaufen. »Diese Stadt kommt vor die Hunde. Ich habe in unserem Keller bei den Christys einen Penner erwischt. Er hat unser Spülbecken in eine Toilette verwandelt.«

»Harry, antworten Sie mir!«

»Sie könnten sich irren, was Schyler betrifft.«

»Nein. Zehn Knickerbocker Boys. Und alle ausnahmslos Antiquare. Will White. Long John Silver. Monte Ward.

Morris deMorris ... das ist Schylers persönliches Scheißteam.«

»Schyler hat keine Mannschaft, Mr Bürgermeister. Was ist, wenn die Knickerbocker Boys zu mir gehören?«

»Das glaube ich nicht. Sie sind der Bomber.«

»Klar. Harry, der Held. Ich hasse Juden und Farbige.«

»Schluss damit«, sagte der König.

»Verhaften Sie mich doch, Mr Bürgermeister.«

»Kann ich nicht. Ich bin ein Zivilist, genau wie Schyler und Sie.«

»Ich habe mir die Obdachlosen vorgeknöpft, ich habe sie in die Hölle gejagt.«

»Ach, Harry, Sie hätten im Centerfield bleiben sollen.«

»Verhaften Sie mich«, wiederholte der Bomber.

Isaac wollte gehen. Harry drehte ihn mit seinen gigantischen Pranken um.

»Verhaften Sie mich ... Ich gestehe ein Verbrechen.«

»Sie schützen Schyler.«

»Glauben Sie vielleicht, ich hätte mir Monte Ward und all die anderen Jungs nicht ausdenken können?«

Isaac war zu keiner Antwort bereit. Er schüttelte Harrys Hände ab und verließ diese trostlose Wohnung, die an ein stilles Grab erinnerte.

10

Sweets erzählte er nichts von seinem Gespräch mit dem Bomber. Sweets war weder ein Kabbalist noch ein Antiquar und hätte das Rätsel der Namen aus dem neunzehnten Jahrhundert nicht verstanden. Er hätte Harry von Wig und Barbarossa rund um die Uhr überwachen lassen können, doch dann hätte er seine gesamten Ressourcen auf den Bomber ansetzen müssen. Er würde Schyler allein finden müssen. Er besaß immer noch Informanten und Spione in der One PP. Er war der Pink Commish. Er rief einen weiblichen Captain im Büro des Chefinspektors an.

»Marge«, sagte er, »zwei Dinge. Im Ali Baba gibt es eine schwarze Nutte. Nennt sich Rita Mae. Ich will wissen, woher sie kommt. Und ich brauche ein paar persönliche Daten über Schyler Knott, K-N-O-Doppel-T. Er hat sich beim Denkmalschutz selbst den Stiefel gegeben. Er war nie verheiratet, aber ich erinnere mich vage an eine in die Brüche gegangene Verlobung. Wer war das Mädchen? ... Danke, Marge.«

Der König hatte Marge direkt aus der Akademie geholt, und Marge war sein Kadett geblieben, gleichgültig, wer PC war. Sie war so etwas wie sein privater Geheimdienst innerhalb der Mauern der Police Plaza. Marge rief ihn im Tischtennisclub an. Isaac nahm das Gespräch in Coens Verschlag entgegen.

»Rita Mae Robinson«, sagte Marge. »Wohnt an der Lenox. Hat einen vierzehnjährigen Sohn, Harwood. Er ist ein Crackfreak.«

»Hat sie einen festen Beau?«

»Nicht leicht, ihr Liebesleben zu recherchieren, Chef. Sie ist eine Nutte.«

»Wie steht's mit Schyler Knott?«

»Ich kann Ihnen lediglich seinen Gehirnklempner anbieten. Eine gewisse Dr. Lillian Campbell, eine Psychiaterin mit Examen von der Columbia und Cornell. Und raten Sie mal? Schyler hat mit der guten Doktorin geschlafen.«

»Er hatte eine Affäre mit seiner eigenen beschissenen Therapeutin? Wie haben Sie das herausgefunden, Marge?«

»Schämen Sie sich, Chef. Sie haben uns doch selbst

aufgetragen, über sämtliche Leute von Rebecca Akten anzulegen.«

»Kommen Sie, Marge. Ich muss schließlich die Dezernenten vor sich selbst beschützen. Irgend so ein Penner könnte sie erpressen. Und dann wäre die ganze Stadt kompromittiert. Wie alt ist Dr. Campbell?«

»Achtunddreißig oder neununddreißig.«

»Ist sie ein Schuss?«, fragte Isaac. Marge schwieg und Isaac musste seine Sünden beichten. »Okay, ich bin ein chauvinistisches Macho-Schwein, aber ...«

»Chef, sie ist eine Wucht, eine Rothaarige mit jeder Menge Sommersprossen ... Soll ich sie für Sie ausziehen, Isaac?«

»Hören Sie auf damit«, sagte er. »Ich bin Ihr Vorgesetzter.«

»Das sind Sie nicht. Sie sind ein König ohne Krone, und ein sehr ungezogener Junge noch dazu. Ich muss jetzt Schluss machen. Sweets bringt mich um, wenn er herausbekommt, dass ich mit Ihnen geredet habe.«

Isaac machte einen Termin mit Dr. Lillian Campbell, wobei er darauf bestand, sie noch am gleichen Nachmittag zu treffen. Er musste sein gesamtes Gewicht als designierter Bürgermeister in die Waagschale werfen. Dr. Campbell gab ihm einen Termin um fünf Uhr. Der König musste lächeln. Dr. Campbells Praxis befand sich an der Horatio Street. Sie besaß ein Penthouse in Schylers Gebäude. Für den König klang das nach Inzest.

Er bekam weiche Knie, als er die Rothaarige sah. Marge hatte sich nicht geirrt. Dr. Campbell war eine Wucht. Sie hatte intelligente Wangenknochen, die brütenden Augen eines Tieres. Sie erinnerte ihn an Maureen O'Hara, eine Schauspielerin aus seiner Kindheit. Es war, als würde man eine Schönheit betrachten, deren ganzes Gesicht in Flammen stand. Der König musste vorsichtig sein. Einen Blumentopf würde er bei Dr. Campbell nicht gewinnen können. Er würde seine kleine Trumpfkarte einsetzen müssen. Die Liebesaffäre mit ihrem Patienten.

Er saß auf der Patientencouch in Dr. Campbells Praxis, von wo aus man auf eine Terrasse gelangte und einen Blick auf die Wall Street und das Woolworth Building in der frühwinterlichen Abenddämmerung hatte. Dunkelheit schien sich wie eine Faltbombe über alles zu legen. Der Himmel hätte durchaus auch die Decke einer magischen Höhle sein können. Der König würde sich niemals von New York erholen.

»Sie sind wegen Schyler hier, richtig?«

»Er ist verschwunden, Dr. Campbell. Und ich glaube, dass Schyler etwas mit den Knickerbocker Boys zu tun hat. Er ist ihr Anführer ... Helfen Sie mir, Dr. Campbell. Bringen Sie ihn mir.«

»Und mich dabei gegen meinen eigenen Patienten verschwören, Mr Sidel? Glauben Sie wirklich, er würde arme, harmlose Männer ermorden?«

»Ich bin nicht sicher. Aber die Knickerbocker Boys sind seine Erfindung. Das sind ausnahmslos Baseball-Profis aus dem neunzehnten Jahrhundert. Niemand außer Schyler hätte diese Liste zusammenstellen können.«

»Was ihn zu einem Poeten der Minor League macht, nicht zu einem Mörder.«

»Wenn er sich aber mit Mördern abgibt, dann ist er ihr Komplize ... oder ihr Handlanger. Bitte. Ich möchte mich nicht streiten. Helfen Sie mir.«

»Ich kann Schylers Geheimnisse nicht verraten.«

»Ich frage nicht nach irgendwelchen Geheimnissen. Sie könnten mir allerdings etwas über seine psychische Verfassung sagen. War er deprimiert, Doktor? Ich meine, er schmeißt seinen Job beim Denkmalschutz hin. Er schließt den Christys.«

»Daran ist nichts Mysteriöses. Der Club musste renoviert werden. Und er konnte wohl kaum mit einer Bande Investoren in ein und demselben Ausschuss sitzen. Das musste zwangsläufig zum Konflikt führen. Sie kennen Schylers Ansichten. Er würde die Lebenden und die Toten unter Denkmalschutz stellen, wenn er könnte.«

»Doktor, Sie weichen mir aus. Schyler steckt in Schwierigkeiten. Ich will ihn mir nicht greifen, aber die Cops werden.«

»Es sei denn, ich rede mit Ihnen. Aber ich rede nicht.«

Isaac war bereits von ihrem roten Haar geschlagen. Er wurde niederträchtig. »Das ärztliche Vertrauensverhältnis, was? Wie bei einem Voodoo-Priester. Aber schlafen Sie eigentlich auch mit Ihren anderen Patienten, Dr. Campbell?«

Sie hatte sich auf ihren Schreibtisch gestützt, unbeweglich wie eine prächtige Statue, als sie eine Hand ausstreckte, um dem König mit all ihrer Kraft eine Ohrfeige zu verpassen. Seine Kinnlade wogte und sein Körper sackte tief in die Couch zurück.

»Wir waren mal verlobt, Mr Sidel, und zwar lange bevor er mein Patient wurde. Ich habe seit sieben Jahren nicht mehr mit Schyler Knott geschlafen. Sind Sie jetzt zufrieden?«

»Tut mir Leid«, sagte der König und umklammerte sein Gesicht.

»Sie sind so erbärmlich wie jeder Bluthund. Aber ich habe Sie gewählt, Mr Sidel. Schyler ist wie ein angeschlagener Christus. Manhattan ist sein ganz spezielles Kreuz. Für ihn besitzt New York keine Zukunft, sondern nur eine Vergangenheit. Und in dieser Vergangenheit lebt Schyler. Aber töten würde er dafür nicht. Sie müssen sich auf mein Wort verlassen.«

»Aber Menschen sterben um dieses dumme, rassistische

Banner der Knickerbocker Boys. Ich will ihm nicht schaden, Dr. Campbell. Bitten Sie ihn, sich mit mir zu treffen.«

Isaac kritzelte seine Telefonnummer im Tischtennisclub auf einen Zettel. Mit einem Mal begann er zu zittern. In wenigen Wochen würde er in das Mansion umziehen müssen. Ohne die Sonderangebotstische aus der Orchard Street und das Weiß eines Tischtennisballes könnte er niemals überleben.

Mit dem Seventh Avenue Express fuhr er hinauf nach Harlem. Er musste zwei Babys küssen und einer kleinen Gruppe blinder Schüler die Hände schütteln. Der König wurde überall erkannt, wo er auftauchte. Menschenmengen bildeten sich in seinem Kielwasser. Er konnte nichts versprechen. Niemand konnte vorhersagen, ob es in der kommenden Woche unerwartete Geschenke gab. Der König könnte genau in dem Moment den Mantel eines Armen erben, in dem er als der einhundertundsiebente Bürgermeister der Stadt vereidigt wurde.

Er kam an einem Spielplatz an der Lenox Avenue vorbei und schaute einem jungen Schwarzen mit riesigen weißen Turnschuhen zu, der vier blauäugige Gören hütete. Die Gören hielten Händchen und lachten in einer Sprache, die der König nicht verstand. Sie hatten sehr blonde Haare und hätten »perfekte« Kinder aus einem irrwitzigen genetischen Zuchtprogramm sein können. In ihren Wintermänteln sahen sie wie sechs oder sieben aus. Sie trugen Fäustlinge. In Isaac tobte eine Wut. Der junge Mann musste Harwood sein, und seine Mom, Rita Mae Robinson, war die Fähnleinführerin von Quentin Kahns rumänischer Connection.

Der König könnte sich geirrt haben. Angenommen, es war nicht Harwood. Und die Gören waren nichts als einfache Flüchtlinge. Isaac ging zu dem Hirtenjungen, der ihn kaum registrierte.

»Harwood«, sagte er.

Die Augen des Jungen waren halb geschlossen. »Wer will was von ihm?«

»Ali Baba ... Ich bin ein Freund von Quentin Kahn«, sagte der König.

»Quent schuldet mir und meiner Mama zweihundert Dollar. Haben Sie das Geld, Mistah?«

»Morgen«, sagte Isaac. »Morgen.«

Er versuchte nicht, Harwood die Gören wegzunehmen. Er rannte auch nicht zu Rita Mae. Er ging nicht hinunter zum Ali Baba und schlug Quentin den Schädel ein. Er ging zu Jerry DiAngelis, dem Herrn des kriminellen Rubino-Klans. Die Rubinos beherrschten New York. Und Jerry war genauso König wie Isaac oder Kardinal Jim. Isaac hatte einmal zur Familie gehört, war Jerrys Kriegs-*consigliere* gewesen, als er noch der Commish war. Isaac hatte im Gefängnis gesessen, weil er den Rubinos ein bisschen zu nahe stand. Aber vor Gericht war er freigesprochen worden. Und jetzt waren Jerry und sein Schwiegervater, Izzy Wasser, der Melamed, beinahe Isaacs Feinde.

Der König blieb vor dem Baron-di-Napoli-Club an der Mulberry Street stehen. Er klopfte nicht ans Fenster. Er wartete. Es war eine lange, lautlose Belagerung. Jerry DiAngelis trat in seinem sagenhaften weißen Mantel heraus. Neben diesem Mantel sah Isaac wie ein armer Schlucker aus.

»Don Isacco, was zum Henker willst du hier?«

»Wir müssen reden.«

»Dann rede«, sagte Jerry.

»Nicht vor LeComte und seinen Abhörwagen.«

»Lass mich in Ruhe. Ich habe mich zurückgezogen.«

»Du bist fünf Jahre jünger als ich. Und du bist ungefähr hundert Millionen schwer. Du kannst es dir gar nicht leisten, dich zur Ruhe zu setzen. Deine eigenen Captains würden dich zerhacken.«

»Sprich nicht über meine Familie«, sagte der Don. Sie gingen zu Ferrara's, einer riesigen Konditorei an der Grand Street, die zu einer Touristenfalle geworden war. Nicht einmal LeComtes Zauberer hätten jeden einzelnen Tisch verdrahten können. Aber es war schwer zu reden. Leute kamen zu Isaac und Jerry und knieten sich vor den Tisch. Jerry musste sie anbrüllen. »Jesus, können wir nicht mal eine kleine Kaffeepause einlegen?«

Der König nahm einen Cappuccino. Und Jerry bestellte sich einen caffè tinto, schwarzen Kaffee mit einem einzigen Tropfen Milch.

»Jerry, wenn ich erst Bürgermeister bin, kann ich dir schaden, ziemlich übel schaden.«

»Arschgesicht, du kommst zu mir und willst mir drohen? Ich erwürge dich hier im Ferrara's vor den Augen von zweihundert Leuten.«

»Dir gehört das Ali Baba«, sagte Isaac.

»Ein Scheißdreck gehört mir. Ich kassiere einen Anteil von den Bruttoeinnahmen. Das ist mein Deal mit Quentin Kahn. Ich stelle keine Fragen. Er gibt und ich nehme. Und er ist klug genug, mich nicht misstrauisch zu machen.«

»Wusstest du, dass er ein widerlicher Schleimbeutel ist, dass er mit gestohlenen Kindern handelt?«

»Isaac, ich hab's dir doch schon mal gesagt, ich bekomme ein Stück des Kuchens, ein großes Stück. Ich mische mich nicht in seine Geschäfte.«

»Dann solltest du lieber noch mal scharf nachdenken, denn LeComte hat seinen eigenen kleinen Laden direkt im Ali Baba eingerichtet. Er wird Quentin Kahn versenken, und du wirst mit ihm untergehen.«

»Vielleicht, vielleicht auch nicht. Quentin hat einen Rabbi, Don Isacco, und dieser Rabbi bin nicht ich.«

»Rabbis werden ihm auch nicht mehr helfen, wenn LeComte erst einmal zuschlägt. Der Mann lagert blauäugige Kinder. Ich habe sie selbst gesehen, Jerry, mit eigenen Augen. Setz ihn ein bisschen unter Druck.«

»Setz du ihn doch unter Druck«, sagte Jerry. »Quentins Rabbi kann sich um LeComte kümmern.«

Und er verließ das Ferrara's, ließ Isaac mit der Rechnung sitzen.

11

Der König verlor Zeit. Tage verstrichen. Ein weiterer Obdachloser wurde ermordet, in seinem Mund steckte wieder ein Zettel. »Abschaum«, stand dort. »Sämtliche Männerasyle sind voller Homos.« Wieder die gleiche Liste der Knickerbocker Boys, angefangen mit Monte Ward. Und die Spurensicherung war nicht in der Lage, irgendwelche Anhaltspunkte zu ermitteln. »Noch ein Geronimo Jones«, sagten sie.

Isaac verfluchte seinen Decknamen allmählich. Wer zum Teufel war ihm auf den Fersen? Er musste noch einmal ins Ali Baba, aber LeComtes schwarze Einsatztruppe würde seinen Arsch sofort wieder vor die Tür setzen. Also musste der König Sherlock Holmes spielen. Er verkleidete sich diesmal nicht als Penner. LeComte hätte ihn in dreißig Sekunden erkannt.

Er stand vor seinem Spiegel und malte sich einen Schnurrbart. Er sah aus wie ein Latino-Prinz. In einem der Fässer auf der Orchard Street entdeckte er einen orangefarbenen Anzug, und schon bald sah er aus wie ein Lude.

Er zerbrach sich den Kopf darüber, wie er sich nennen sollte. Die Leute schienen um Isaacs Decknamen herum zu sterben. Er wollte keine weitere Leiche verursachen.

Er erreichte das Ali Baba und tauchte anonym in die Dunkelheit ein. Es beruhigte ihn, keine Identität mehr zu besitzen. Frei wie ein Scheißvogel konnte er sich auf dem blauen Dunst treiben lassen. Er musste nicht mehr die ganze Last seiner Krönung tragen. Er war nicht mehr Sidel.

An dem ersten schwarzen Kommandokämpfer kam er vorbei. Er war in seiner orangen Hose so auffällig, dass sich kein Mensch die Mühe machte, ihn zu registrieren. Er war nur ein weiterer Mann, der Mummenschanz trieb, nur ein weiterer Undercovermann. In Rita Maes Séparée gab er einen liebeskranken Caballero. Ritas Nippel standen unter einem Gespinst aus weißer Seide ab wie zwei unbarmherzige Darts. Doch diese Pfeile waren nicht für ihn bestimmt. Sie hatte bereits einen Freier in ihrer Nische. Dieser Caballero trug keine orange Hose. Er war ganz in Cord gekleidet. Es war Judah Bellow. Judah flüsterte durch die gläserne Wand, die ihn und Rita trennte. In Ritas Augen keine Spur von Langeweile. Weder hielt sie ihre Brüste in der hohlen Hand noch versuchte sie, Judah zu erregen.

Isaac war paralysiert. Dieses verrückte Gespräch durch die Glasscheibe hatte etwas so Intimes, dass es Isaac einfach nicht fertigbrachte, Judah zu bespitzeln. Er kehrte in die Ali-Baba-Mitternacht zurück und wartete auf das Ende des Getuschels. Der Immobilienbaron verließ Rita Maes Séparée und ging dicht an Isaac vorbei. Judah weinte. Er tupfte sich das Gesicht mit einem seidenen Taschentuch ab und verschwand. Wie ein Scheißgespenst.

Isaac nahm Judahs Platz ein. Er zwängte sich in das Séparée. Langeweile hatte sich wieder in Ritas Augen geschlichen. Sie züngelte Isaac an.

»Schätzchen, ich zeig dir meins, wenn du mir deins zeigst.«

»Meins hast du schon gesehen«, antwortete Isaac stöhnend.

Die Augen in ihrem Kopf schienen aufzuschrecken. Dann lachte sie.

»Schämen Sie sich, Mr Bürgermeister! Sie versuchen, ein hart arbeitendes Mädchen zu übertölpeln.«

»Wie sollte ich dich übertölpeln?«

»Sich mit einem Schnurrbart bei mir einzuschleichen.«

»Ach, das ist nichts«, sagte Isaac. »Das Ali Baba wimmelt von FBI-Leuten. Ohne ein ausgefallenes Kostüm wäre ich nie an denen vorbeigekommen.«

»Sie meinen Mr Frederic und seine Nigger? Die haben mir unsittliche Anträge gemacht.«

Isaac stöhnte wieder. »Das ist eine Falle, Rita. Du solltest nicht mit denen reden.«

»Ja, Baby, hab verstanden. Du bist jetzt mein Beschützer.«

»Rita, was zum Teufel hatte Judah Bellow hier zu suchen?«

Rita Mae drückte sich an die Glasscheibe. »Ich bin keine Petze.«

»Du hast für Quentin Kahn Kinder verwahrt. Das weiß ich. Ich habe sie mit Harwood gesehen. Kleine blauäugige Monster aus Rumänien.«

»Hat Harwood mit Ihnen gesprochen? Dieser Junge hat einen vorlauten Mund.«

»Ist Judah in die Sache verwickelt? Ist er Quentins Chef?«

»Pssst«, machte Rita. »Wir treffen uns oben in der Kapelle. Und enttäusch mich nicht wieder wie beim letzten Mal.«

»LeComte hatte mich entführt, Rita, hat mich einfach aus dem Ali Baba geschmissen. Ich konnte nicht ...«

»Pssst.«

Der gleiche dunkle Vorhang fiel vor die Trennscheibe und Isaac fühlte sich ohne Rita Mae Robinson schrecklich allein. Er tastete hilflos im Dunkeln umher, fand nach oben und erreichte die Kapelle, die eigentlich ein kleiner Nebenraum mit einem Gebetstisch und einem Schatz an Crack-Fläschchen und gelben Kondomen auf dem Boden war. Er wartete auf Rita, aber Rita tauchte nie auf. Isaac ging wieder hinunter zu ihrem Séparée. Ein anderes Mädchen saß hinter der Scheibe, mit tränenden Augen und einem verletzten Lächeln. Vor diesem Ausdruck lief er davon und rannte einem schwarzen Kommandosoldaten in die Arme.

»He, pass gefälligst auf, wohin du latschst!«

Isaac flüchtete in seiner orangen Hose aus dem Ali Baba. Er machte sich nicht die Mühe, sich umzuziehen. Er war ein U-Bahn-Freak geworden. Er fuhr zur Lenox hinauf, betrat das Brownstone, in dem Rita Mae wohnte, ein kleines, verfallendes Herrenhaus mit einem Rattennest an Wohnungen, und klopfte an Ritas Tür, bis ihm dämmerte, dass die Tür nicht abgeschlossen war. Er trat ein. Die Wohnung wirkte ruhig und friedlich. Rita saß auf dem Sofa, über dem Kopf eine Plastiktüte. Keine Anzeichen eines Kampfes. Ihre Finger krallten sich in nichts. Ihr Rücken war gerade. Durch den Plastikschleier starrten ihre Augen Isaac an.

Er wiegte sich nicht wie ein Kerl mit Gebetsschal vor Rita. Aber er machte sich Vorwürfe. Er hätte sich einen Streifenwagen schnappen und mit heulenden Sirenen uptown rasen sollen. Dann hätte er sie vielleicht retten können.

Aber er hatte die Ambivalenz eines Bürgermeister-Königs am Hals. Die Wahl hatte Isaac Fesseln angelegt, ließ ihn in eine Leere abdriften. Wie bei allem, was er derzeit machte, kam er ein bisschen zu spät …

Irgendwie wirkte Ritas Schleier ausgesprochen adrett.

Sie war eine verlorene Braut bei einem Rendezvous mit dem Tod. Isaac musste die winzige Verfärbung im Plastik nicht ansehen, die Spuren von Ritas Atem.

Er zog den Schleier ab. »Rita, spielen eigentlich alle Mädchen im Ali Baba gern tot ... oder nur diejenigen, die sich um Quentins Geschäfte kümmern?«

Ritas Blick begann zu wandern. Sie griff hinter sich und stürzte sich mit ihrem Schweineabstecher auf Isaac, einem Messer, das wie ein Dart ohne Federn war. Isaac erwischte ihr Handgelenk.

»Ich bin kein Obdachloser mehr«, sagte er. »Ich habe aufgehört, Geronimo Jones zu spielen.«

Aber er hätte sich nicht so sehr auf Rita konzentrieren sollen. Zwei stämmige Burschen rangen Isaac zu Boden. Er erkannte Bruder William, den Nachtportier aus der Seventh Avenue Armory, und Harwood, Ritas Sohn mit seinen vor Staunen großen Augen. Sie drückten seinen Hals auf den Boden.

»Rita Mae, stech das Weißbrot ab«, sagte William. »Stech ihn ab, bevor wir wegen ihm noch umgelegt werden ... Er ist kein König. Er arbeitet mit dem FBI und der Mafia *und* mit diesem verwichsten Judah Bellow zusammen.«

Isaac hatte Angst, allerdings nicht wegen dem Schweineabstecher. Noch nie war er von so einer wilden und zu allem entschlossenen Gang eingekreist gewesen.

»Ich könnte dich umbringen ... das könnte ich wirklich«, sagte Rita und schnibbelte mit dem Messer an Isaacs Ohr. Trotz des Schmerzes musste er ihre haselnussbraunen Augen einfach bewundern.

»Ich werde dir meins zeigen, wenn du mir deins zeigst.«

»Dieses Spielchen haben wir doch längst hinter uns, Mr Bürgermeister. Ich mag es nicht, wenn du mir nach Hause folgst. Es ist gefährlich. Die Leute fangen an zu reden.«

»Dann solltest du vor Fremden keinen Plastikschleier tragen.«

»Du bist kein Fremder«, antwortete Rita, und sie fand eine Zaubernusslotion und ein Wattebällchen und machte sich daran, Isaacs verletztes Ohr abzutupfen und den Schnurrbart von seiner Oberlippe zu wischen.

Teil Drei

12

Er war kein völliger Versager. Er erfuhr, dass der Nachtportier Rita Maes großer Bruder war. Aber Bruder William hätte diese Gang niemals anführen können. Er besaß weder den Grips noch den Mumm. Er war wie eine Rippe zuviel. Und Harwood hatte sich bereits zu einer anderen Welt verabschiedet. Rita war es, die sie nicht im Chaos versinken ließ und die den Leim lieferte, den jede Gang brauchte. Sie gehörte Quentin Kahns Kindergartengruppe an. Aber sie redete weder über Quent noch über die Kinder oder Judah Bellow.

»Rita, es ist ganz schön hart da draußen ... und wie soll ich helfen, wenn du mich im Dunkeln lässt?«

»Du kannst uns nicht helfen«, sagte William. »Du bist nur Gevatter Tod ... Wo immer du schläfst, da sterben die Leute.«

»Aber ich muss euch alle verhaften, wenn ich euch erwische, wie ihr weiter Quentins Kids lagert.«

Williams ganzes Gesicht begann zu zucken. »Stech ihn ab, Rita, solange wir noch können.«

»Ich kann nicht«, sagte Rita. »Er ist einer meiner besten Kunden. Ich habe den Torpedo des Commissioners gesehen.«

Sogar Harwood kam lange genug aus seinem Traumland, um laut zu lachen.

Isaac kehrte zur Rivington Street zurück, nahm ein Bad, zog sich um und machte sich auf den Weg, um Judah Bellow zu besuchen. Judah belegte drei Etagen an der Madison: Emeric & Company, zu Ehren seines Mentors, Emeric Gray. Isaac brauchte bei diesem Pharao keine Terminvereinbarung. Er wurde mitten in einer Konferenz in Judahs Büro gerufen. Die Konferenz wurde abgebrochen. Die Juniorpartner verstreuten sich den Korridor hinunter. Und Isaac wurde mit Judah in einem Büro allein gelassen, das Platz genug bot für König Tuts königliches Grabmal. Judah hatte sogar einen eigenen an ein Grabmal erinnernden Tisch.

»Isaac, was ist denn mit Ihrem Ohr passiert?«

»Rita hat reingebissen«, antwortete er. »Sie wird pervers.«

»Vielleicht sollten Sie mich bei Gelegenheit dieser Rita vorstellen.«

»Ich bitte Sie, Judah. Ich habe Sie im Ali Baba bei ihr gesehen. Rita Mae Robinson. Sie ist wie eine Zigeunerin. Hat einen eigenen Verschlag.«

Judah blinzelte nicht einmal. Er besaß in seinem eigenen Glaskasten diese rohe Gewalt eines Pharaos.

»Haben Sie mir vielleicht nachspioniert, Mr Bürgermeister?«

»Nö. Diese schlechte Angewohnheit habe ich aufgegeben. Ich hänge in der Luft. Bin weder Bürgermeister noch Bulle. Ein Gefühl wie ein leeres Haus.«

»Und deshalb gehen Sie in die Sexshops am Times Square.«

»Judah, Sie haben zu Emerics Füßen gesessen. Sie haben bei dem großen Mann studiert. Sie sollten sich eigentlich präziser ausdrücken. Sexshop? Das Ali Baba ist ein Imperium ... Ich beabsichtige, es zu schließen. Sobald ich das Gracie Mansion geerbt habe.«

»Schließen Sie es«, sagte Judah.

Er war etwas jünger als Isaac und er protzte nicht mit seinem Reichtum. Er kleidete sich auf die schäbig vornehme Art seines toten Meisters. Er trug eine uralte Cordhose und ein blaues Handwerkerhemd. Nach der Weltwirtschaftskrise hörte Emeric Gray auf, Wohnblocks zu bauen. Er war bei den Modernisten in Ungnade gefallen, die nichts von Ornamenten hielten. Es war einfach zu teuer geworden, einen Emeric Gray zu bauen. Alle Handwerker, die er um sich geschart hatte, begannen zu sterben. Emeric saß fünfundzwanzig Jahre wie ein Besessener mit seinen Modellen und Plänen in seiner Werkstatt. Judah war als Jugendlicher zu ihm gekommen, leistete ihm Gesellschaft, aß nachmittags ganz allein Sandwiches, trank Champagner, während das Hörvermögen seines Meisters nachließ. Sie hatten schweigend zusammengesessen, bis Judah die Gedanken des Meisters atmen konnte. Er studierte die Entwürfe und die Seele eines Gebäudes. Eines Tages, als Judah noch auf der Highschool war und mit der Fechtmannschaft an einem Turnier teilnahm, marschierte Emeric ohne sein Hörgerät auf die Straße ... und wurde von einer Straßenbahn überfahren. In den Zeitungen fand sich praktisch keine Würdigung seines Lebens. Nur ein weiterer Architekt, der dem zeitgenössischen Baustil hinterherhinkte. Dann schien die halbe Stadt die Konstellation von Backsteinpalästen zu erkennen, die Emeric für die Mittelschicht gebaut hatte. An der Park Avenue, der Madison oder am Beekman Place gab es keine Emeric Grays. Er war nie der Architekt der Reichen gewesen. Seine Paläste hatten keinen Blick auf den Fluss und auch keine Hallenschwimmbäder. Sie standen mit ihren Terrakottamotiven schwärmerisch und ganz allein auf einer schmalen Parzelle. Und Isaac war eifersüchtig auf Judah, der Emerics letzter Vertrauter gewesen war.

»Hat er Fliegen getragen?«, musste Isaac wie ein Bettler fragen.

»Emeric? Ja, er hatte tatsächlich eine Schwäche für die Fliege. Sie mussten sehr weich sein. Seine Haut war äußerst empfindlich.«

»Wieso hat er nie geheiratet?«

»Er war immer viel zu beschäftigt ... und auf der anderen Seite auch wieder nicht genug. Er hatte Geliebte, Isaac, bis zum Schluss.«

»Aber keine Töchter oder Söhne? Ein Architekt sollte Kinder haben.«

»Ach, das ist ein durchschlagender Gedanke.«

»Ich meine, um den Stab als Erbauer weiterzugeben. Aber Sie hätten sein Adoptivsohn sein können.«

»Emeric hat mich nicht adoptiert. Ich habe bei ihm gelernt. Das ist richtig. Aber er war kein sonderlich redseliger Mann. Er hielt sich nicht länger bei der Vergangenheit auf, Isaac. Er bemitleidete sich nicht. Er hatte seine eigenen Baumaterialien überlebt. Was er geliebt hatte, verlor seine Berechtigung auf dem Markt. Er hatte sich durch zu hohe Preise selbst beseitigt. Und er war nicht bereit, sich anzupassen.«

»Aber irgendetwas muss er Ihnen doch gesagt haben. Er kann doch nicht Jahr um Jahr getrauert haben.«

»Isaac, der Mann hatte weder Hobbys noch irgendwelche anderen Interessen. Er lebte im Exil, ein Erbauer, der nicht bauen konnte ... Er ging jeden Tag in sein Büro. Ein paar Aufträge hatte er ja. Aber es hat sich nie etwas aus ihnen ergeben. Er war zu kompromisslos, zu ambitioniert. Er sah all unsere Probleme mit den Obdachlosen voraus. Er wollte eine ansehnliche Kaserne neben dem Great Hill im Central Park errichten.«

»Ein Visionär«, sagte Isaac. »So was wie eine ansehnliche Kaserne gibt es nicht.«

»Oh, Sie irren«, sagte Judah. »Aber die Durchführbarkeit war ein Problem. Spekulanten hätten die Obdachlosen aus Emerics Kaserne vertrieben. Er hat nie wirklich verstanden, wie der Immobilien-Markt in Manhattan funktioniert. Qualität treibt die Preise in die Höhe. Und Emeric würde ausschließlich über das Beste nachdenken.«

»Wie sein Schüler.«

»Ich bin nicht sein Schüler. Ich habe mit Emeric aus einer Papiertüte zu Mittag gegessen ... Ich war nur ein Kind.«

»Sagen Sie, Judah. Ist Rita Mae ebenfalls ›Qualität‹?«

»Diese Frage könnte ich Ihnen von meinem Anwalt beantworten lassen. Aber es ist nicht verboten, in das Ali Baba zu gehen. Ehrlich gesagt, Isaac, Rita Mae Robinson geht Sie einen Scheißdreck an.«

»Ich bitte Sie. Sie hätten doch jede Nutte auf diesem Planeten haben können. Also geht es nicht um Liebe oder ein bisschen SM. Ich würde sagen, Rita fungiert als Ihr Makler. Sie bezahlen sie und Quentin Kahn, damit sie Ihnen einen blauäugigen rumänischen Jungen oder ein Mädchen besorgen.«

»Beweisen Sie's«, antwortete der Pharao.

»Das kann ich nicht. Sollten Sie jedoch mit einem gestohlenen Kind erwischt werden, werde ich Sie als Komplizen nennen, Judah, und dann hilft Ihnen kein Anwalt mehr.«

»Dann werde ich wohl die Gelegenheit nutzen müssen, was?«

»Judah ...«

»Euer Ehren, wissen Sie eigentlich, wie schwierig es ist, ein Kind zu adoptieren, *irgendein* Kind?«

»Ganz besonders ein weißes Kind, Judah, hmh?«

»Da draußen läuft gar nichts mehr. Das Angebot ist quasi versiegt. Die Anwälte, die Richter, die Agenturen –

jeder macht seinen Schnitt, und deshalb herrscht ein irrwitziger Boom auf dem schwarzen Markt für Babys.«

»Aber hier handelt es sich nicht um Babys, Judah. Die Kids, die ich gesehen habe, waren mindestens sieben oder acht.«

»Ja, das ist der Markt, wenn alle Stricke reißen. Man muss sich nicht mit einem schwangeren Mädchen abgeben, das sich für bestimmte Eltern entscheiden kann und es sich dann doch wieder anders überlegt, will das Baby zurückhaben, nachdem sie es zur Welt gebracht hat. Ihre Anwälte können Hunderttausende von Ihnen verlangen ... Da ist die rumänische Connection doch erheblich sicherer. Die meisten dieser Kinder sind Waisen, Isaac. Sie werden hier in Amerika ein viel besseres Zuhause bekommen.«

»Judah«, sagte Isaac, »es hört sich an wie Sklaverei ... Betreibt Quentin Kahn einen gottverdammten Club für Pädophile? Ist Leibeigenschaft das Ding im Ali Baba?«

»Isaac, ich garantiere es Ihnen.«

»Welche Rolle spielen Sie dabei? Sie sind mit Tränen in den Augen aus dem Ali Baba gekommen. Sagen Sie's mir, Judah. *Warum?*«

Der Pharao tupfte sich den Mund mit einem roten Seidentaschentuch ab. »Da war ein ganz bestimmtes Kind ... ein kleines Mädchen. Natalia. Ich habe mit ihr korrespondiert, habe ihr Geld geschickt. Das Kind ist mir richtig ans Herz gewachsen. Und nennen Sie mich jetzt nicht einen Pädophilen. Sie wissen doch selbst, was in diesen staatlichen Waisenhäusern los ist. Ich konnte sie beschützen, ein paar Ärzte und die Wärter bestechen.«

»Rita war der Mittelsmann, Ihr persönlicher Briefkasten.«

»Genau.«

»Sie haben ihr Geld gegeben, und sie hat Ihnen Briefe

von dem kleinen Mädchen gegeben. Von Natalia. Sind Sie sicher, dass die Briefe echt waren?«

»Ich habe einmal mit Natalia gesprochen ... am Telefon. Es gibt Englischunterricht in diesem Waisenhaus. Ihre Stimme war herrlich, magisch ... mehr, als ich mir je hätte vorstellen können.«

»Mehr, als Sie sich vorstellen konnten. Und Quentin Kahn sollte sie aus dem Waisenhaus schmuggeln, sie in einem geheimen Kanu über das Meer schicken.«

»Nein, nein, nichts Derartiges. Ich wollte nicht adoptieren. Ich ...«

Der Pharao kaute auf der roten Seide. Isaac riss Judah das Taschentuch vom Mund. »Was ist passiert?«

»Ich habe das Mädchen geblockt. Ich wollte nicht, dass jemand anderer sie adoptiert ... Isaac, haben Sie eine Tochter?«

»Was hat sie damit zu tun?«

»Meine Tochter hat sich umgebracht.«

»Das tut mir Leid, Judah. Ich wusste nicht ...«

»Sie litt nicht unter chronischer Depression. Sie war Malerin. Ich glaube, sogar ziemlich erfolgreich. Hatte mehrere Ausstellungen. Dann hat sie sich eines Abends in die Badewanne gesetzt und sich die Handgelenke aufgeschlitzt.«

»Judah, wie hieß sie?«

»Warum fragen Sie?«

»Natalie, stimmt's?«

»Ja. Ihr Name war Natalie.«

»Und Quentin Kahn ist an Sie herangetreten, nachdem sich Natalie die Pulsadern aufgeschnitten hatte?«

»Ja«, sagte der Pharao.

»Er hat Ihre Natalia in dem Waisenhaus gefunden wie ein perfektes Päckchen.«

»Päckchen? Worauf wollen Sie hinaus?«

»Judah, hat Rita Mae Ihnen gesagt, diese kleine Natalia sei tot?«

»Woher wissen ...? Sie hatte sich erkältet. Ist an Lungenentzündung gestorben. Einfach so. Ich hätte sie retten können, Isaac. Ich hätte sie aus Bukarest rausholen sollen. Zum Teufel mit dem ganzen juristischen Kram.«

»Judah, darf ich bitte mal ihre Briefe sehen?«

»Nein.«

»Ich werde sie nicht beschlagnahmen. Ich versprech's.«

»Ein Polizist sollte keine Versprechungen machen.«

»Judah, ich bin kein Polizist mehr. Noch ein Monat und dann bin ich Bürgermeister.«

»Das wird für Sie doch keine Rolle spielen. Sie werden die ganze schmutzige Wäsche ausgraben, Sie werden weiter in den Angelegenheiten anderer Leute herumschnüffeln. Das ist einfach Ihre Art, Isaac.«

»Helfen Sie mir, Judah. Ich werde langsam schrecklich sauer auf Quentin Kahn. Mir gefallen die Dienstleistungen nicht, die er anbietet ... Wussten Sie, dass Schyler Knott verschwunden ist?«

»Er hat sich aus dem Denkmalschutz zurückgezogen. Mehr interessiert mich nicht. Gut, dass wir den los sind.«

»Aber er hängt mit den Knickerbocker Boys zusammen.«

»Ermordet Obdachlose. Das überrascht mich nicht weiter.«

»Aber das sind nicht wirklich Obdachlose. Es sind fiktive Menschen. Ohne jede Identität. Sie ...«

»Isaac, mir fehlt die Zeit, den Detektiv zu spielen. Und wenn Sie Natalias Briefe erwähnen, werde ich beschwören, dass sie etwas sind, was sich ein designierter Bürgermeister ausgedacht hat, um sich zu beschäftigen.«

Der Pharao ließ seine Juniorpartner wiederkommen, und Isaac wurde ein recht überflüssiger Mann bei Emeric

& Company. Beim Hinausgehen starrte er Bilder von Emeric an: Judah hatte sich mit Porträts von Emeric Gray umgeben. Der Meister hatte ein wenig markantes Kinn gehabt. Er mochte offensichtlich Zigarren. Emeric Gray sah aus wie ein verarmter Steuerberater und nicht wie eine Persönlichkeit, die Manhattan mit Palästen für die Mittelschicht einen Stempel aufgedrückt hatte.

13

Isaac kehrte in Schillers Club zurück. Er schlug den Ball mit seinem Trainer, der einer von Quentins Schiebern war. Isaac war überzeugt, dass Michael Cuza alias König Carol für Quentins Pipeline von Bukarest nach Manhattan verantwortlich war. Durchaus möglich, dass er der Securitate angehörte. König Carol erzählte gern Geschichten über Nicu und Zoia, die Kinder des großen Diktators, die wie königliche Bälger lebten und die Taschen voller Geld hatten.

»Haben Sie mal mit Zoia getanzt?«, fragte Isaac seinen Trainer.

»Ich und mit der Prinzessin tanzen? Kleiner Vater, ich war doch nur ein Tischtennisspieler.«

»Aber Sie haben doch Medaillen gewonnen, Michael, oder etwa nicht?«

»Ich war Finalist in sechs internationalen Wettkämpfen. Aber das war lange vor den Ceausescus.«

»Und bei einem dieser Turniere haben Sie Quentin Kahn kennen gelernt?«

»Quent? Ich habe ihn erst viel später kennen gelernt. Er hat mich gesponsert, hat mich aus Bukarest herausgeholt.«

»Und seitdem sind Sie ihm loyal verbunden.«

»Ja, kleiner Vater. Ich halte treu zu Quent.«

Isaac fing an zu träumen. Sollte er den Guru noch vor oder erst nach seiner Krönung umbringen? Nein. Lebend nutzte ihm Michael erheblich mehr. Ein anständiger Tischtennislehrer war schwer zu finden.

»Bringen Sie mich zu Quent.«

»Er wird begeistert sein, kleiner Vater. Er will unbedingt mit Ihnen zu Mittag essen. Das wissen Sie ja.«

»Dann vereinbaren Sie einen Termin, Michael. Ich kann einen Kerl nicht umwerben, dem das Ali Baba gehört. Ich bin der designierte Bürgermeister.«

Michael rief dann im Ali Baba an, er tuschelte mit Quentin Kahn und fuhr Isaac raus zum River Café unter der Brooklyn Bridge. Quentin Kahn war bereits in dem Restaurant und saß an einem Tisch, von wo aus man auf den Hafen und die Freiheitsstatue hinaussehen konnte. Ein Rennboot schoss an der Glasfront des Restaurants vorbei. Man hatte das Gefühl, mit einem Fluss auf dem Schoß zu sitzen. Die Unterseite der Brooklyn Bridge erinnerte Isaac an den abgeflachten Bauch einer Monsterschnecke.

König Carol entschuldigte sich.

Quentin Kahn bestellte eine Flasche Wein für zweihundert Dollar. Isaac brummte über den Preis, aber der Wein war herrlich.

»Pomerol«, sagte Quentin Kahn. »Mein Lieblingsroter.« Quent bestellte Lachs und Isaac entschied sich für Schwertfischsteak auf Spinatbett.

»Quentin«, sagte Isaac wie eine Debütantin. »Ich dachte, zu Fisch trinkt man Weißwein.«

»Ach, ein altes Märchen. Einen Pomerol können Sie sogar zu Schuhsohle trinken, wenn Ihnen danach ist. Ich habe eine Schwäche für guten Rotwein.«

»Wie sieht's auf dem Kindermarkt aus, Quent?«

Der Pomerol ließ Quentins Augen leuchten. »Irgendwer hat mich verleumdet. Gelegentlich erweise ich hoch gestellten Persönlichkeiten kleine Gefälligkeiten.«

»Sie Arschloch«, sagte Isaac über die Flasche Pomerol hinweg. »Judahs Tochter bringt sich um, also erfinden Sie und König Carol ein Phantommädchen für ihn. Die kleine Natalia aus Bukarest.«

»Sie ist keine Erfindung, ich schwör's. Und was haben wir denn getan, was illegal wäre? Es gab einen Briefwechsel … Judah leistete einen Beitrag zu Natalias Unterhalt im Waisenhaus, hat ihr eine finanzielle Unterstützung zukommen lassen. Und dann ist sie gestorben.«

»Und dann ist sie gestorben«, wiederholte Isaac.

»Es war ein Unfall, Euer Ehren.«

»Schenken Sie sich den Titel. Durchaus möglich, dass ich nie ins Gracie Mansion komme. Ich könnte auch einen Unfall haben.«

»Sie hat sich eine Lungenentzündung geholt. Wir konnten gar nichts dran machen. Die Ärzte …«

»Könnte ich die Sterbeurkunde des kleinen Mädchens sehen?«

»Ich könnte sie für Sie anfordern. Wir müssten an das Waisenhaus schreiben.«

»Vergessen Sie's. Sie werden Ihren Laden dichtmachen, Quent. Sie werden aus dem Kinderhandel aussteigen. Und Sie werden Rita Mae Robinson aus der Leibeigenschaft entlassen.«

Das Leuchten in Quentins Augen war verschwunden. Um seine Lippen spielte ein harter, niederträchtiger Zug. »Rita ist keine Sklavin«, sagte er.

»Ja, sie ist eine Nutte, die zufälligerweise für Sie den Babysitter spielt.«

»Sie arbeiten mit LeComte zusammen … hören das Ali Baba ab.«

»Ich? Ich hatte einfach nur Glück. Ich habe Harwood dabei erwischt, wie er ein kleines Land blauäugiger Kids beaufsichtigte.«

»Harwood ist ein Crackhead. Ich kann nicht vorhersagen, was er als Nächstes macht.«

»Aber ich kann meine Taten vorhersagen. Kommen Sie zu meiner Krönung, Quent. Sobald ich vereidigt bin, werde ich eine Verwaltungsanordnung unterzeichnen, das Ali Baba zu schließen.«

»Ich habe eine Lizenz ... und einen Anwalt. Sie können mich nicht einfach so um meine Existenz bringen. Sie können nicht mit Anordnungen regieren.«

»Verlassen Sie sich nicht darauf. Ich bin ein Drache. Ich fresse Anwälte und Verfassungen ...«

Isaac hörte ein Summen hinter seinem Kopf, als würde er von einer prächtigen Biene angegriffen.

»Du bist ja so reizend, Lieber.«

Es war Anastasia in weißem Overall und orangefarbener Perücke. Sie sah aus wie ein Model vom Mars. Isaac wurde schlagartig eifersüchtig.

»Quentin, haben Sie Margaret von unserer Verabredung zum Mittagessen erzählt?«

»Ich schwöre, ich –«

»Er musste es mir nicht sagen, Isaac. Ich bin dir gefolgt wie ein Falke. Quentin, Zeit zu gehen.«

»Wir haben noch kein Dessert bestellt«, sagte Isaac. »Die haben hier Sorbet auf der Speisekarte, mit Marzipanblumen und weißen Schokoladenstückchen. Es wird angerichtet wie ein kleiner Garten. Wir sind hier im River Café.«

»Ich weiß«, sagte Margaret.

»Wir haben noch nicht mal unseren Pomerol geleert. Das Zeug kostet zweihundert Mäuse die Pulle.«

»Er kann die Flasche mitnehmen, Lieber.«

»Das ist aber nicht dasselbe wie ein Picknick in einem Restaurant, in dem hinter deinem Kopf die Freiheitsstatue vorbeitreibt.«

»Dann wird er eben leiden müssen«, sagte Margaret.

Quentin Kahn tupfte sich den Mund mit einer Serviette ab und verschwand.

»Spinnendame«, zischte Isaac. »Entledigst du dich aller deiner Liebhaber so?«

»Ich habe keine Liebhaber, Isaac. Ich bin dir treu.«

»Aber du schläfst mit Quentin Kahn.«

Er wollte am liebsten ihre Handgelenke packen, mit Anastasia aus dem Fenster fliegen und wie ein Nixenpärchen durch die Fluten planschen. Er brachte es nicht fertig, ohne sie Bürgermeister zu sein.

»Isaac«, sagte sie. »Du trittst Frederic auf die Zehen.«

»Freut mich.«

»Er kann mich abschieben lassen.«

»Margaret, du kannst mich jederzeit heiraten.«

»Ich mag keine Arrangements«, sagte sie. Sie hatte mit zwölf Jahren Ferdinand Antonescu geheiratet, war die Braut von der Kleinen Engel Straße gewesen und hatte Menschenfleisch gegessen, denn andernfalls wäre sie in Odessa verhungert.

»Arrangements?«

»Pssst«, machte Margaret und ließ dabei einen Finger über seine Lippen gleiten. »Wir können es uns nicht leisten, das Ali Baba zuzumachen ... nicht im Moment.«

»Aha, das ist ja mal was Neues. Ich dachte, ihr wäret wegen der rumänischen Kids hinter Quent her. Ich dachte, ihr würdet bald zuschlagen.«

»Wollten wir ja auch, doch dann ist was dazwischengekommen. Quent hat jetzt einen Champion.«

»Judah Bellow.«

Anastasia mit ihrer Perücke lachte. Isaac kam sich vor

wie ein Schuljunge. Er konnte einfach nicht das Waisenkind vergessen, das in seine Klasse gekommen war. Anastasia war eine Wunde, die er sein ganzes Leben tragen musste.

»LeComte hat keine Angst vor Pharaonen«, sagte sie.

»Vor wem hat er dann Angst?«

»Isaac Sidel.«

»Komm schon«, sagte Isaac. »Ihm gehört der einzige Mensch auf diesem Planeten, den ich über alles liebe ... Wer ist Quents Rabbi, wer ist sein Beschützer?«

»Das darf ich dir nicht sagen.«

»Ich werde es herausfinden, Margaret. Ich werde sämtliche Leitungen von Frederic anzapfen, ich werde das Ali Baba verwanzen. Wer ist Quentins Beschützer?«

»Billy the Kid.«

Sie sprach vom Gouverneur, der eine ganze Reihe Spitznamen besaß.

»Billy ist Demokrat. Das müsste dem Justizministerium doch gefallen. Hat er ins Ala Baba investiert? Oder hat er jeder seiner Töchter zu Hanukkah ein gestohlenes Kind geschenkt?«

»Der Gouverneur ist Episkopaler. Und Töchter hat er auch nicht.«

»Was macht das für einen Unterschied? Schreib dir das Drehbuch doch selbst. Frederic macht das immer so.«

Isaac knurrte den Oberkellner an. »Wo bleibt die Rechnung?«

»Das hat Mr Kahn bereits erledigt, Sir.«

»Hat ihn keiner drum gebeten«, sagte Isaac und griff nach seiner Brieftasche. Aber er hätte nicht mal den Pomerol bezahlen können. In seiner Hose steckten fünfzig Dollar und eine gesperrte Kreditkarte. Das Ruhegehalt, welches er von der City of New York bezog, ging komplett an die Delancey Giants. Es war teuer, ein Baseballteam auszustatten. Außerdem musste Isaac etwas Geld für seinen Bruder Leo zur Seite legen, der wegen versäumter Unterhaltszahlungen immer wieder ins Gefängnis wanderte. Leo war ein notorischer Ladendieb. Und es war an Isaac, sich mit den Hausdetektiven verschiedener Kaufhäuser herumzuschlagen, um die Haut seines Bruders zu retten. Wahrscheinlich würde Leo ihm Schande machen, wenn Isaac erst einmal in der City Hall saß.

Er konnte sich nicht einfach so aus dem River Café davonstehlen. Der Barkeeper wollte ein Autogramm. Gäste grüßten ihn. Praktisch ohne sein Dazutun war er eine Berühmtheit geworden. Er setzte seinen Namen auf eine Serviette und träumte von Margaret Tolstoi.

»Komm mit mir nach Hause.«

»Ich kann nicht«, sagte sie. »Frederic wartet.«

»Ich werde Quentin Kahns Laden dichtmachen. Du wirst sehen.«

»Liebling, spiel nicht mit dem Feuer. Du kannst nicht gewinnen.«

Sein Schatz aus der Junior High küsste ihn auf den Mund. Es war der reinste Zauber, nichts Geringeres. Er konnte sich nicht von Anastasia befreien.

Der Parkplatzwächter holte Anastasias Wagen, einen roten Jaguar, der ein Geschenk des Justizministeriums gewesen sein musste, die Beute bei irgendeinem Krieg gegen Drogen, den die DEA gewonnen hatte.

»Liebling, kann ich dich irgendwohin mitnehmen?«

»Ich gehe zu Fuß.«

»Isaac, wir sind hier im Hafenviertel von Brooklyn. Du könntest dich verlaufen.«

Doch er entfernte sich mit großen Schritten von Anastasia.

»Ich komme schon klar«, sagte er und Anastasia raste von dem kleinen Parkplatz.

Wie ein Scheißpilger überquerte er zu Fuß die Brooklyn Bridge. Fahrradfahrer und Fußgänger starrten ihn an. Aber Isaac sah durch sie hindurch, durch die Stahlseile der Brücke zur ruinierten Silhouette der Südspitze Manhattans, zu den Glaspyramiden, welche die Anmut und Würde einer älteren Skyline getötet hatten. Dies waren die Pyramiden von Judah Bellow und Jason Figgs. Isaac vermisste bereits die Klarheit von Schyler Knott, seine Ergebenheit gegenüber einer sanfteren Vergangenheit.

Vor vierzig Jahren hatte er mit Anastasia auf genau dieser Brücke gestanden, hatte durch den Morgennebel die Schönheit von Stein und Glas Manhattans beobachtet, die Türme, die sich in Isaacs Kopf selbst zu erfinden schienen. Er wollte diesen Augenblick beim Schopf ergreifen. Schyler hatte völlig Recht, sich aus dem Denkmalschutz zurückzuziehen. Diese Immobilienbarone hatten auf die Stadt gepisst. Isaac würde sich einen anderen verrückten Krieger suchen müssen, der die Denkmalschutzbehörde leitete.

Auf der Manhattaner Seite der Brücke erwartete ihn ein anderer Pilger. Dieser Pilger trug Blau. Frederic LeComte ohne seine schwarzen Spezialkräfte und auf Gedeih und Verderb dem Wind ausgeliefert. Seine Krawatte war um seinen Hals gewandert, sein Kragen hatte sich angehoben. Er sah komisch aus auf der Brücke.

»Ich an Ihrer Stelle würde nicht zum Gouverneur gehen.«

»Jesus, Frederic. Er ist doch nur ein Demokrat.«

»Aber er ist *unser* Demokrat«, sagte der Kulturkommissar des Justizministeriums, ein vom Wind zerzauster Junge.

»Sie haben den Gov gekauft?«

»Isaac, denken Sie wie ein Politiker, mein Gott! In einem Monat haben Sie selbst eine Villa. Sie sind der König.«

»Hören Sie damit auf! Ich bin Isaac, Sie erinnern sich an mich? Ich war Ihr Alexander Hamilton Fellow. Wie ein braver Sohn habe ich das Land bereist, habe Reden gehalten über sämtliche beschissenen Vielschichtigkeiten des Verbrechens.«

»Aber Sie haben die Tour abgebrochen, Isaac, Sie haben Ihr Versprechen nicht gehalten.«

»Ich würde nicht über Versprechen reden, Frederic. Sie haben sich in meiner Abwesenheit einen Brückenkopf in dieser Stadt gebaut. Sie sind derjenige, der von meinem Status als Alexander Hamilton Fellow profitiert hat.«

Der Wind peitschte Isaac. Er musste seine eigenen Worte schlucken. Er stand auf der Brooklyn Bridge mit einem Kommissar, der jedermanns Karriere ruinieren konnte.

»Sie haben den Geist von Alexander Hamilton befleckt«, sagte LeComte. »Sie haben Menschen umgebracht.«

»Das haben Sie auch ... LeComte, Sie haben den Gov gekauft. Geben Sie's zu.«

»Er wird achtundachtzig gegen den Präsidenten kandidieren. Er ist eine bekannte Größe. Er ist uns auf der Wahlliste lieber als irgend so ein Wilder, der uns bei den Wahlen schaden könnte.«

»Dann beschützen Sie den Dreckskerl also vor jedem Skandal, ja? Sie können es sich nicht leisten, den Gouverneur fallen zu lassen. Ist er der Chef des Ali Baba? Arbeitet Quentin Kahn für ihn?«

»Der Gouverneur war ein wenig dumm, das ist alles. Er hat eine Lieblingsnichte.«

»Aaah, lassen Sie mich raten. Sie hatte Fruchtbarkeitsprobleme. Konnte nicht schwanger werden. Also hat Quentin Kahn für die Nichte des Gouverneurs ein magisches Kind gefunden.«

»Das trifft es ungefähr.«

»Blauäugig? Ein Junge? Frisch aus einem Waisenhaus in Bukarest. Wie heißt der Junge?«

»Oskar, glaube ich ... Hören Sie. Die Nichte hatte bereits vor Oskars Ankunft ein Baby adoptiert. Aber die Gerichte haben den Jungen der leiblichen Mutter zurückgegeben. Die Nichte trauerte, Isaac. Sie weigerte sich, das Haus zu verlassen. Es konnte sogar so schlimm werden, dass sie mit Elektroschocks arbeiten mussten. Nichts konnte sie heilen ... bis Quentin Oskar ins Haus brachte. In dem Augenblick, als sie ihn sah, kroch sie aus ihrer Depression heraus.«

»Oskar ist ein Waisenkind, richtig?«

»Fast. Er hatte eine Mutter. Aber sie hat ihn an Quentin Kahn verkauft.«

Isaac konnte sich nicht mehr beherrschen. Er packte LeComte an den Revers und schüttelte ihn gegen den Wind. »Das ist ungeheuerlich. Keine Mutter würde ihr Kind verkaufen. Sie wurde dazu gezwungen, oder, LeComte? Ceausescus Leute haben sie erpresst, haben damit gedroht ...«

»Überhaupt nicht. Es war ein ganz normales Geschäft. Fünfhundert Dollar und eine Verkaufsurkunde ... Lassen Sie mich los, Isaac.«

»Eine Verkaufsurkunde? Ein Junge ist doch kein Pferd, nicht mal in Rumänien.«

»Lassen Sie mich los.«

Isaac ließ den Kommissar los. Er wollte vor LeComte nicht weinen, aber seine Schultern fingen an, sich zu heben und zu senken.

»Isaac, es ging um Dollar und Cents.«

»Sagen Sie so was nicht«, sagte Isaac. »Sagen Sie das nicht noch mal, andernfalls werfe ich Sie von der Brücke.«

»Hören Sie. Mit fünfhundert Dollar hatte sie ein Jahr lang zu essen ... und sie hat dem Jungen eine Zukunft gegeben, die er anders niemals gehabt hätte.«

»Ich vermute, es ist patriotisch, wenn man sein Kind an die Nichte eines Gouverneurs weggibt. Aber ich bin anders groß geworden. Eine Mutter zu verlieren ist wie ein Körperteil zu verlieren. Schlimmer noch. Wenn meine Mutter mich an irgendeinen Pascha verkauft hätte, dann hätte ich geschrien und geschrien.«

»Oskar hat nicht geschrieen. Er hat ein Dreirad. Er geht auf eine erstklassige Schule.«

»Ich würde den Jungen gern kennen lernen.«

»Isaac, ich bin nicht der Sekretär des Gouverneurs.«

»Ich möchte den Jungen gern kennen lernen.«

»Isaac, wenn Sie den Gouverneur belästigen, werde ich Ihr Leben in der City Hall in eine lange, anhaltende Hölle verwandeln.«

»Sie würden mich auch enttäuschen, Frederic, wenn Sie weniger täten.«

Isaac schlug einen Bogen um LeComte, marschierte von der Brooklyn Bridge und verschwand in den Bauch von Manhattan.

14

Der Gouverneur war in der City of New York ein Geist. Er besaß eigene Büros im World Trade Center, schien sich aber in einem ständigen Exil zu befinden, sobald er nicht in seiner Villa in Albany war. Er war kein Mann von Isaacs Schlag. Er war ein Geschöpf der Vororte, ein Mann aus dem Norden des Staates. »Er wird Kansas und Mississippi nehmen«, prahlten seine Berater gern. Sie bauten ihn für das Weiße Haus auf. Ein Demokrat mit konservativem Zuschnitt. Er würde kein Geld an unerfreuliche Elemente verplempern. Er hatte keine Pläne für die Obdachlosen. Zu den meisten Themen blieb er stumm. Sein Staatsschiff war ein aus Platituden gezimmerter Prärie-Schoner. Billy the Kid besaß das blauäugig attraktive Erscheinungsbild eines narkoleptischen Pistolenhelden.

Isaac musste sich nicht an Sekretärinnen vorbeidrängen. LeComte musste den Gouverneur angerufen haben, denn mit einem Homburg auf dem Kopf erwartete er Isaac bereits. Billy the Kid, dessen Schuhe glänzten wie dunkles, kaltes Glas.

»Wie geht's Ihnen, Billy?«

»Legen Sie sich nicht mit mir an, Sidel. Sie sind keinen Deut besser als ein gewöhnlicher Krimineller ... na los, Sie wollten doch meinen Großneffen kennen lernen.«

»Großneffen?«

»Oskar Leviathan, der kleine Junge meiner Nichte.«

»Ich –«

»Halten Sie den Mund, Sidel.«

Sie nahmen den Fahrstuhl nach unten in Begleitung der Leibwächter des Gouverneurs, die in der Tiefgarage sofort nach verdächtigen Gestalten Ausschau hielten. Isaac stieg mit dem Gouverneur und den Bodyguards in eine elegante Limousine und fand sich dann zwischen mehreren weiteren Limousinen aus Billy the Kids Planwagenzug wieder.

Der Gouverneur nahm keine Rücksicht auf seine Bodyguards, redete in ihrer Gegenwart, als wären sie taubstumm. »Sidel, ich hätte Sie umlegen lassen können. Kein Mensch hätte was erfahren. Ich hätte Profis engagiert.«

»Fragen Sie einfach LeComte. Der wird Ihnen gern aushelfen.«

»Scheiß auf LeComte. Sie sind der Mann, der im Scheinwerferlicht Amerikas steht, der Bürgermeister von New

York. Die ganze Partei wird man nach Ihnen beurteilen, Sidel.«

»Ach, ich bin nur ein Amateur«, sagte Isaac.

»Und ich bin Billy the Kid, aber Sie sind der König.«

Sie erreichten ein bescheidenes Ranchhaus in Yonkers. Billy the Kid und Isaac verließen den Wagen, überquerten einen mit Steinplatten ausgelegten Weg und betraten die Ranch, wo Billys Nichte und der Junge bereits auf sie warteten. Die Nichte hieß Rose Leviathan-Smith. Sie war etwa Mitte dreißig, hatte eisenfarbenes Haar und einen leichten Tick in der Wange. Der König mochte sie auf Anhieb. Und den Jungen mochte er auch. Er war neun oder zehn und drückte sich an sie, als könnte er sie vor einer schweren Krankheit beschützen.

»Rose«, sagte der Gouverneur, »darf ich dir Sidel vorstellen. Ich habe dir von seiner Untersuchung erzählt. Will Oskar nach Bukarest zurückbringen.«

»Das habe ich nicht gesagt, Billy.«

»Oh, er ist brillant. Er wird mich verunglimpfen, bevor ich einen anständigen Wahlkampf auf die Beine stellen kann. Aber ich habe darüber nachgedacht, einen Preis auf seinen Kopf auszusetzen. Ich radier den Kerl aus, Rose. Das werde ich tun.«

»Onkel Billy«, sagte die Nichte. »Geh zurück zum Auto.«

»Ich würde dich nie mit dem da allein lassen. Er könnte verdrahtet sein. Er ist ein stinkender Bulle.«

Billy the Kid sah Rose in die Augen und trottete von der Ranch. Isaac folgte Oskar und Rose in eine riesige Küche, wo er es sich bei schwarzem Kaffee und Mississippi Mud Pie bequem machte. Er war völlig ausgehungert nach seinem Lunch im River Café. Seit er aus seinem Koma aufgewacht war, hatte er einfach keine Kontrolle mehr über seinen Appetit.

»Ma'am, ich bin nicht hier, um ein Urteil zu fällen. Ich ...«

»Sie können mit Oskar sprechen. Fragen Sie ihn, was Sie wollen.«

Und sie verließ die Küche mit dieser zitternden Wunde auf dem Gesicht.

»Lecker«, sagte Isaac, den Mund voll mit Mud Pie.

»Ich kümmere mich um Rose«, sagte der Junge.

»Vermisst du deine Mutter nicht?«

»Ich bin Oskar Leviathan. Rose ist jetzt meine Mutter.«

»Aber du musst doch in Bukarest Freunde gehabt haben.«

»Nur einen. Tudor. Wir haben zusammen Schach gespielt. Aber Baseball ist besser für amerikanische Jungs. Willie Mays hat meine Schule besucht. Er ist auch ein Flüchtling.«

»Er ist in Alabama geboren«, sagte Isaac.

»Aber er hat sich schrecklich erkältet, als die Giants Manhattan verlassen haben. Sagt Onkel Billy.«

»Billy hat Recht.« Wie konnte Isaac den Verrat erklären, den er empfunden hatte, als die Giants nach San Francisco gingen? Mays war ein Außenseiter und eine Waise innerhalb der windigen Mauern des Candlestick Park. Oder vielleicht war es auch Isaac selbst, der ohne Willie Mays zur Waise geworden war.

»Ich habe eine eigene Mannschaft, Oskar. Hättest du Lust mitzuspielen? Ich könnte für dich ein Probespiel arrangieren.«

»Ich bin eine Katastrophe. Ich träume auf dem Baseball-Diamanten von Schach. Ich komme durcheinander. Die Außenfeldspieler sind für mich wie Pferde. Und der Catcher ist mein König.«

»Passiert mir auch dauernd.«

Isaac aß noch ein Stück Mud Pie und kehrte zur Limousine des Gouverneurs zurück.

»Ich habe Sie verleumdet, Billy. Der Junge ist klasse. Ich hätte ihn selbst adoptiert.«

»Immerzu reden, Sidel, was?«, sagte der Gouverneur mit dem Hut in der Hand. »Lassen Sie mich Ihnen einen kleinen Tipp geben. Long John Silver ist näher, als Sie denken.«

Isaac starrte Billy an. »Gouverneur, was zum Teufel wissen Sie über die Knickerbocker Boys?«

»Nicht viel, außer dass Schyler verschwunden ist, und er ist Mitglied dieses glücklosen Clubs.«

»Wer hat Ihnen das gesagt?«

»Schyler Knott. Sehen Sie mich nicht so überrascht an. Denkmalschutz ist nicht mein Fachgebiet, aber ich habe Schyler überwacht. Ich bin der Gouverneur, Sidel. Und Schyler hat mir ständig Manifeste geschickt. *An Billy the Kid von Long John Silver.* Zeugs über den Niedergang der City und die Reinheit der holländischen Vergangenheit, über die gute alte Zeit der Knickerbocker.«

»Die gute alte Zeit der Knickerbocker? Billy, die Holländer waren Mischlinge genau wie Sie und ich. Haben Sie Schyler ermutigt, haben Sie seine Phantasien noch befeuert?«

»Natürlich nicht.«

»Warum haben Sie nicht mit der Polizei gesprochen?«

»Ich spreche doch mit Ihnen, Sidel. Und ich habe keine stichhaltigen Beweise, dass Schyler selbst in die Morde an den Obdachlosen verwickelt war.«

»Was, wenn die Opfer gar nicht obdachlos waren? Was, wenn es Steuerzahler gewesen sind, Stützen der Gesellschaft?«

»Dann hätte ich mir einen Auftritt zur Hauptsendezeit verschafft und mir die Lunge aus dem Leib gebrüllt. Aber hier lässt sich nichts melken. Ich erweise Ihnen eine Gefälligkeit, Sidel. Ich gebe Ihnen einen kleinen Vorteil.«

»Billy«, flüsterte Isaac ins Ohr des Gouverneurs, »Sie haben in Ihrem ganzen Leben noch nie jemandem einen Gefallen getan.«

Sie setzten ihn mitten in Harlem ab. Billy the Kid wollte ihm einen Bodyguard ausleihen. Isaac lehnte ab. Zwischen den Ruinen war er sicher. Er kam sich vor, als würde er die Seventh Avenue Armory aufsuchen, in sein altes Bett kriechen und Geronimo Jones spielen. Als Obdachloser war er erheblich glücklicher gewesen, in einer diffusen Gegenwart lebend, ohne Zukunft oder Vergangenheit. Bei seinem ersten Trip in das Asyl hatte er eine Tüte voll Bücher mitgenommen. Er hatte Pascal gelesen, eine kurze Biografie von Spinoza, ein paar Sachen von Patricia Highsmith und Dashiell Hammett. Seit seinem einen Semester auf dem College hatte Isaac Bücher geradezu verschlungen. Er hatte keinen akademischen Titel wie der First Dep. Aber er liebte dunkle Zeilen auf einer Seite, das Gefühl eines Satzes, den geordneten Wald von Wörtern.

Sein Pieper begann zu vibrieren wie ein elektrischer Wurm. Er löste das kleine Gerät vom Gürtel und betrachtete die Telefonnummer in dem kleinen Plastikfenster. Er konnte die Nummer nicht zuordnen. Es war weder Gracie Mansion noch das Polizeipräsidium. Er trat in eine Telefonzelle und wählte. Am anderen Ende meldete sich jemand barsch. »Wer ist da?«

»Sidel.«

»Was willst du?«

»Keine Ahnung. Ich wurde angepiept.«

»Ja, ja. Du bist der Commish. Ich hab dich angepiept. Wir hatten einen kleinen Unfall.«

»Wo sind Sie denn?«

»Das ist vertraulich. Ich rufe aus Brooklyn an.«

»Ist es vielleicht das River Café?«

»Es ist ein Lagerhaus. Plymouth Street, Nummer neunzehneinhalb. Die Maggione Paper Company. Du kannst es gar nicht verfehlen.«

Isaac rief sich einen Mietwagen. Er und der Fahrer verirrten sich. Sie kreisten unter der Manhattan Bridge. Es war eine unheimliche Gegend neben dem alten Brooklyn Navy Yard und der Farragut-Sozialsiedlung, wo Ratten und wilde Jungs auf den Straßen herumstreunten. Der Fahrer fing an zu zittern. »'ne Menge Morde in dieser Gegend.«

»Ich weiß. Es ist die Müllkippe der Mafia.«

»Wer hat Angst vor der Mafia?«

Die Plymouth Street fanden sie immer noch nicht. Isaac bezahlte den Fahrer und stieg aus dem Wagen.

Er ging die Prince Street hinauf und bog auf die Gold ab, wo er eine Ratte entdeckte, die ihn faszinierte. Sie war pelzig und bewegte sich mit der Selbstsicherheit eines Alligators. Isaac machte der Ratte Platz und stolperte durch Zufall auf die Plymouth Street und die Maggione Paper Company. Er erkannte einen von Jerry DiAngelis Soldaten. Der Soldat grüßte ihn. Isaac ging hinein. Es war wie eine Höhle mit riesigen Bündeln gepressten Papiers. Isaac konnte die Vorstellung kaum ertragen, dass so vielen Illustrierten und Büchern das Herz herausgerissen worden war. Er war Talmudist. Worte auf einem Fetzen Papier besaßen für den Pink Commish einen geradezu totemistischen Reiz.

Neben einem Bündel lag eine Frau. Sie hatte einen Dolch hinter dem Ohr, genauso ein nadelspitzes Messer wie die, mit denen die Obdachlosen umgebracht worden waren. Aber Isaac fand keine Nachricht der Knickerbocker Boys. Er schien nicht vergessen zu können, wie schön die Frau in ihrer merkwürdigen Ruhe und Gelassenheit war. Rita Mae Robinson, deren Arme sich über den Boden schlängelten.

Eine Ratte kreuzte Isaacs Weg. Er schaute auf. Jerry DiAngelis stand in seinem weißen Mantel neben ihm.

»Kannst du sie nicht zudecken, Jerry? Bevor die Ratten ihre Augen fressen.«

»Mach dir keine Gedanken um die Ratten.«

»Wer hat dir gesagt, wie du mich anpiepen kannst? Die Nummer soll doch eigentlich schrecklich geheim sein.«

»Don Isacco, du hast keine Geheimnisse.«

»Ja. Du hast mich mit dem Schwanz in der Hand in Ritas Séparée erwischt.«

»Sie war deine Freundin. Viele Leute wussten das.«

»Wie kommt sie hierher? Sie wäre nie von sich aus in eine von Ratten verseuchte Fabrik an der Plymouth Street gekommen. Das hier ist am Arsch der Welt.«

»Was meinst du damit?«

»Sie ist irgendwo uptown ermordet und dir dann in den Schoß geschmissen worden.«

»Und du meinst, das wäre mein Werk? Ich hätte ihre Hinrichtung befohlen, ja? Und dann habe ich dich angepiept, um meinen Arsch zu decken. Ich bin ein raffinierter Mann ... Ich habe sie gefunden, Don Isacco. Ich hätte sie auch in eine Jauchegrube werfen können, aber ich habe sie für dich aufgehoben.«

Isaac ließ einen von Jerrys Handlangern Joe Barbarossa anrufen. Er konnte den Blick nicht von dem Mädchen auf dem Boden der Fabrik nehmen. Ritas Augen waren wie dunkle Kerzen. Ihr Körper hätte eine verlegte Blume sein können. Sie war mit einem liebenswürdigen Ausdruck auf dem Gesicht gestorben. Wer immer sie angegriffen hatte – ein Fremder war er nicht gewesen. Ein Wort, ein Kuss und ein Dolch in den Hals.

Barbarossa kam mit Albert Wiggens. Isaac sagte Wig nicht mal Hallo.

»Joe, du suchst nach Fingerabdrücken. Ich will nicht, dass sich die Spurensicherung in unsere Angelegenheiten mischt.

»Chef, wir sind Bullen. Sweets wird uns an den nächsten Baum knüpfen.«

»Ach, für Laborberichte ist immer noch jede Menge Zeit. Joey, irgendein fettes Arschloch hat sie hierher geschafft. Er muss sie auf seinen Armen getragen, praktisch mit ihr getanzt haben. Ein fetter Mann, ich sag's dir.«

»Chef, wie heißt sie?«

»Rita«, antwortete Isaac und dann registrierte er, dass Wig in dieser Höhle zitterte wie ein Kriegsopfer.

»Wig, soll ich dir einen Stuhl besorgen?«

Wig gab keine Antwort. Ohne ein Wort verließ er die Papierfabrik.

Teil Vier

15

Er dachte nicht an Rache. Wig musste Harwood finden, bevor er anfing, Leute zu bestrafen. Harwood schwebte im Crackhimmel, seine Adidas waren nicht zugeschnürt. Der Junge war in Gefahr. Harwood konnte zwar nicht lesen, führte aber im Kopf die Bücher seiner Mama. Wig überquerte in Sidels Wagen die Manhattan Bridge und raste weiter zum Ali Baba. Er fand Harwood in einem der Hinterzimmer, das als Drogenkantine diente. Harwood rauchte irgendeine furchtbare Scheiße aus einer verdreckten Glaspfeife. Seine haselnussbraunen Augen waren gelb verfärbt. Wig musste Harwood mit Ohrfeigen aus seinem Dämmer reißen. Er legte dem Jungen seine Jacke über die Schultern, führte ihn aus dem Ali Baba, brachte ihn zu seiner Bude in Harlem Heights und fesselte ihn dort an einen Stuhl.

»Das ist nicht richtig, Wiggy«, beschwerte sich der Junge mit seinem permanenten Schniefen.

»Andernfalls rennst du mir noch nach unten und schlägst für ein Zehnerpiece einen alten Mann zusammen.«

»Ich doch nicht. Ich schwör's beim Leben meiner Mama.«

Und Wig, der ohne zu zwinkern von Dächern gefallen war, fing an zu flennen. »Deine Mama ist tot.«

Harwood fiel die Kinnlade herunter und seine Unterlippe bebte. So lachte ein Crackhead. »Verarsch mich nicht, Wig. Mama hat mir heute Morgen noch Sandwichs gemacht.«

»Heute Morgen bedeutet einen Dreck, Mann. Sie ist tot.«

»Ach, Wig, Mama würde mich nie allein lassen.«

»König Isaac hat sie in einer Fabrik gefunden. An der Plymouth Street. Mit einem Schweineabstecher im Hals.«

»Hat dieser weiße König meine Mama alle gemacht, Wig? Der hat rumgeschnüffelt, blöde Fragen gestellt. Ich und William müssten uns den Typ mal vornehmen.«

»Der hätte Rita Mae nie ein Härchen gekrümmt. Er hat saublöde Vorstellungen, was Frauen betrifft. So was nennt man Ritterlichkeit.«

»Ritterlichkeit ist ein Haufen Scheiße. Das ist nur was für weiße Frauen. Und was hat sie überhaupt in einer Fabrik gemacht?«

»Hat sich drauf vorbereitet, von den Ratten gefressen zu werden. Jemand hat sie zu diesem Friedhof gebracht. Und es sollte so aussehen, als wär's die Mafia gewesen. Aber es sieht verdammt nach Quentin aus, wenn du mich fragst. Hatte er mit deiner Mama Streit?«

»Nö, Wig. Er gibt uns Geld, und wir passen dafür auf diese ausländischen Kids auf. Aber er ist knickerig. Er hat Mama ein bisschen erpresst.«

»Wegen dem Freier, den sie abgestochen hat? Das war vor zwei Jahren.«

»Quent ist das egal. Er hat sich alles in seinen Büchern aufgeschrieben.«

»Ich musste die Leiche damals nach Florida bringen.«

»Siehste? Du arbeitest auch für den Mann. Wie alle anderen kriegst du auch deine Vergütung.«

»Quentin hat mich nicht so in der Tasche wie deine Mama.«

»Sie ist tot. Und der weiße König hat sie umgebracht.«

»Ich hab's dir doch schon mal gesagt, Junge. Isaac bringt keine Frauen um, weder weiße noch schwarze.«

»Wer hat sie denn dann abgestochen, wenn der's nicht war? Mama war wertvoll für Quent.«

»Ja, wie Rindviecher. Hat sie sich mit diesem anderen König angelegt?«

»Mit Carol? Mit dem hatte Mama nie was zu tun. Nur mit Quent.«

»Harwood, du bist viel zu lange mit Crackheads zusammen. Dein Hirn ist reif für die Müllkippe. Dieser Carol ist der Mann hinter dem Mann. Er erledigt die Drecksarbeit. Was glaubst du denn, wie Quent diese Kinder ins Land bringt? Über König Carol ... Ich muss dich in meiner Bude zurücklassen.«

»Mach das nicht, Wiggy. Ich sterbe auf diesem Stuhl.«

»Ein anderes sicheres Haus habe ich nicht. Und ich kann dir die Hände nicht losbinden. Dann machst du mir nur die Biege. Du rauchst wieder dein Crack. Und in ein paar Stunden bist du tot. Denn derjenige, der deine Mama umgelegt hat, ist jetzt hinter dir her.«

Es machte ihn krank, Harwood auf einen Stuhl zu verbannen, aber mitnehmen konnte er den Jungen auch nicht. Harwood würde jeden einzelnen seiner Schritte verraten. Harwood hatte Koksaugen und eine laufende Nase. Wig stieg in den Wagen des Königs und fuhr zurück ins Ali-Baba-Land. Er war genau wie Isaac, der ständig flennte. Er hätte wissen müssen, dass Rita ihr Séparée im Ali-Baba niemals überlebte. Aber er hatte ihr einen Deckmantel geliehen – seinen Ruf draußen auf der Straße. Quentin wusste, dass Rita früher mal seine Alte gewesen war. Und Quentin würde dafür bezahlen müssen.

Aber der Tod spielte immer komische Streiche. Rita war in ihm, wie eine verlorene Ehefrau. Wenn er nicht solch ein

Bandit gewesen wäre, hätte er vielleicht mit ihr zusammen leben, ein Kind haben können. Er hatte nichts außer einer Legende. Die Purple Gang. Aber eine Legende konnte er nicht küssen, sie im Dunkeln in die Arme schließen, ihre Hand halten. Er hatte Rita ins Ali Baba gedrängt, sie zur Nutte gemacht. Sweets hätte das nie getan. Aber Sweets hatte die Revolution hinter sich, schwarze Aristokraten, die für Familienporträts posieren und über juristische Fakultäten für ihre Söhne nachdenken konnten. Wig hatte seinem Papa niemals Hallo gesagt. Und seine Mama hatte in den Häusern von Weißen den Fußboden geschrubbt.

Das ist keine Entschuldigung, Mr Albert Wiggens. Deine Sahneschnitte ist tot, und mach nicht deine Kinderstube dafür verantwortlich.

Er betrat das Ali Baba mit einem Holster an der Wade und seiner Glock. Wig war der hauseigene Sheriff, der monatlich seine Steuer kassierte, jene »Vergütung«, die er sich mit dem Sekretär des Bürgermeisters teilte. Als Wig noch Chef der zur Bürgermeisterin abgestellten Polizeieinheit war, hatte Mario Klein ihn mit Quentin Kahn bekannt gemacht. Er war Marios Bodyguard und Mittelsmann. Der kleine Sekretär war Rebecca Karp loyal ergeben, aber dennoch war es Mario, der New York im Griff hatte und hinter dem Rücken der Bürgermeisterin an den Strippen zog. Und Wig schleppte in seinen Taschen so viel Bares durch die Gegend, dass er sich schon wie ein Güterzug vorkam. Er spazierte in Clubs, die noch nie erlebt hatten, dass ein Schwarzer durch den Vordereingang hereinkam. Er setzte sich auf den nobelsten Stuhl, rauchte eine kubanische Zigarre mit den Potentaten und erzählte seine Geschichten über die Purple Gang. Er liebte all diese Lügen. Doch dann kam Sidel Mario Klein auf die Schliche und schmiss Wig aus der Sondereinheit der Bürgermeisterin. Und die einzige »Vergütung«, die ihm noch geblieben war, war das Ali Baba mit all seinen Erinnerungen an Rita Maes Séparée.

An Quentins Bodyguards kam er vorbei, aber der Pingpong-Priester war nach Aussage seines Buchhalters zu einer heiligen Mission aufgebrochen. Quent war für *Pingpong Power* unterwegs. Der Buchhalter hieß Eddie Royal. Der frühere Jockey hatte sich die Buchführung selbst beigebracht. Gleichzeitig war er ein Schläger, der alle Mädchen im Ali Baba überwachte und die Freier mit gelben Kondomen versorgte. In seiner Hose steckte eine Glock. Er war gerade mal einssiebenundfünfzig groß und gehässig wie eine schwangere, alternde Puppe. Er saß hinter Quentins Schreibtisch und reichte Wig zwei pralle Umschläge voller Hundertdollarscheine.

Einen der Umschläge gab Wig zurück. »Das Geld für Mario nehme ich nicht mehr mit.«

»Ach, tu uns einen Gefallen, Wig. Mario liegt mit einer üblen Grippe flach. Bring ihm die Kohle.«

»Wann kann ich Quent sprechen?«

»Hab's dir doch schon mal gesagt. Er berichtet über ein Turnier in Jugoslawien. Er ist ganz verrückt auf Tischtennis. Das weißt du ja. Für Quent ist das so was wie eine Religion ... Die Sache mit Rita tut mir Leid, Wig. Wohin soll ich die Blumen schicken?«

Blumen. Das hatte Wig völlig vergessen. Er würde mit Bruder William über die Beerdigung sprechen müssen. Rita hatte keine anderen Verwandten. Harwood. William. Und Albert Wiggens. An Wig würde es hängen bleiben, Rita unter die Erde zu bringen, nachdem die Labortypen und andere Ghuls genug in ihrem Körper herumgestochert hatten.

»Keine Blumen, Ed. Mach einfach eine Spende an die karitative Organisation, die Rita am liebsten war.«

»Klar, Wig. Welche ist das?«

»Die Vereinigung rumänischer Waisenkinder.«

»Mit so was solltest du keine Witze machen«, sagte der Jockey. »Das könnte dich teuer zu stehen kommen.«

»Ja, Ed. So wie Rita ... Hat das FBI das Netz um sie zugezogen?«

»Nicht so laut«, sagte der Jockey. »Ich würde den Wänden hier nicht trauen.«

»Was ist passiert? Hat LeComte ein Kind geschnappt und die Spur führte zu Rita?«

Eddie Royal zog die Glock aus seiner Hose. Wig griff blitzschnell über den Schreibtisch und schlug Eddie die Kanone aus der Hand. Der Jockey erstarrte. Er brüllte nicht einmal nach Quentins Bodyguards.

»Der eigentliche Henker ist Quent. Er hat den Mord befohlen. Warum?«

»Dreh hier jetzt nicht durch, Wig. Ich habe nichts mit Kindern zu tun. Das ist ein eigenes Konto.«

»Ja, Eddie. Ist es immer. Ein eigenes Konto. Aber du richtest Quent bitte von mir aus, dass ich auch ein Henker bin. Sämtliche Tischtennisturniere dieser Welt können ihn nicht retten.«

Wig nahm Marios Umschlag und fuhr zur Villa der Bürgermeisterin. Am Tor machte man ihm Schwierigkeiten. Larry Quinn, der neue Chef der zu Rebecca abgestellten Truppe, wollte ihn nicht hineinlassen.

»Sie sind hier nicht willkommen, Mr Wiggens.«

»Ich will Mario sprechen«, antwortete Wig.

»Ach, der Bursche empfängt heute keinen Besuch.«

»Ich nehme an, König Isaac hat ihn unter Hausarrest gestellt.«

»Da sind Sie falsch informiert, Mr Wiggens. Im Gracie Mansion gibt es keine Könige. Nur eine genesende Bürgermeisterin.«

»Das habe ich gehört«, knurrte Rebecca Karp, die von

ihrer Veranda heruntergekommen war, um Wig zu begrüßen. »Larry, lass ihn rein. Ich war einsam ohne Wig. Isaac, dieser Schwanzlutscher, hat ihn mir weggenommen und stattdessen einen Haufen Spione hergeschickt.«

»Ich bin kein Spion, Euer Ehren«, sagte Larry Quinn.

»Natürlich.« Sie nahm Wig bei der Hand. Sie erklommen den winzigen Hügel zu ihrer Veranda. Jeder nahm in einem Schaukelstuhl Platz. Rebeccas persönlichen Bodyguard zu spielen war der beste Job gewesen, den er je hatte. Er ernährte sich von Coke und Rühreiern. Er hatte eine eigene Limousine mit Fahrer, ein Schlafzimmer in der Villa, ein Dienstmädchen, einen Koch. Er verkaufte Drogen. Er kassierte Bares im Ali Baba, legte den einen oder anderen von Marios Feinden um. Hohe Polizeioffiziere salutierten vor ihm. Mafiaprinzen boten ihm Geld. Der Secret Service beriet sich mit ihm, wenn Ronald Reagan in der Stadt war.

Mit Rebecca schlürfte er Mint Juleps auf der Veranda.

»Nimm dich vor diesem Schwanzlutscher in Acht.«

»In Isaacs Nähe bin ich immer vorsichtig, Miz Rebecca.«

»Ich bin eine Gefangene in meiner eigenen Villa. Ich verlasse die Veranda nicht mehr.«

»Das ist die Schande mit der Politik, Ma'am. Sie macht uns alle zu Verbannten.«

»Hast du Mario gesucht? Der kleine Bastard ist in seinem Zimmer.«

Wig entschuldigte sich, ging in die Villa und fand Mario in seinem winzigen Schlafzimmer hinter der Treppe. Er zog sich Dampf aus einem Inhalationsapparat rein. Seine Augen waren blutunterlaufen. Er war das Hirn hinter Rebecca gewesen, bis Isaac ihn in die Hinterzimmer verbannte, wodurch er zu einem weiteren Königsmacher wurde, der keinen König mehr machen konnte.

Wig warf Eddie Royals Umschlag aufs Bett. Mario zählte all die Scheine wie ein gieriges kleines Kind.

»Das ist die letzte Kohle, die Sie vom Ali Baba sehen. Ich werde Quent kaltmachen, sobald ich ihn finde. Er hat Rita Mae umgelegt.«

»Was ist, wenn er sie gar nicht umgelegt hat?« Mit einem Handtuch über dem Kopf schniefte Mario, um auch noch den letzten Dampf zu inhalieren, der aus dem Apparat kam.

»Reden Sie doch keinen Unsinn.«

»Es könnte auch einer von den Knickerbocker Boys gewesen sein.«

»Quentin Kahn *ist* die Knickerbocker Boys. Leichen von A nach B transportieren war schon immer eine seiner Stärken. Und das können Sie nicht bestreiten. Uns gehört ein Stück von seinem Krankenwagen. Ich habe mich umgehört. Und die Wichser, die er transportiert hat, das waren keine Penner. Das waren Ungarn oder so. Kuriere, die er sich vom Hals schaffen musste.«

»Natürlich. Er verspricht ihnen harte Münze, und dann legt König Carol sie um.«

»Und Carol hat meine Rita ermordet.«

»Du willst Quent. Du willst Carol. Du bist eine Ein-Mann-Schießbude, aber auf Quentin Kahns Seite steht Billy the Kid.«

»Scheiß auf Billy.«

»Und Carol ist höchstwahrscheinlich Oberst der Securitate.«

»Ich fresse jeden Tag der Woche einen Oberst.«

»Nicht diesen Oberst, Wig.« Und Mario hustete in den Verdampfer.

»Was soll ich denn tun, Mr Mario? Soll ich die Hände in den Schoß legen und Quent sagen, dass es schon okay war, Rita zu beseitigen? Warum zum Teufel hat er sie umgelegt, häh? Rita ist nicht bei der Securitate. Sie ist noch nie in Ungarn gewesen.«

»Rumänien«, korrigierte Mario. »Das ist ein Unterschied. Sie ist eben zwischen die Fronten geraten, vermute ich mal so.«

»Zwischen welche Fronten?«

»Keine Ahnung. Zwischen Billy the Kid und das FBI. Zwischen Quent und seine Geldleute. Sie hat sich um seine Kinder gekümmert. Wahrscheinlich hat Quent versucht, seine Spuren zu verwischen.«

»Dann müssten Sie eigentlich sein nächstes Opfer sein.«

»Mir kann keiner was anhaben«, erwiderte Mario mit einem kläglichen Lächeln. »Ich habe eine persönliche Palastwache.«

»Wenn Sie Lieutenant Quinn meinen, dann sollten Sie besser anfangen, sich Sorgen zu machen.«

Und Wig war durch die Tür.

»He! Wohin zum Teufel gehst du?«, stöhnte Mario unter seinem Handtuch hervor. »Halt dich von Carol fern.«

Dieses Metallband in seinem Schädel begann sich zu weiten. Nur ein Narr, schimpfte er leise vor sich hin, lässt sich in den Kopf schießen. Er konnte es sich nicht leisten, ohnmächtig zu werden, nicht jetzt. Er fuhr Isaacs blauen Plymouth und er konnte nur aus einem Auge sehen. Scheiß Zyklopen, sagte er. Quent hatte seinen Krankenwagen in einer verlassenen Feuerwache an der Eleventh Avenue. Die Feuerwache hatte einen Hausmeister namens Archibald Harris, ein Nigger, der eine Pechsträhne hatte. Er war einer jener glücklosen Troubadoure, die in den Niggerligen Baseball gespielt hatten und nie dazu kamen, für die New York Giants zu schlagen. Dafür war er ein bisschen zu spät. Er war ein dreiunddreißigjähriger Second Baseman bei den Brown Bombers, als Jackie Robinson die »Rassenschranke« durchbrach und 1947 zu den Brooklyn Dodgers ging. Archibald hatte bereits ein Spielbein. Er fing an, Spirituosengeschäfte in Harlem zu überfallen. Er wurde für neun oder zehn Jahre nach Sing Sing geschickt. Wig redete mit Archie Harris nie gern über Baseball. Er besaß nicht Isaacs flammenden Enthusiasmus für diesen Sport. Aber er hatte Obdachlose im Seventh Avenue Armory getroffen, die vor vierzig Jahren Archibald in einem Nigger-Auswahlspiel gesehen hatten. Dieser Narr liebte es, die Bälle ohne Handschuh zu fangen. Werfen konnte er mit links so gut wie mit rechts. Er hatte den Schläger weit oberhalb des Griffs gepackt und schlug Homeruns, ohne das Handgelenk auch nur ein Stück zu drehen. Heute hatte er auf beiden Augen den grauen Star. Er wienerte Quentins Krankenwagen, wechselte das Öl und fuhr ihn von Zeit zu Zeit, halb blind, wie er war. Er hatte immer einen Schweineabstecher dabei. Den Umgang damit hatte er während seiner Zeit bei den Bombers gelernt, als sie in der Provinz von einem Kaff zum nächsten tourten und wie schwarze Zigeuner lebten. Er hatte sich mit Rita angefreundet, hatte ihr die meisten seiner Tricks beigebracht. Aber auch ein halb blinder Flüchtling aus den Nigger-Ligen hatte ihr nicht das Leben retten können.

Er polierte den Krankenwagen, als Wig eintraf, streichelte das Auto mit den Fingerspitzen. Bruder William lieferte ihm die meisten Fahrer, Sicherheitspersonal aus der Seventh Avenue Armory und Obdachlose mit falschen Papieren.

»Bist du das, Wig?«, fragte Archibald.

»Lieutenant Wiggens, wie er leibt und lebt, alter Mann.«

»Wer ist hier ein alter Mann? Ich kann dir immer noch den Arsch versohlen.«

»Und wenn ich die Augen schließen und es mir wünschen würde, könnte ich Second Base für die Brown Bombers spielen.«

»Die Bombers gibt es nicht. Ich bin ein wandelndes Sammelalbum, der letzte gottverdammte Bomber, der noch lebt, und ich bin ein junger Hirsch. Dreiundsiebzig. Wenn dich der Zucker nicht umbringt, dann bestimmt ein kaputtes Herz.«

»War Bruder William in letzter Zeit hier.?«

»Kaum.«

»Ist der Krankenwagen gestern benutzt worden, Arch?«

»Nicht, dass ich es wüsste.«

»Arch, Miz Rita ist tot. Und ich frage mich, ob sie wohl in deinem Krankenwagen nach Brooklyn transportiert worden ist.«

»Ich weiß, dass sie tot ist ... aber ich hab sie nicht gefahren, Wig. Ich habe Miz Rita geliebt.«

»Wie ist sie nach Brooklyn gekommen, Arch?«

»Ich habe eine lange Mittagspause gemacht«, antwortete Archibald. »Jemand könnte hereingekommen sein und meinen Wagen gestohlen haben.«

»Jemand wie König Carol?«

»Ich hab Carol über einen Monat nicht mehr gesehen. Ich mag ihn nicht besonders. Aber er hat einen Schlüssel. Ein König kann nach Belieben kommen und gehen.«

»Er ist kein König«, sagte Wig. »Er ist ein gedungener Mörder und Mitglied der Geheimpolizei von Bukarest, der sich als Tischtennis-Champion ausgibt.«

»Du bist derjenige, der ihn König Carol genannt hat.«

»Das ist sein verschissener Deckname hier in Amerika. Er ist ein Berg Pisse.«

Archibald begann zu lachen. »Wasser kann doch keine Berge bilden.«

»Ja, alter Mann. Und was ist mit den Monsterwellen vor Coney Island? Die sind sogar noch höher als ein Berg.«

»Coney ist was anderes. Coney ist keine Pisse.«

Gegen Archibalds Logik kam Wig nicht an. Arch war aus den Nigger-Ligen gekommen. Ein Infielder, der niemals einen Handschuh trug.

Wig fuhr zur Seventh Avenue Armory. Blaue Flammen loderten in seinem beschissenen Kopf. Darf jetzt nicht ohnmächtig werden, darf nicht ohnmächtig werden, murmelte er immer wieder wie eine Beschwörung. Bruder William war nicht in seinem Glaskäfig. Wig brauchte nicht all die magischen Verlockungen der Nigger-Ligen, um sich denken zu können, wer den Krankenwagen nach Brooklyn gefahren hatte. Bruder William parkte seine eigene Schwester an der Plymouth Street. William war der Chef von Quents Krankenwagen-Abteilung. Er versteckte sich irgendwo, verkroch sich mit Whiskey und einer weißen Frau. Er hatte eine Scheißangst vor Carol.

Wig marschierte in die Tiefen des Asyls. Weit und breit keine Sicherheitsleute zu sehen, nur erbärmliche Wichser unter ihren Zelten aus schmutzigen, weißen Laken. Wig stieg zu der kleinen Galerie hinauf, wo er einen der Aufseher fand, ein Weißbrot, das Hand in Hand mit William zusammenarbeitete. Wilson Bright, ein vierzigjähriger Aasgeier, der die Obdachlosen bei jeder sich bietenden Gelegenheit bestahl. Er wurde ständig abgemahnt, konnte aber nicht gefeuert werden. Sein Bruder war ein stellvertretender Bürgermeister. Wilson hatte sein halbes Leben lang Philosophie auf dem Hunter College studiert, brachte aber nicht ein einziges Examen auf die Reihe. Er quatschte nichtsnutzige weiße Scheiße und wenn ihm langweilig wurde, vögelte er mit den Nigger-Putzfrauen oder Erziehungsberaterinnen, die von der Stadtverwaltung hergeschickt wurden, um Mahlzeiten zu planen, welche die Obdachlosen nie zu sehen bekamen. Zu seinem eigenen Schutz hatte er stets einen Gummiknüppel dabei und er war Quentins Fahrer Nummer eins. Eigentlich hätte er eine Uniform tragen sollen, aber die Klamotten, die er trug, hatte er Obdachlosen praktisch vom Leib gerissen.

Wilson döste, auf seinem Schoß lag ein Buch. Wig warf einen Blick auf den Schutzumschlag. Er sah den Namen Wittgenstein und weckte Wilson mit einem brutalen Tritt. Der Aufseher fiel von seinem Stuhl, stöhnte einmal, schnappte sich das Buch und zog sich wieder auf den Stuhl hoch.

»Wilson, was wäre, wenn ich das Buch in kleine Stücke zerreiße und es dich dann komplett fressen lasse?«

»Ich würde mich bei meinem Bruder beschweren«, sagte Wilson.

»Dein Bruder ist einer von Rebecca Karps Leuten. Er wird in ein paar Wochen mit dem Arsch auf der Straße sitzen. Und was machst du dann?«

»Ich gehe zum Grünflächenamt. Hab die Aufnahmeprüfung bestanden.«

»Das wird nichts nutzen, Wilson. Hast du's denn noch nicht gehört? Ich bin Sidels schwarzer Engel. Ich werde deinen Test einkassieren. Wer ist überhaupt Wittgenstein?«

»Der größte Philosoph des zwanzigsten Jahrhunderts. Du könntest ihn nicht verstehen. Dir fehlt die Ausbildung.«

»Tja, dann fass es doch mal für mich zusammen. So wie's die Hollywood-Fritzen machen.«

»Man kann Wittgenstein nicht zusammenfassen.«

»Ich tret dir den Schädel ein, Wilson. Was hat er gesagt?«

»Er sagte, Worte sind unsere einzige Geschichte. Sie sind Bilder des Lebens, und wenn wir nicht verdammt aufpassen, dann verschwinden die Bilder.«

»Wo steckt Bruder William?«

»Habe ihn nicht gesehen, Wig. Seit zwei Tagen nicht mehr.«

»Und der Krankenwagen?«

»Ich hab's Fahren aufgegeben, Wig. Ich schwör's.«

»Hör auf damit! Du hast Quentins Leichen durch die Gegend gekarrt. Du hast William auch geholfen, Rita nach Brooklyn zu fahren, stimmt's?«

Wilson hob seinen Knüppel und Wig hätte ihm das Ding einfach aus der Hand genommen, wenn er nicht ganz so blind gewesen wäre. Der Knüppel erwischte ihn an der Schulter. Er verpasste Wilson ein Pfund, und der Aufseher fiel wieder von seinem Stuhl. Wig stolperte von der Galerie herunter und schaffte es, aus dem Asyl für obdachlose Männer zu gelangen. Wittgenstein, raunte er. Bilder des Lebens.

16

Zum Bild eines Mannes, der sich auf einer Wand abkämpfte, wachte er auf. Der Wichser hatte gebräunte Haut und trug eine Dornenkrone. Wig teilte sich einen Raum mit Jesus. Er erkannte Krankenschwestern und Nonnen. Er war noch nie in einem katholischen Krankenhaus gewesen. Nach seinem Kopfschuss hatte er einen Monat im Bellevue gelegen, und nach seinem ersten Sturz von einer Feuerleiter zwei Wochen im Harlem Hospital. Sweets nannte ihn immer wieder Ikarus. Scheiß Ikarus. Wig musste den Namen in einem Wörterbuch der griechischen Sagenwelt nachschlagen. Die Griechen hatten noch keine Feuerleitern. Allerdings kannten sie Dächer. Und ein Typ namens

Daedalus versuchte, von einer Insel namens Kreta zu verduften. Er fertigte für sich und seinen Sohn Ikarus Flügel. Die Flügel waren aus Federn und Wachs. Vater und Sohn starteten von den Dächern und machten sich auf die Reise übers Meer. Aber Ikarus schwang sich so hoch in die Lüfte, dass er in die Nähe der Sonne kam, und kriegte nicht mit, dass ihm die Flügel wegzuschmelzen begannen. Er stürzte ins Meer und ertrank. Und Daedalus schaffte ohne seinen Sohn den ganzen weiten Weg bis nach Sizilien.

Wig jedoch war ein Ikarus, der von Dächern stürzte und überlebte. Und er hatte keinen Dad, der ihm Flügel fertigte. Er hatte eigentlich überhaupt keinen Dad, zumindest keinen, an den er sich erinnern konnte. Sehr wohl jedoch erinnerte er sich, von einer Feuerleiter zu stürzen und auf dem Arsch im trockenen Meer inmitten des Gerümpels irgendeines Hinterhofs zu landen. Während dieses ersten Sturzes war sein halbes Leben an ihm vorbeigerauscht, es war wie eine Filmkamera mit Bildern gewesen, die in seinem Kopf explodierten – Wig und seine Mama gingen in die Kirche, Wig schlief mit Rita Mae, spürte diese herrliche Haut, roch das Parfum ihrer Achselhöhlen, Harwood in der Tür, schaute nicht heimlich zu, sondern wollte teilhaben an dem, was seine Mama mit dem niederträchtigen Polizisten hatte. Er fing an zu weinen. Er beerdigte *seine* Mama, aber um Rita Mae schien er nicht trauern zu können.

Er konnte den Schatten eines Mannes neben sich riechen. Er musste gar nicht erst aufschauen. Es war der König.

»Wie hast du mich gefunden, Bruder Isaac?«

Vor seiner Nase schwebte eine Faust voller Blumen. Der König hatte ihm Löwenzahn aus einem koreanischen Lebensmittelladen mitgebracht. Wig spürte das schlechte Gewissen in Isaacs Blick.

»Ich wusste nichts von dir und Rita, Wig ... Tut mir Leid. Joe hat dich in der Nähe des Asyls gefunden. Ich habe Kardinal Jim angerufen. Wir haben dir sofort ein Bett besorgt.«

»Wo bin ich?«, musste Wig fragen. Er trug ein blaues Nachthemd.

»Bei Mutter Cabrini. Der Kardinal und seine Monsignores lassen hier ihre jährlichen Checkups machen. Eigentlich ist es ein Krankenhaus für Priester ... Du hättest mir sagen sollen, dass du unter Ohnmachtsanfällen leidest.«

»Wird das Department mich nach meiner nächsten Computertomografie vorzeitig in Ruhestand schicken?«

»Ich gehöre nicht zum Department, Wig.«

»Aber Sie haben es doch Sweets erzählt.«

»Er weiß nicht, dass du bei Mutter Cabrini bist. Wenn jedoch die Ärzte sagen, dass es gefährlich für dich ist, weiter Cop zu sein, dann werde ich es ihm sagen müssen.«

»Was wollen Sie ihm sagen? Nicht mal Gott wäre zu hundert Prozent voll da, wenn Er einen Kopfschuss abbekommen hätte. Ich kann immer noch raus auf die Straßen ... und Feuerleitern hinaufklettern.«

»Im Moment jedenfalls kannst du das nicht. Wer hat Rita ermordet? War es Quentin Kahn?«

Wig packte den Löwenzahn, nahm den Strauß Isaac aus der Hand.

»Quent ist außer Landes. Bei einem Tischtennisturnier. In Jugoslawien.«

»Das ist mir schon ein tolles Jugoslawien«, sagte Isaac. »Ich habe gerade erst im River Café mit ihm zu Mittag gegessen.«

»Er könnte direkt nach dem Essen nach Jugoslawien aufgebrochen sein.«

»Hilf mir, Wig. Quent kauft Kinder aus Osteuropa. Rita

wird seine Kindergartenleiterin, kümmert sich um die Kinder, und dann stirbt Rita ... mit einer Nadel im Hals. Die gleiche Vorgehensweise wie die Knickerbocker Boys, der gleiche Stil, die gleiche Tötungsmethode. Diesmal aber ohne Mitteilung.«

»Sie hat keine Mitteilung verdient. Rita ist schwarz. Und sie war nicht obdachlos.«

»Wig, hast du schon mal was von Schyler Knott gehört? Er ist der Haus- und Hofdichter der Knickerbocker Boys.«

»Klingt wie ein rassistisches Schwein.«

»Nein. Genau das ist das Problem. Schyler ist kein Schwein. Er hat beim Denkmalschutz gearbeitet. Und dann ist er verschwunden.«

»Vielleicht ist er ja Krankenwagenfahrer geworden.«

»Was soll das denn heißen?«

»Für einen König sind Sie irgendwie ziemlich unbedarft. Quentin stellt den Krankenwagen, der eigentlich eher ein Leichenwagen ist. Und er liefert die Leichen. Obdachlose. Aber diese Obdachlosen sind Ungarn. Deshalb kann sie auch kein Mensch identifizieren. Es sind Kuriere und Babysitter. Weiße Europäer, die einen Schwung blauäugiger Kids rüberbringen, allerdings verschwendet Quent keinen Gedanken an eine Rückfahrkarte. Er lässt sie von Ihrem Trainer, König Carol, umlegen und er erfindet diesen Müll über die Knickerbocker Boys. Es ist ein Schwindel, ein Ablenkungsmanöver für seine Geschäfte.«

»Aber es ist nicht gerade ein gutes Geschäftsgebaren, die Mitglieder der eigenen Mannschaft abzuservieren. Es könnte sich ja rumsprechen. Und am Ende könnte es Quent passieren, dass er keine Babysitter mehr bekommt.«

»Was ist, wenn die Kuriere fehlerhafte Ware sind, was ist, wenn sie irgendwie belastet sind? Und Quent kassiert Geld, um sie umzulegen.«

»Von wem kassiert er?«

»Keine Ahnung. Rumänien. Bulgarien. Der König von Ägypten.«

»Farouk war der letzte König von Ägypten. Und Farouk ist tot.«

»Er könnte Quentin ja noch aus dem Grab Dollars bezahlen. So gerissen ist Quent ... Isaac, die Knickerbocker Boys waren Ihre Zimmergenossen in der Seventh Avenue Armory. Die Idee mit Geronimo Jones hat Quent Ihnen geklaut.«

»Welche Zimmergenossen?«

»Bruder William. Wilson Bright ... Die sind alle Krankenwagenfahrer.«

»Wer sind die anderen Boys?«

»Schyler Knott vielleicht. König Carol. Quentins Buchhalter, Eddie Royal.«

»Dieser krumme kleine Jockey?«

»Lassen Sie mich meine Liste vervollständigen. Carol. Eddie Royal. Quentin selbst. Und der alte Mann, der sich um seinen Krankenwagen kümmert. Archibald Harris.«

Isaac bekam große Augen. »Der Spieler?«

Wig kicherte hinter seinen gelben Blumen, aber ihm tat der Kopf weh. »Sie sind wirklich Klasse, Bruder Isaac. Nicht mal der Geist eines Baseballspielers könnte Ihnen je entkommen.«

»Aber Archie Harris ist kein Geist.«

»Stimmt. Arch war in den Nigger-Ligen. Bei den New York Giants hat er nie gespielt.«

»Da irrst du dich aber. Die Brown Bombers haben ein Freundschaftsspiel im Polo Grounds gemacht. Und sie haben die Giants vernichtend geschlagen. Das war während des Kriegs. Archie Harris trug keinen Handschuh.«

»Das weiß ich.«

»Er hat Groundballs zwischen seinen Beinen gefangen. Hat zwei Homeruns geschlagen und dabei seinen Schläger kaum geschwungen. Er hat New York verhohnepipelt.«

»Arch hat den grauen Star«, sagte Wig und fühlte sich ausgeschlossen von all der Geschichte, die der König in seinem Kopf hatte. »Er sieht keinen Furz mehr.«

»Ich verstehe das nicht. Bruder William und Arch, zwei Schwarze, und sie sind die Knickerbocker Boys. Wie können sie all diese rassistische Scheiße nur glauben?«

»Ach«, sagte Wig, »sie sind Lieferanten. Sie transportieren Leichen. Die Mitteilungen haben sie nie gesehen. Und selbst wenn, Arch ist praktisch blind und Bruder William ist Analphabet.«

»Du kannst mich auf den Tod nicht ausstehen, Wig. Warum erzählst du mir das alles?«

»Sie haben mir Blumen gebracht. Und Sie haben mich nicht bei Sweets verpfiffen. Also schulde ich Ihnen was ...«

»Die Sache ist komplizierter. Du wusstest von Anfang an über die Knickerbocker Boys Bescheid. Du hättest diesen Morden ein Ende bereiten können, hast es aber nicht getan.«

»Warum sollten mich tote rumänische Kuriere auch nur einen Furz interessieren?«

»Du bist ein Bulle«, antwortete Isaac.

»Halten Sie mir hier keine Vorträge, Bruder Isaac. Sie bestehlen die Leute und –«

»Du warst bestens informiert, Wig, stimmt's? Fast schon selbst ein Knickerbocker Boy.«

»Fast zählt nicht vor einem Gericht.«

»Wo befindet sich Archs Krankenwagen?«

»In der alten Feuerwache an der Eleventh. Aber gut möglich, dass Sie ihn dort nicht antreffen. Die Boys müssen verzweifelt gewesen sein, denn andernfalls hätten sie Rita nicht in die Plymouth Street gebracht.«

Es war seine tote Braut, die ihn an Sidel band. Rita. Und

er verfluchte sich. Harwood hatte er völlig vergessen. Er konnte das Weißbrot schlecht bitten, Harwood die Hände loszubinden. Denn dann würde Isaac Wigs kleine Festung an der Convent Avenue entdecken.

»Wo ist Harwood?«, fragte Isaac wie ein Scheißgedankenleser.

»Harwood ist in Sicherheit, Bruder Isaac. Ich habe ihn.«

Isaac kritzelte etwas auf einen Zettel und reichte ihn dann Wig.

»Du kannst mich Tag und Nacht unter dieser Nummer erreichen«, sagte Isaac und deutete auf seinen Pieper.

»Bruder Isaac, so eilig habe ich es nicht.«

»Behalt es. Man kann nie wissen.«

Und Isaac verließ Wigs Krankenzimmer. Sein Rücken war gebeugt wie ein Bär, der die halbe Last New Yorks auf seinen Schultern trug. Er würde im Gracie Mansion niemals durchhalten. Nach ein paar Monaten würde er selbst einen Schaukelstuhl benötigen. Wig besaß weder die Barmherzigkeit noch das Gerechtigkeitsgefühl dieses weißen Mannes. Menschen zu lieben konnte ihr Tod sein. Er fand ein Telefon neben seinem Bett und wählte die Nummer der Feuerwache. Er würde Archie Harris um einen Gefallen bitten müssen. Wig konnte nicht aus dem Bett zur Convent Avenue kriechen. Arch würde losgehen, Harwood losbinden und in den Krankenwagen verfrachten müssen. Das Telefon klingelte und klingelte. Der alte Mann musste taub gewesen sein. Wig würde Arch sagen müssen, dass er die Feuerwache oder den Krankenwagen verlegen musste, bevor Bruder Isaac gegen die Knickerbocker Boys ins Feld zog.

Nach dem zwanzigsten Klingeln nahm jemand den Hörer ab und sagte Hallo.

Wig beschloss, ein Täuschungsmanöver durchzuziehen. »Arch, bist du das?«

»Ja«, antwortete die Stimme. Aber es war nicht Arch.

»Was macht der Wurfarm?«

»Bestens, bestens. Wer spricht da?«

»Geronimo Jones«, sagte Wig und legte auf, wer auch immer sich hier als Arch ausgab.

17

Isaac kehrte in Schillers Club zurück. Carol war fort. Berichtete für *Pingpong Power* über ein Turnier. Er hatte seinem Schüler eine Nachricht hinterlassen. »Hör niemals auf, den Ball zu lieben. Und konzentriere dich nicht auf deine Schläge. Vergiss das nicht, Isaac. Tischtennis ist ein Spiel der spirituellen Grazie. Beste Grüße, König Carol.«

Isaac zerknüllte den Zettel und warf ihn unter seinen Tischtennistisch. Er konnte seine Wut kaum noch beherrschen. Die Knickerbocker Boys waren genau in dem Asyl erfunden worden, in dem er geschlafen hatte. Er würde sich daranmachen müssen, ein paar Leute zu bestrafen. Aber ein designierter Bürgermeister besaß keine richtige Offiziersmesse. Er rief Rebeccas stellvertretenden Bürgermeister und Künstler für Schadensbegrenzung an, Nicholas Bright, und bat um ein Treffen oben im Club. Bright war ein sechsunddreißigjähriger Junggeselle, der sich wie ein Generalinspekteur aufführte. Er war weder Constable noch Bulle. Er besaß nur die Macht der Empfehlung. Er schrieb Berichte über sämtliche Ämter der Stadt und verkündete, welche Kürzungen gemacht werden sollten. Nicholas Bright hatte nicht einmal eine eigene Sekretärin. Er arbeitete allein, ohne Computer oder Telefone oder viel Papierkram. Er war ein unerbittlicher Informationssammler, grausam und effizient in seinem Bestreben, Geldverschwendung zu beseitigen und den Cashflow der Stadt zu hüten.

Bislang hatte Isaac keinerlei Veranlassung gesehen, sich mit Nicholas zu treffen. Er zögerte die Aufgabe hinaus, seine eigene Verwaltung zu gestalten und zu entscheiden, welche von Rebeccas Spitzenbeamten er schlucken sollte. Nicholas hatte eine Brille mit dicken Gläsern und trug einen tristen braunen Anzug, womit er wie eine unterirdische Kreatur aussah, die nur an die Oberfläche kam, wenn es denn unbedingt sein musste.

»Nicholas«, sagte Isaac, nachdem er den stellvertretenden Bürgermeister an einem Spieltisch in Schillers winzigem Hinterzimmer hatte Platz nehmen lassen, das zu Manfred Coens Lebzeiten als Umkleideraum diente. »Ich fürchte, wir sind Feinde, Sie und ich.«

Nicholas war blass unter seiner Brille. Seine Fingernägel waren nicht so sauber, wie sie hätten sein sollen. Seine Schuhe waren nicht poliert. Nicholas war ein Taktiker, der offensichtlich das Problem nicht lösen konnte, sich selbst ein gepflegtes Erscheinungsbild zuzulegen.

»Wäre es Ihnen lieber, wenn ich meinen Abschied nehme?«

»Nein, Nicholas. Ich beabsichtige, Sie zu behalten. Sie jagen allen eine Scheißangst ein. Das ist gut. Sie sparen uns wertvolle Dollars ein. Und Sie sind nicht zu eng mit der Partei verbunden.«

»Und was macht uns dann zu Feinden?«

»Dein Bruder, Nicholas. Ich habe ihn im Seventh Avenue Armory bemerkt. Er war ein mieser, betrügerischer Aufseher. Aber dort waren alle Aufseher Betrüger, und während ich da war, haben sich alle noch hervorragend benommen. Ich habe eine Woche in der Armory gelebt.«

»Das war clever, Sir. Bestandsaufnahme zu machen.«

»Ich brauchte eine Verschnaufpause. Aber dein Bruder hat mich getäuscht. Wusstest du, dass er zu den Knickerbocker Boys gehört?«

»Sir«, sagte Nicholas, »es ist ja nicht so, dass ich überhaupt keine Ahnung von Wilsons Streichen hatte ... das mit dem Krankenwagen, meine ich.«

»Jesus«, sagte Isaac, »ich war Police Commissioner. Eine Zeit lang war ich Mitglied einer Mafiafamilie. Und ich bin der Letzte in Manhattan, der von den Knickerbocker Boys erfährt. Das ist nicht fair.«

»Sir, ich weiß nicht genau, was ...«

»Ich schimpfe nicht mit dir, Nicholas.«

»Mir war schon klar, dass irgendwas nicht stimmte, als der Tote in dem Asyl gefunden wurde, der erste Geronimo Jones, aber da habe ich noch meine Augen verschlossen.«

»Nicholas, ich war der erste Geronimo Jones. Aber diese Dreckskerle haben ihn mir geklaut. Das war ungefähr so, als hätte man mir mein Erstgeburtsrecht genommen ... Hat Wilson sich dir anvertraut, hat er dir irgendwas über die Krankenwagenfahrten erzählt?«

»Er hat einen gewissen Schwarzen erwähnt, hat ihn immer wieder erwähnt. Wilson hatte große Furcht vor ihm.«

»War es Archie Harris?«

»Ja, Archibald. Bruder Archibald.«

Isaac war nicht mehr in Baseball verliebt. Es war die Domäne von Anwälten und Managern und Agenten. Aus ganz normalen Infieldern wurden Multimillionäre. Wenn er zu einem Spiel eingeladen wurde, saß er auf seinem Logenplatz, beobachtete die Spieler und konnte auf keinem einzigen Gesicht mehr Spaß und Freude entdecken. Er hatte die Schwarzenliga nie romantisiert. Die Brown Bombers und die Homestead Greys waren in Armut lebende Geächtete, aber lieber wäre Isaac mit ihnen durch die hinterste Provinz getourt als mit den Helden des modernen Baseball.

»Nicholas«, sagte Isaac, »du bist jetzt in meinem Lager. Falls dein Bruder dir irgendwas erzählt, wirst du mir sofort Bericht erstatten.«

»Versprochen. Aber wird er ins Gefängnis müssen?«

»Nicholas, dazu kann ich weder Ja noch Nein sagen.«

Draußen vor dem Hinterzimmer stand ein sommersprossiges Gesicht, eine rothaarige Vision – ein Engel, gekommen, um Isaac in diesem trostlosen grauen Licht zu quälen. Seine tote Mama, Sophie Sidel. Aber seine Mama hatte nie Sommersprossen gehabt. Es war Dr. Lillian Campbell, Schyler Knotts Shrink, mit ihren animalischen Augen. Ach, es gab einfach viel zu viele Frauen im Leben des Königs. Und alle gehörten sie zu einem ausgeklügelten Fundbüro. Er verabschiedete sich von Nicholas Bright, und Lillian betrat das winzige Zimmer.

»Ganz schön schwer, Sie zu finden, Mr Sidel.«

»Kommen Sie, die ganze Stadt weiß doch, dass ich hier mein Büro habe. Hier könnte jeder reinkommen und mir das Licht ausblasen. Ich mache nichts. Ich tanze im Dunkeln. Leute stehlen meinen Namen. Immobilienbarone küssen mir die Schuhe und intrigieren hinter meinem Rücken.«

»Schyler möchte Sie sehen.«

»Klasse«, sagte Isaac. »Aber ich bin all diese Intrigen so satt. Ich sollte in Urlaub gehen. Haben Sie vielleicht Lust mitzukommen, Dr. Lillian?«

»Machen Sie mir etwa einen unsittlichen Antrag?«

»Nein. Ich bin verrückt nach Sommersprossen, das ist alles.«

Sie nahm Isaacs Hand, führte ihn aus Schiller's, setzte ihn in ihr Auto und fuhr ihn zum Christy Mathewson Club mit seinen zugenagelten Fenstern und den Baugerüsten.

»Ach, ich hätt's mir denken können. Wohin sonst sollte Schyler auch schon gehen?«

Sie betraten das Haus durch die Kellertür. Schyler saß in seinem persönlichen kleinen Bunker. Er musste sich dringend rasieren. Er hatte diese makellose Leichtigkeit, diese blonde aristokratische Maske verloren. Jetzt erinnerte er eher an einen Obdachlosen als an den Präsidenten einer Baseballgesellschaft.

»Schyler, Archie Harris von den Brown Bombers und den Baltimore Elites. Er gehört zu deiner Gang.«

»Ich habe keine Gang«, sagte Schyler, wobei Lillian wie ein sommersprossiger Panther hinter ihm lauerte. »Und Archibald Harris bin ich nie persönlich begegnet.«

»Und ich nehme an, du schreibst auch keine Sprüche für die Knickerbocker Boys. Schyler, verschwende nicht meine Zeit. Ich werde langsam sauer. Monte Ward. Will White. Sam Wise. Morris deMorris. Dein persönlicher Ku-Klux-Klan. Ich meine, ich könnte Baseball-Antiquare ohne Jackie Robinson und Willie Mays verstehen. Aber in deinen Annalen werden die Negerligen mit keinem Wort erwähnt. Keine Silbe von Cool Papa Bell oder Josh Gibson –«

»Oder Archibald Harris. Leg dich nicht mit mir an, Isaac. Kannst du mir die Nervenklinik nennen, in der Josh Gibson den letzten Teil seines Lebens verbracht hat?«

»Ich weiß Bescheid über Josh, dass er in seinem Kopf ausgiebige Unterhaltungen mit Joe DiMaggio führte. Würde es dich nicht verrückt machen, Schyler, wenn du als erwachsener Mann in einer Kinderliga spielen müsstest?«

»Die Negro National League war wohl kaum für Kinder, Isaac.«

»O doch, das war sie. Weil man nämlich nie in die weißen Ligen aufsteigen konnte.«

»Ich habe die Rassenschranke nicht erfunden. Das war Amerika.«

»Und wer ist Amerika, verdammte Scheiße? Du. Ich. Lillian.«

»Isaac, deine Wortwahl hat mir noch nie gefallen.«

»Dann bitte doch Dr. Lillian, mir den Mund zu waschen. Ich wäre begeistert ... Du hättest diese Scheiße nicht schreiben sollen. Über achtzehn Nigger und obdachlose Männer.«

»Ich habe gar nichts geschrieben. Ich habe nur die Namen geliefert.«

»Und das macht dich unschuldig, häh, Schyler, häh?«

»Die Stadt, die ich liebe, stirbt, Sidel. Sie verliert die Erinnerung an die eigene Vergangenheit. Weißt du, warum Harlem nie eine Mannschaft in der Negro National League hatte? Die Major Leagues hatten Angst, dass Weiße kommen und die Schwarzen in Harlem spielen sehen und die Polo Grounds und das Yankee Stadium leeren würden.«

»Da sieht man's mal wieder«, sagte Isaac. »Die Wirtschaft ist doch der härteste König von allen. Du bist kalt wie ein Fisch, aber ich hätte dich schon gern in meiner Denkmalschutzbehörde gesehen.«

»Selbst nach Monte Ward und Will White?« Schyler saß in diesem feuchten, dunklen Keller auf einem fürstlichen Sessel, der einmal seinen holländischen Vorfahren gehört haben musste, und umklammerte Lillians Hand. »In zwanzig, dreißig Jahren wirst du es mit einer völlig neuen Generation von Pharaonen zu tun haben, und die werden darum kämpfen, jedes einzelne noch vorhandene Denkmal abzureißen. Die werden töten, Isaac.«

»So weit werde ich es nicht kommen lassen.«

»Mr Bürgermeister, das hier ist Manhattan. Land ist stärker als Ware oder Geld ... und Sie sind nur ein behaarter Junge, der das Gracie Mansion erben wird. Die Pharaonen werden es verschlingen.«

»Sollen sie doch schlingen. Dann lebe ich eben in einem Zelt. Aber was hat das alles mit einer Liste längst vergessener Baseballspieler zu tun? Quentin Kahn spielt nicht in derselben Liga wie Judah Bellow, wird aber trotzdem zu einem Pharao.«

»Quentin Kahn ist ein Nichts. Ich habe ihn dafür bezahlt, die Knickerbocker Boys zu gründen.«

»Pssst«, sagte Isaac. »Zufälligerweise liefert der Mann Leichen. Schyler, aufwachen! Es handelt sich hier nicht um Obdachlose auf einem Kinderkarussell. Es sind Rumänen, die Kinder ins Land schmuggeln.«

»Das sind keine Rumänen.«

»Hat Quentin dir Märchen vorgelesen?«

»Er hat es mir geschworen. Er hat Tote eingesammelt und sie an verschiedenen Stellen abgeladen ... quasi als Lektion für die Stadt.«

Selbst in diesem kleinen Herz der Finsternis konnte Isaac den sengenden Schmerz sehen, der von Schylers Gesicht abstrahlte.

»Welche Lektion, Schyler?«

»Dass wir alle schon sehr bald obdachlos sein werden. Die Stadt ist ein Sumpf. Wir leben mit der Pest, Isaac. Wir haben den Dreck und Schmutz anderer Leute geerbt, und wir werden bestraft. Ich musste etwas tun. Ich konnte nicht länger die Augen verschließen. In dieser Stadt ist kein Platz mehr für die Christy Mathewsons.«

»Schyler, sag mir, wie du mit Quentin Kahn zu tun bekommen hast?«

»Er ist vor ungefähr einem Jahr Mitglied der Christys geworden.«

»Quentin Kahn ist einfach so in deinen Club marschiert?«

»Nein. Der Gouverneur hat ihn mir vorgestellt.«

»Aha, er ist also mit einer Empfehlung von Billy the Kid gekommen. Ist ja super. Und was hat Billy gesagt? Dass Quentin auch nur ein Antiquar ist, der zufälligerweise das Ali Baba führt?«

»Wir haben ähnlich gelagerte Interessen ... Wir wollen die Pharaonen daran hindern, diesen Emeric Gray an der East Fifty-sixth abzureißen.«

»Und du glaubst, ein Wichser wie Quentin Kahn interessiert sich für Emeric?«

Isaac berührte Dr. Campbells Ellbogen. »Lillian, bitte, bringen Sie ihn in ein Sanatorium ...«

»Schyler ist nicht verrückt ... Ihre Stadt liegt ihm am Herzen, Mr Sidel.«

»Aber es könnte hier ziemlich gefährlich für ihn werden. Quentin Kahn ist kein radikaler Stadtplaner. Er betreibt ein auf Mord spezialisiertes Unternehmen. Er benutzt Schyler. Heute nennt er ihn vielleicht noch Partner, und morgen bringt er ihn schon um. Und mir fehlen die Mittel, auf ihn aufzupassen.«

Isaac verließ den Keller der Christys und verschwand wieder auf die Straße. Er musste herausfinden, in welchem Jugoslawien sich Quent befand. Und ihm eine Falle stellen, mit oder ohne Carol. Aber er musste immer wieder an ein Krankenhaus auf einem Berg denken. Mutter Cabrini. Hier war er, wie ein Großvater, und machte sich Sorgen um Wig.

18

Er fand sein persönliches Jugoslawien in einem Kiosk an der Forty-second Street. *Pingpong Power.* Quentin Kahn war Herausgeber und Chefredakteur. Michael Cuza alias König Carol war Schreiber und Redakteur. Und dieser pensionierte Jockey, Eddie Royal, war Leiter der Finanzabteilung von Quentins kleinem Magazin. Um Isaacs Lippen spielte ein bitteres Lächeln. *Pingpong Power* wurde in der 23 Plymouth Street herausgegeben und gedruckt, nur wenige Türen entfernt von der Stelle, wo die Ratten versuchten, Rita zu fressen.

Der König las das Heft von vorne bis hinten. *Pingpong Power* war eine Quellensammlung, ein Wegverzeichnis und eine Bibel, die nichts mit der American Table Tennis Association zu tun hatte. Es wurden weder hiesige Turniere noch Ranglisten der amerikanischen Spitzenspieler gebracht. Der Herausgeber beklagte den traurigen Zustand des Tischtennis in New York, den Mangel an Tischen, das öffentliche Desinteresse. »In Belfast oder Carcassonne gibt es mehr Tischtennistische als in ganz Manhattan. New York repräsentiert den absoluten Tiefstpunkt des Tischtennis.«

Er sprach von der Stärke des Tischtennis in Rumänien, Polen, Brasilien. »Unter Frauen in China, Bulgarien und Frankreich ist es die am schnellsten wachsende Sportart.« Die jüngste Damenweltmeisterin, Nina Anghel, war eine neunzehnjährige Rumänin, deren Gesicht, Körper, Tischtennisröckchen und Schläger quer durch die aktuelle Ausgabe von *Pingpong Power* gebracht wurde. Sie sah aus wie eine erwachsene Version von Orphan Annie mit Sommersprossen und krausen Locken. Nina Anghel wurde in drei verschiedenen Artikeln interviewt. Ihr Schläger war eine Sonderanfertigung mit Noppen auf der einen und geschäumtem Material auf der anderen Seite. Sie posierte mit Quentin Kahn, Carol und Margaret Tolstoi. Dort, wo früher sein Wurm gesessen hatte, empfand Isaac jetzt eine tiefe Verbitterung. *Seine* Anastasia und ein Champion mit krausen Haaren. Er reagierte wie ein eifersüchtiger Ehemann, nur, was hatte er denn, um eifersüchtig zu sein? Da war Margaret mit Nina Anghel auf einem Kreuzfahrtschiff. Isaac verschlang die verfluchte Bildunterschrift wie ein Kannibale. »Nina Anghel mit ihrer Begleiterin und Trainerin Anastasia Antonescu an Bord der SS *Silver Eagle* während ihrer erfolgreichen Tournee durch die Donaustaaten.«

Hinter Nina Anghels Rücken bemerkte Isaac einen angeschwollenen Fluss, die Konturen eines Waldes. Er war wütend. Margaret Tolstoi war aus Isaacs Bett verschwunden, hatte die kleinen Annehmlichkeiten der Rivington Street verlassen, um Kindermädchen für einen Teenager zu spielen, den Quentin Kahn lautstark zu einem Champion aufbaute. Sie borgte sich den Namen ihres Mannes vom Schwarzmeer. Ferdinand Antonescu. Es war keine rechtmäßige Ehe. Anastasia war damals zwölf gewesen. Und Antonescu war der Diktator seines wahnsinnigen Landes.

Es gab noch weitere Aufnahmen von Anastasia mit Nina Anghel. Im Hotel Kempinski in Berlin, wo sie gemeinsam mit anderen weiblichen Champions posierte. Im Trocadéro in Paris, wo Hitler sechzig Jahre zuvor gestanden und das merkwürdige eiserne Juwel des Eiffelturms bewundert hatte. Ein unerwarteter Stich durchfuhr Isaac. Sein Vater, Joel, hatte Isaac und Leo und Sophie Sidel verlassen, um in Paris Porträtmaler zu werden. Joel hatte eine vietnamesische Geliebte namens Mauricette, die er nach Sophies Tod heiratete. Isaac hatte seinen verschwindenden Dad ein- oder zweimal besucht. Heute war Joel über achtzig und glücklicher als je zuvor. Isaac schickte ihm Geld, sooft er konnte. Früher einmal war Joel Millionär gewesen, hatte Umhänge und Pelzkragen hergestellt. Aber als Porträtmaler bekam er keine besonders üppige Rente. Ohne Isaacs Zahlungen wäre er womöglich verhungert …

Der König konnte seinen Wurzeln nicht entkommen,

nicht einmal im *Pingpong Power*, das eine phantasievolle Tarnung für den Handel mit Kindern war. Es gab neun Seiten mit privaten Kleinanzeigen in einem Magazin von insgesamt zwanzig Seiten. Es fiel dem König nicht schwer, den traurigen Code der Sehnsucht hinter den meisten Botschaften zu entschlüsseln.

»Weißes Ehepaar sucht blauäugigen Foxterrier. Postfach 221, Tulsa.«

»Frisch Vermählte aus Hartford wünschen sich Briefwechsel mit Nina Anghels junger Cousine …«

»Bostoner Proficlub würde sich gern Nina Anghel für einen Monat ausleihen, damit sie eine Gruppe talentierter Achtjähriger trainieren kann.«

»Ehrliches Ehepaar sucht blaues Fahrrad mit bulgarischen Reifen …«

Isaac glaubte nicht, dass es in Quentins Magazin um käuflichen Sex ging. Quent hatte es nicht auf eine pädophile Kundschaft abgesehen. Das musste er gar nicht. Es gab tausende kinderloser Paare, die sich ihm als Beute anboten. Isaac sah sich die Fotos an. Quent und Nina Anghel in irgendeinem Dorf auf dem Balkan. Anastasia und König Carol Händchen haltend in Bukarest. Isaac gefiel der Ausdruck in ihren Augen nicht. Waren sie zwei Turteltäubchen? War Quent nur der Strohmann gewesen, um Carols Spuren zu verwischen, während Isaacs Sandkastenliebe in eine Herbstsonate mit einem anderen Mann verwickelt war? Immerhin, ein König. Ein falscher König.

Isaac war entsetzt.

Ein Streifenwagen entdeckte ihn auf der Straße. »Mr Bürgermeister«, sagte der Fahrer, »der Commish möchte Sie gern sprechen.«

»Ich habe jetzt keine Zeit für Sweets.«

Isaac requirierte den Wagen und ließ sich zur Plymouth Street fahren. »Danke.« Er schnüffelte wie ein Bär. Nummer dreiundzwanzig Plymouth Street war ein eingeschlossenes Gebäude mit geschwärzter Fassade. *Pingpong Power* hatte nicht einmal seinen Namen auf der Tür. Doch der König war neugierig. Er war nicht umsonst nach Brooklyn herübergekommen. Er drückte sich gegen das Gebäude, knackte das Schloss der Eingangstür und stahl sich hinein. Er hatte eine schwarze Höhle betreten. Er nahm seine Taschenlampe heraus und richtete ihren Strahl in die Dunkelheit. Dort lagen Stapel des *Pingpong Power* wie Pilger auf einer Wallfahrt von der ersten bis zur letzten Ausgabe. Eine Druckerpresse jedoch konnte Isaac nicht entdecken. Nur einen drei Jahre alten Kalender mit nackten Frauen an der Wand. Und überall Rattenscheiße. Der König hätte sich in einer Bibliothek befinden können. Er blätterte in alten Ausgaben des Magazins. Da waren Fotos von einer sechzehnjährigen Nina Anghel, damals »europäische Vizemeisterin«. Ohne ihre Trainerin Anastasia Antonescu. Nina posierte mit Carol. Isaac legte die alten Hefte zurück. Faszinieren konnte ihn nur Anastasia allein.

Er knipste die Taschenlampe aus und verließ Quentin Kahns vermeintliche Redaktionsräume. Sweets stand auf der Plymouth Street.

»Ich habe Ihren Pieper angerufen, Isaac. Warum rufen Sie nicht zurück?«

»Die Scheißbatterie ist leer.«

»Haben Sie durch Ihren Wahlsieg das Lügen gelernt?«

»Okay, okay. Ich habe an einem Fall gearbeitet.«

»Sie sind Zivilist, Isaac. Ihre Fälle gehören jetzt mir ... Wo steckt Wig?«

Isaac zuckte die Achseln. Sweets packte den zukünftigen

Bürgermeister an den Schultern und schüttelte ihn. »Wo ist Wig?«

»Keine Ahnung«, sagte Isaac. »Ich könnte dich wegen Körperverletzung anzeigen.«

»Daraus würde nichts. Ich mache mir Sorgen. Wig soll sich eigentlich alle vierundzwanzig Stunden bei mir melden. Nur unter dieser Bedingung habe ich ihn an Sie ausgeliehen. Er hat nicht angerufen. Ich hätte ihn schon vor drei Jahren aus dem Verkehr ziehen sollen. Ich hätte ihn wegen Berufsunfähigkeit in Rente schicken sollen. Aber ohne die Straße würde er sterben. Also habe ich ihm das Kommando über die Schutzgruppe der Bürgermeisterin übertragen.«

»Ja. Er und Mario Klein haben sich die Stadt aufgeteilt.«

»Rebecca ist Ihre Bürgermeisterin, nicht meine.«

»Sie hat dich ernannt, Sweets.«

»Und Sie haben ihr vorher den Arm verdreht. Wo steckt Wig?«

»Bei Mutter Cabrini.«

»Sie haben ihn mit Hilfe des Kardinals dort eingeschmuggelt, Isaac, stimmt's?«

»Ach, Wiggy hat Angst, dass du ihn pensionierst.«

»Sie haben ein kurzes Gedächtnis, Mr Bürgermeister. Wig kann Sie auf den Tod nicht ausstehen. Und urplötzlich sind Sie sein Champion.«

»Ich bin der Champion von niemandem«, antwortete Isaac.

Gemeinsam verließen sie Brooklyn.

»Sweets«, sagte Isaac. »Ich glaube, Sie werden keine Probleme mehr mit den Knickerbocker Boys haben. Ihnen sind die Geronimo Jones ausgegangen.«

»Habe gehört, dass Sie mit Schyler Knott gesprochen haben.«

»Sie wissen von Schylers Beteiligung?«

»Isaac, Sie sind nicht der einzige Antiquar auf der Welt. Baseballfans haben angerufen und uns Tipps gegeben. Und ich habe mit Billy the Kid gegessen.«

»Billy deckt alle Eventualitäten ab, was? Hat er dir auch von dem kleinen Jungen seiner Nichte erzählt? Von Oskar Leviathan?«

»Der Gov musste mir von Oskar erzählen ... nachdem er es Ihnen erzählt hatte.«

Sie trafen bei Mutter Cabrini ein und gingen in Wigs Zimmer, wo Krankenschwestern und Nonnen um den weißen König und den schwarzen Riesen schwebten. Aber Wig war nicht da, um sie zu empfangen. Er war aus seinem Bett verschwunden. Isaac suchte unbeholfen das Krankenhaus ab, konnte Wig aber nirgends finden.

»Ich mache Ihnen keinen Vorwurf«, sagte Sweets. »Ich hab's mir selbst vorzuwerfen. Noch ein Black-out und Wig erholt sich womöglich nicht mehr.«

Doch Isaac tagträumte von Anastasia und König Carol. *Pingpong Power* war ihm zur Sucht geworden. Alle Krankenschwestern sahen aus wie Nina Anghel.

Wig war Sweets eine halbe Stunde zuvorgekommen. Er hatte sich angezogen und seine beiden Holster angelegt, seine Brieftasche aus dem Nachttisch genommen, wo die Nonnen sie hineingelegt hatten, verabschiedete sich von Jesus und verließ das Mutter Cabrini. Ihm war hundserbärmlich schwindlig und das Tageslicht war für seine Augen der reinste Killer, aber er konnte Harwood nicht allein lassen und mit seinen Seilen kämpfen lassen. Wig stolperte den Berg hinunter zur St. Nicholas Avenue, die seinem eigenen Territorium nahe genug war. Zwei Streuner aus der Seventh Avenue Armory, die nachmittags auf der St. Nicholas bettelten, entdeckten Wig. Er brach in ihren Armen zusammen.

»Wiggy, bringst du uns mal mit der Purple Gang zusammen, häh?«

»Nächstes Jahr.«

Sie verfrachteten Wig in ein Taxi und begleiteten ihn zur Convent Avenue, während er sich zwischen ihnen wiegte, dabei Sterne und Monde in den Augen hatte.

»Bruder Franklin, Bruder Ralph, bringt mich zu meiner Tür.«

Er war ihr Chef, ein Lieutenant der Polizei und Prinz der Purples, der sich um die Obdachlosen Harlems kümmerte. Sie brachten ihn in sein Haus, wollten von Wig kein Geld annehmen. Er machte sich auf den Weg die Treppe hinauf. Er geriet jetzt nicht in Panik. In seinem eigenen Bau fühlte er sich sicher. Niemand, nicht einmal Isaac oder Sweets, kannten seine wahre Adresse. Er dachte sich verschiedene Briefkastenadressen in anderen Gebäuden aus, zu denen seine Waffenscheine geschickt wurden. Hier besaß er keinen Briefkasten. Er plauderte nie mit seinen Nachbarn. Er hatte keine. Er fand seinen Schüssel und öffnete die Tür. Scheiße! Er hatte völlig vergessen, Harwood Fritten mitzubringen. Aber im Kühlschrank lag eine Packung mit tiefgefrorenen Milky Ways. Als kleiner Junge war er versessen auf sie, aber seine Mutter konnte sich nicht einmal einen Kühlschrank leisten. Der Status eines Mannes wurde an der Zahl tiefgefrorener Milky Ways gemessen, die er verschlingen konnte. Wenn die Purple Gang abtauchte, machten sie sich keine Gedanken um Schweinswürstchen und heißes Maisbrot. Sie ernährten sich von Milky Ways. Und kein Supermarkt in Harlem konnte genug Milky Ways bevorraten. Es spielte kaum eine Rolle, dass es die Purple Gang überhaupt nicht gab. Die Legende lebte.

»Harwood?«

Der Junge befand sich nicht auf seinem Stuhl. Die Seile waren durchschnitten worden. Wer zum Henker war in

Wigs Festung eingedrungen und hatte sich den Jungen geschnappt? Ein Geist? Das FBI? Wig marschierte in die Küche und öffnete seinen Kühlschrank. Er brauchte eine Dröhnung gefrorene Schokolade.

Seine Milky Ways waren ebenfalls verschwunden.

19

Isaac wählte die Nummer des FBI-Büros in Manhattan.

»Sidel am Apparat«, sagte er. »Ich möchte mit Frederic LeComte sprechen.«

»Tut mir Leid, Sir. Wir haben hier keinen Frederic LeComte.«

LeComte unterhielt ein Büro an der St. Andrews Plaza, gemeinsam mit all den anderen Burschen vom Justizministerium, aber telefonisch war er nicht zu erreichen. LeComtes Sekretärin lachte nur über Isaac, während sie die Unterhaltung auf Band mitschnitt. Er war ein Mann zwischen zwei Jobs. Ein paar Wochen konnte man noch mit ihm spielen. Doch LeComte reagierte sehr empfindlich, was sein Image innerhalb des FBI betraf.

»Richten Sie Frederic bitte aus, dass ich nicht verrückt nach Tischtennis auf der Donau bin. Ich erwarte Infos über Nina Anghel.«

»Wie buchstabiert man den Namen, Sir?«

»Wie Angel, aber mit einem H.«

Er legte den Hörer auf, pfiff leise vor sich hin, ging zur Rivington Street und fand Frederic in seiner winzigen Küche, wo er süß-saure Pickles aus dem Eisfach des Königs aß.

»Sidel, das Bureau ist tabu, verstanden? Rufen Sie mich niemals im Manhattaner Büro an.«

»LeComte, müsste Ihr Name nicht im Impressum des *Pingpong Power* stehen?«

»Welches Problem haben Sie denn?«

»Margaret Tolstoi. Sie haben sie aus meinem Bett gestohlen.«

»Isaac, die Dame besitzt einen eigenen Kopf.«

»Aber sie hat keinen Pass. Sie haben sie Quentin Kahn und König Carol überlassen ... Kein Mensch macht sich die Mühe, mir zu sagen, dass Margaret außer Landes ist. Ist Nina Anghel eine Ihrer Spitzel?«

»Isaac, ich habe Nina Anghel nicht erfunden. Sie hat Silber *und* Gold bei den Weltmeisterschaften in Barcelona geholt. Im Frauentischtennis gab es noch nie ein solches Phänomen wie sie. Sie spielt die meisten Männer an die Wand.«

»Und wieso braucht sie dann ein Kindermädchen?«

»Sie ist noch ein Kind, Isaac. Neunzehn. Aus Bukarest.«

»Warum braucht sie ein Kindermädchen?«

»Isaac, ich habe niemandem den Arm verdreht. Margaret hat sich freiwillig gemeldet.«

»Für was?«

»Das Mädchen auszubilden. Ihr beizubringen, wie man sich anzieht. Nina ist ein Landei. Und jetzt ist sie Weltmeisterin.«

»Wer hat sie trainiert?«

»Carol natürlich ... Ihr Trainer.«

»Aber ich bin kein Champion. Ich kann ja kaum meine Hose oben halten, wenn ich spiele. Warum interessiert sich das Justizministerium für Nina Anghel?«

»Tun wir gar nicht. Sie ist Teil des Gesamtpakets. Uns interessiert nur Carol.«

»Ich dachte, Sie schützen Quentins Machenschaften

wegen dem Gouverneur. Sie können Billy nicht vernachlässigen, weil die Dems sonst einen anderen Kandidaten aufstellen könnten. Ist Oskar Leviathan nicht heiliger Boden?«

»Ja, das ist Oskar. Aber wir schützen Quentin und Carol nicht weltweit.«

»Quentin und Carol«, murmelte Isaac. »Wie zwei Komiker mit einem eigenen kleinen Leichenwagen. Aber die Wichser haben einen Fehler gemacht. Sie hätten Rita Mae Robinson nicht umlegen sollen.«

»Und *Sie* hätten nicht zum Gouverneur rennen sollen.«

Isaac starrte LeComte in die Augen. Er hätte diesen Kommissar des Justizministeriums erwürgen und anschließend zur Plymouth Street bringen können. Der König hätte um LeComte nicht getrauert.

»Wollen Sie damit sagen, Rita musste wegen meiner Unterhaltung mit Billy the Kid sterben?«

»Das habe ich nicht gesagt. Sie komplizieren die Sache, und deshalb kann alles passieren.«

»Ich habe Margaret und Carol Händchen halten gesehen.«

»Was?«

»Im *Pingpong Power*. Sie haben Händchen gehalten ... es war auf einem Foto.«

»Isaac«, sagte LeComte grinsend. »Mir können Sie das nicht vorwerfen. Ich hätte geschworen, dass Margaret Ihnen von sich und dem Schwarzen Michael erzählt hat, dem Hauptmann von Ceausescus Palastwache, der sich selbst zum König katapultiert hat.«

»Ich dachte, Carol wäre bei der Securitate und Tischtennis sei seine Tarnung.«

»Er hat viele Tarnungen, Isaac.«

»Was aber noch lange nicht heißt, dass er mit Margaret Händchen halten muss.«

»Margaret und der Schwarze Michael sind so was wie Bruder und Schwester.«

»Bruder und Schwester«, wiederholte Isaac.

»Idiot, sie waren im selben Waisenhaus. Sie sind zusammen aufgewachsen ... bis Ferdinand Antonescu sie dort rausholte, sie mit Ballettunterricht verführte, sie nach Paris und Odessa mitnahm ... Michael Cuza ist alles an Familie, was Margaret je hatte. Sie ist ihm treu ergeben. Für Michael würde sie töten.«

»Vielleicht hat sie das schon«, sagte Isaac. Er hätte sich daran gewöhnen können, einen anderen Liebhaber zu tolerieren. Aber nicht eine Waise. »Wenn Margaret Michael so treu ergeben ist, wie wollen Sie ihm dann eine Falle stellen?«

»Jede Ergebenheit hat ihren Preis.«

»Und Margarets Preis?«

»Sie«, sagte LeComte. »Das ist ihr letzter Job. Danach ziehe ich sie aus dem aktiven Dienst ab. Ich kann Sie doch nicht ganz allein im Gracie Mansion sitzen lassen, Mr Bürgermeister. Ich schenke Ihnen Margaret.«

»Frederic, ich werde Margaret stehlen. Das habe ich schon mal getan. Ich werde es wieder tun.«

»Das Mädchen besitzt keine Staatsangehörigkeit, Isaac. Ich kann sie in ein Boot setzen und weiß der Kuckuck wohin schippern lassen. Wer würde sie schon aufnehmen?«

»Geben Sie mir einen Monat. Ich werde ihr einen Zufluchtsort schaffen. Das FBI würde ganz schön blöd dastehen, wenn es das Haus eines Bürgermeisters stürmt. Sie sind auf dem Weg nach oben, Frederic. Sie können sich keine Tadel leisten. Erzählen Sie mir von Michael. Warum ist er aus Ceausescus Palast geflohen?«

»Isaac, ich bitte Sie. Ein ehemaliger Landesmeister. Wer sonst könnte Nina Anghel trainieren? Er hat Urlaub genommen.«

»Und landete in Schillers Pingpong-Club und gibt Amateuren wie mir Unterricht.«

»Das war kein Zufall«, sagte LeComte. »Haben Sie sich mal Michaels andere Schüler angesehen? Oskar Leviathan. Jason Figgs. Papa Cassidy. Billy the Kid.«

»Den Gov habe ich noch nie im Schiller's gesehen?«

»Isaac, der Gouverneur hat einen eigenen Tisch.«

»Und König Carol schneidet eine sehr breite Bahn. Wo ist er jetzt?«

»Schwer zu sagen. In Paris. Prag. Carcassonne. Nina ist ein launenhaftes Ding. Sie gibt gern Vorführungen ohne große Vorankündigungen.«

»Das ist nett, aber irgendwer muss doch ihren Terminplan führen. Frederic, ich könnte es Ihnen aus dem Leib prügeln.«

»Vielleicht«, sagte LeComte und nahm sich einen weiteren süß-sauren Pickle aus Isaacs Kühlschrank. »Köstliches Zeugs.« Zwei von LeComtes schwarzen Spezialagenten tauchten auf der Feuerleiter auf. Ein weiterer krachte durch die Wohnungstür des Königs herein. »Sie sollten mich nicht bedrohen, Isaac. Meine Jungs sind verdammt gut.«

»Sie haben jedes Wort mitgehört.«

»Tja, ohne verdrahtet zu sein würde ich doch niemals in die Höhle des Löwen gehen ... Sie haben eine Zukunft vor sich, Isaac. Verderben Sie es sich nicht. Ich habe Ihnen Margaret versprochen. Vergessen Sie den Schwarzen Michael und Nina Anghel.«

Sie haben Carol in Schillers Club eingeschleust.«

»Das stimmt nicht. Carol wusste nicht, wohin sonst. Sie haben doch selbst *Pingpong Power* gelesen. Das Schiller's ist der letzte Club in Manhattan. Der Mann ist ein Dinosaurier. Er hätte verkaufen und dabei ein Vermögen machen können.«

»Er kann nicht verkaufen. Manfred Coen ist in dem Club gestorben.«

»Letzten Endes läuft es immer auf Coen hinaus, was? Tja, ich jedenfalls interessiere mich nicht für Geister.«

Zwei schwarze Spezialagenten stiegen die Feuerleiter hinunter. LeComte ging mit dem dritten Mann.

»Geister«, brummelte Isaac vor sich hin. Und er dachte dabei nicht an Coen.

20

Wig träumte von seinem Krankenhauszimmer und diesem bronzenen Jesus an der Wand. Er mochte die Nonnen. Aber er konnte nicht dort herumsitzen und warten, bis die Kopfschmerzen ihn vollends blind machten oder verschwanden. Er musste Harwood noch einmal finden. Wer könnte den Jungen entführt und die Schachtel mit Milky Ways geklaut haben? Wig fühlte sich betrogen und verraten. Es war immerhin seine Festung, seine eigene Scheißbude. Irgendein Arschloch hatte sich Wigs Adresse *gekrallt*. Er musste sich eine Stunde auf dem Stuhl des Gefangenen ausruhen, derselbe Stuhl, auf dem Harwood gesessen hatte. Aber er musste wohl eingenickt sein, denn als er aufwachte, war es bereits dunkel. Er hörte sich wimmern. Wig hatte ein Loch im Herzen. Er hatte nie darüber nachgedacht, wie einsam und allein er ohne Rita Mae war. Er war allerdings Ikarus. Konnte nicht einmal in einem fremden Meer ertrinken. Seine Flügel waren schon am Tage seiner Geburt geschmolzen.

Er musste den Jungen finden.

Auf der Straße knackte er ein Auto, schloss die Zündung

mit einem Stück Draht kurz und fuhr zur Feuerwache an der Eleventh, obwohl er auf beiden Augen nur noch verschwommen sehen konnte. Die Eingangstür war nicht verschlossen. Wig schlenderte hinein und zog die kleine .32er aus dem Knöchelholster. Keinesfalls würde er in einer Feuerwache mit seiner Glock herumballern. Die Mauern könnten einstürzen. Irgendwo im Hintergrund hörte er ein Zwitschern. Der Krankenwagen war fort. Er stieß gegen einen Spieltisch und zwei vertraute Schatten.

»Ach, Wiggy, du würdest uns doch nichts tun. Wir spielen nur Schach, mehr nicht.«

Es waren Bruder Franklin und Bruder Ralph, die zwei Bettler von der St. Nicholas Avenue, die ihn nach Hause in seine Bude begleitet hatten. Wig ließ seine Finger über den Spieltisch wandern. Er fand nicht eine Schachfigur.

»Kinder, ihr spielt Schach mit unsichtbaren Pferden und Königen?«

»Wiggy, wir üben die Züge im Kopf.«

»Habe noch nie was von Bettlern in einer Feuerwache gehört. Was zum Teufel macht ihr hier?«

»Wir kümmern uns für Arch um den Krankenwagen.«

»Ich sehe hier aber keinen Krankenwagen.«

Aber viel sehen konnte er ohnehin nicht. Schatten. Gebäude. Straßen. Er war so blind wie Archibald Harris, allerdings ohne Archies grauen Star.

»Archibald hat uns drum gebeten. Sagte, wir sollten zur Feuerwache kommen, also sind wir gekommen. Wir konnten schlecht Nein sagen. Hat er nicht die Purple Gang gegründet?«

»Jesus«, stöhnte Wig, »er ist nur ein blinder Baseballspieler, der noch von den Niggerligen übrig geblieben ist.«

»Aber war er nicht in Sing Sing?«

»Ja, er musste damals Schnapsläden überfallen, um die Miete bezahlen zu können.«

Aber Wig fing an, sich Sorgen zu machen. Der Mythos der Purple Gang blühte erst so richtig *nach* dem Krieg auf. Durchaus möglich, dass Arch noch während seiner Zeit bei den Brown Bombers den Beruf gewechselt hatte, dass er vom Ballfangen zum Menschenfangen übergegangen war. Wig konnte das nicht glauben.

»Wo ist Bruder William?«

»Hat sich mit einer Nutte verkrochen.«

»Wo?«

»Kommt drauf an. Er hat einen ganzen Schwung Konkubinen.«

»Ja, Rothaarige, Blondinen und Brünette. Wo?«

Er entlockte Bruder Franklin und Bruder Ralph drei oder vier Adressen. William hielt sich seine Konkubinen in verschiedenen Buden. Aber keine einzige dieser Buden schien sich zu materialisieren. Wig kämpfte sich auf der Jagd nach William quer durch Manhattan. Es gelang ihm nicht, auch nur eine Konkubine ausfindig zu machen. Und als er dann immer noch mit stark getrübtem Sehvermögen durch Harlem kreuzte, entdeckte er einen fetten Mann und einen großen mageren Jungen auf einem Spielplatz am Fuß des Morningside Parks. Er stieg aus dem Wagen und marschierte auf William und Harwood zu, die sich aneinander kauerten und Milky Ways vertilgten. Der Junge hatte eine laufende Nase. Bruder William hatte einen scheußlichen Husten.

Wig konnte seine Wut nicht beherrschen. Er packte William und hämmerte ihn in den Asphalt, während Harwood mit der neugierigen Distanziertheit eines Cracksüchtigen zuschaute.

»Wiggy«, flehte William. »Ich hätte deine Süßigkeiten niemals angerührt, wenn wir nicht am Verhungern gewesen wären.«

»Wie bist du in meine Bude gekommen? Die ist geheim.«

»Ach, Rita war mal da. Sie hat mir die Adresse gegeben.«

Wig konnte sich nicht erinnern, in der Convent Avenue mal mit Rita geschlafen zu haben. Seine Vergangenheit hatte zu schwinden begonnen. Er war nur ein weiterer Ikarus, der auf eine Feuerleiter oder ein Dach wartete, wovon er hinabstürzen konnte.

»Du hast sie zur Plymouth Street gefahren, William, stimmt's? Du hast doch zu Archies Krankenwagentruppe gehört.«

»Sie war schon tot«, flennte William vom Asphaltboden des Spielplatzes. »Da konnte ich auch nichts mehr dran ändern.«

»Hast du um sie geweint, William?«

»Sie war tot.«

»Wer hat sie gefunden?«

»Ich. Sie saß in ihrem Séparée im Baba, und aus ihrem Hals ragte ein Schweineabstecher. Sie hatte die Hände gefaltet, Wiggy. Es war total gruselig. Ich wusste nicht, was ich machen sollte. Also ich habe Arch angerufen. Er hat den Krankenwagen gebracht. Wir haben sie in ein Laken gewickelt.«

»Und dann habt ihr sie in Brooklyn abgeladen. Warum?«

»Arch hatte Angst. Wir hatten keine Anweisungen. Quent war nicht da. Carol war nicht da. Nur Eddie Royal. Brooklyn war Eddies Idee. Er sagte, wir müssten mindestens ein halbes Borough zwischen sie und das Baba bringen, denn andernfalls hätten wir die Bullen am Hals. Die Plymouth Street gehörte der Mafia, also war es ein guter Ort.«

»Und du hast vor deiner toten Schwester wie ein verdammter Weiser mit Eddie Royal diskutiert.«

»Ach, Wig.«

»Habt euch nicht mal Gedanken darüber gemacht, wer sie ermordet haben könnte.«

»Es könnte jeder gewesen sein, Wig.«

»Beispielsweise König Carol.«

»Hab's doch schon mal gesagt. Carol war nicht da. Er war mit Quent zum Tischtennis in einer von diesen europäischen Hauptstädten. Genf oder so.«

»Und was ist passiert, nachdem ihr Rita abgeladen habt?«

»Ich habe die Biege gemacht. Arch wollte, dass ich bei ihm bleibe, aber ich nicht. Ich wusste, dass ich der Nächste auf der Liste war.«

»Also bist du bei einer deiner weißen Nutten untergekrochen.«

»Ja, einen halben Tag lang. Dann hat sie mich rausgeschmissen. Also bin ich zu dir in deine Bude. Du bist sowieso nie da.«

»Du bist in meine Wohnung eingebrochen, du fetter Dreckskerl. Du hast mein Schloss geknackt und hast angefangen, dich im Land der Milky Ways einzurichten. Wo bist du gewesen, als ich mit Harwood kam und ihn an den Stuhl fesselte?«

»In deinem Kleiderschrank«, sagte William. »Ich wäre ja rausgekommen, Wig, ich schwör's, aber ich habe vor Angst gezittert und mir in die Hose gepisst.«

»Und dann?«

»Nachdem du weg warst, habe ich Harwood losgebunden. Aber ich dachte mir schon, dass du zurückkommen würdest, um ihm was zu essen zu geben. Also habe ich deine Schokoriegel und dazu noch eine Hose genommen. Ich war verzweifelt, Wig. Und seitdem verstecke ich mich mit Harwood.«

»Im Morningside Park? Ich habe euch entdeckt, William, und ich bin praktisch blind.«

»Ich habe mein ganzes Geld ausgegeben. Also habe ich Arch angerufen. Er kommt her, um uns mit dem Krankenwagen abzuholen. Wir kommen eine Weile bei Arch unter. Arch hat Rita geliebt. Er hat geheult wie der Leibhaftige, als er Ritas Geist im Séparée sah. Er war bei den Purples, Wig. Ich dachte, er wäre hart genug, um sie zu beschützen.«

»Wie lange wartet ihr schon auf Arch?«

»Seit neun, zehn Stunden. Aber das ist schon in Ordnung. Arch hat uns noch nie hängen lassen.«

Der Krankenwagen kam eine halbe Stunde später wie ein makabrer barmherziger Engel mit brennenden Scheinwerfern, und Wilson Bright saß in seiner grausigen Uniform ganz allein hinter dem Steuer und trug Handschuhe. Die Hecktür wurde geöffnet. Archibald Harris starrte mit seinem grauen Star heraus. Er schien nicht enttäuscht zu sein, als er Wig sah. »He, ihr Desperados, steigt ein.«

Harwood stieg als Erster ein. Dann folgten Bruder William und Wig. Sie setzten sich Arch gegenüber, der eine eigene kleine Bank hatte. Der Griff seines Schweineabstechers ragte ihm aus der Hose. Und Wig musste nicht den Mord neu erfinden oder sich die Einzelheiten von Ritas Tod vorstellen. Er war schlimmer als Sidel. Er hatte sich vom Zauber der Niggerligen gegenüber Archibald Harris blenden lassen.

»Erzähl mir alles, Arch.«

»Was gibt es da groß zu erzählen?«

»Wie du die Purple Gang gegründet hast. War es sechsundvierzig oder siebenundvierzig?«

»Bah! Siebenundvierzig habe ich bei den Bombers gespielt.«

»Alter Mann, deine Karriere war am Ende. Du hast angefangen, Leute abzustechen. Du konntest dich in Harlem frei bewegen. Wer hätte eine große Berühmtheit wie dich belästigt?«

»Berühmtheit, mein Sohn? Ich hatte nicht mal genug zu essen.«

»Du hast dir deine eigene Mannschaft erfunden. Hast sie Purple Gang getauft. Es gab keine Gang. Da war immer nur einer, du. Archibald Harris. Du bist durch Harlem getourt, und die Legende begann. Ich würde sagen, du warst nicht mal reich. Die Mafia muss ihrem neuen Niggerprinzen gegenüber ziemlich knauserig gewesen sein. Du musstest dein Einkommen aufbessern, ein paar Spirituosengeschäfte überfallen. Die Leute vergaßen die Niggerligen. Nach Jackie Robinson und Roy Campanella und Willie Mays warst du nicht mehr so berühmt. Du musstest nicht mal eine Maske tragen. Aber einer der Ladenbesitzer erkannte zufälligerweise ein beschissenes abgewetztes Phantom, denn andernfalls hätte man dich nie erwischt.«

Archibald lachte. »Bruder William, hier sitzt mein Biograf. Ich bin in den Knast gewandert, als er noch in die Windeln geschissen hat.«

»Ich hatte nie Windeln, Arch. Meine Mama konnte sich keine leisten.«

»Dann musst du einen wunden Arsch gehabt haben. Denn du weißt einen Scheißdreck über mich oder die Purple Gang. Ich bin kein Purple. War ich nie. Ich würde auch nie töten, wenn ich nicht dazu gezwungen werde.«

»Es bricht mir das Herz, das zu hören. Denn du hast Rita Mae ermordet, alter Mann.«

Arch lachte gackernd. »Ich? Ich bin blind.«

»Sie hätte niemanden auch nur in die Nähe ihres Halses kommen lassen, wenn sie ihm nicht vertraute. Und dir hat sie vertraut. Es war kein Fremder, es war kein Freier. Hat Eddie Royal dir viele schmutzige kleine Dollars gegeben, um sie umzulegen? William war der Trottel, der die Leiche gefunden hat. Es war alles geplant. Quent war dabei, seine Angelegenheiten wieder in Ordnung zu bringen, aus dem Geschäft mit dem Kinderhandel auszusteigen. Und er musste sich von Rita trennen … und von Harwood … und von Bruder William. Dich hat man beauftragt, alle drei umzulegen. Aber William ist dir flitzen gegangen und ich habe den Jungen vor dir gefunden.«

Archibald hatte aufgehört zu gackern. Die Farbe seiner Augen schien ihrem grauen Star zu entkommen. Im Inneren des Krankenwagens wirkten sie sehr rot und blau. »Wiggy, ich bin ein Kriegsversehrter. Ich habe mich in den Niggerligen zum Krüppel gemacht.«

»Du hast Rita umgebracht und dafür wirst du bezahlen.«

Wig war nahe genug, um Archibalds nächste Schritte rechtzeitig mitzubekommen. Er griff nach seinem Knöchelholster, während der alte Mann ihn mit einer Hand nach hinten stieß, mit der anderen den Schweineabstecher packte und versuchte, Wig einen Stich in die Kehle zu versetzen. Wig jedoch duckte sich unter Archibalds Arm weg und schoss dem alten Mann in den Mund. Es folgte ein Donnern, das wie eine Bowlingkugel klang. Archie sackte der Kopf auf die rechte Schulter. Sein Mund verwandelte sich in ein obszönes rotes Loch. Harwood und William hatten Blut auf dem Gesicht. Sie schauten zu wie kleine Kinder. Der Krankenwagen hielt an. Wilson Bright riskierte einen Blick in die Innereien des Krankenwagens. Wig bohrte seine Bauchkanone, seine kleine .32er, genau zwischen Wilsons Augen.

»Jetzt schön brav sein, Mr Bright. Und bring diesen Krankenwagen nach Hause, damit er mal ausruhen kann.«

Wig brauchte sich wegen der Kanone keine Gedanken zu machen. Sie war nicht registriert. Er würde sie in den Harlem River schmeißen, sobald er mit Arch fertig war.

Der Harlem River war zum Friedhof für Wigs Kanonen geworden.

Vor der alten Feuerwache erwartete Wig eine Überraschung. Bruder Franklin und Bruder Ralph waren geflüchtet, aber die Feuerwache hatte noch einen weiteren Obdachlosen. Geronimo Jones. In seinem Wintermantel stand er da wie ein Waisenkind mit Koteletten und richtete eine Glock auf den Krankenwagen.

»Die Knickerbocker Boys«, sagte er. »Reizende Leute. Ihr seid alle verhaftet.«

»Bruder Isaac«, sagte Wig aus seinem Fenster. »Sie können keinen Krankenwagen verhaften.«

»Wer ist dein letztes Opfer, häh?«

»Archibald Harris.«

»Du hast den besten Second Baseman abgeknallt, den die Niggerligen je hatten? Das ist kriminell«, sagte Isaac. »Wiggy, komm jetzt aus diesem Krankenwagen raus. Ich werde dir das Herz rausreißen.«

»Archibald hat Rita Mae umgebracht.«

»Das glaube ich nicht. Er war mein Held. Er hat die Bälle mit bloßer Hand gefangen.«

»Und hat die Leute mit einem Schweineabstecher tätowiert.«

»Das glaube ich nicht.«

Isaac kletterte mit seiner Glock in den Krankenwagen. Er sah Archibald Harris, zuletzt bei den Brown Bombers und den Baltimore Elites, mit einer großen roten Wunde, wo früher sein Mund gewesen war, zusammengesunken auf einer schmalen Sitzbank.

»Ich hätte schwören können, dass Carol sie umgebracht hat«, sagte Isaac.

»Sie mochte Carol nicht. Aber für den alten Mann hätte sie alles getan. Das war ihr Fehler. Archibald Harris zu vertrauen.«

»Vertrauen?«, wiederholte Isaac und wedelte mit seiner Glock. »Steigt aus dieser Karre aus. Alle.«

»Der auch?«, fragte Wig und zeigte auf Archibald Harris.

»Nein. Um den kümmern wir uns später.«

Die Knickerbocker Boys stiegen aus dem Krankenwagen und stellten sich in einer Reihe vor Isaac auf. Harwoods Blick begann zu wandern. Wilson Bright kaute auf den Fingernägeln. William scharrte nervös mit den Füßen. Und Wig musste das Metallband in seinem Kopf ertragen.

»Tolle Gang«, brummte Isaac und schlug mit der freien Hand Wilson Bright. »Obdachlose auszunutzen. Dein Bruder kann dich nicht mehr retten, Mr Bright. Woher kamen die Leichen?«

»Größtenteils von Carol.«

»Größtenteils«, sagte Isaac. »Ein elegantes Wort aus dem Mund eines Philosophen wie dir. Sprachen sind deine Stärke, Wilson, stimmt doch? Du bist derjenige, der die Verlautbarungen der Boys verfasst hat.«

»Ja, Mr Bürgermeister. Es war ich.«

»Es war ich«, wiederholte Isaac. *»Es war ich.* Plappert das Englisch des Königs nach wie ein wunderschöner Vogel. Aber dieser spezielle Vogel stiehlt armen Männern die Hose vom Arsch und verfasst rassistische Prosa.«

»Ich habe getan, was man mir gesagt hat.«

Isaac verpasste Wilson eine zweite Ohrfeige. »Wer hat es dir gesagt?«

»Carol … und Eddie Royal.«

»Aaah, der kleine magische Jockey. Mr Royal hat dich immer bar bezahlt, richtig? So und so viel pro Leiche.«

»Ja. Dreihundert Dollar für Abholung und Entsorgung.«

»Und der Abattoir war immer das Ali Baba, oder?«

»Was ist denn ein Abattoir?«, fragte William.

»Ein Schlachthof«, antwortete Isaac. »Eddie Royal und Quent und Carol haben das alles direkt vor der Nase des FBI durchgezogen. Sie hatten jede Menge Hinterausgänge, viele Laderampen. Jetzt werde ich dir sagen, wer die Leichen waren, und du sagst mir dann, ob ich Recht habe. Rumänische Militärs.«

»Ja, Mr Bürgermeister. Militärs.«

»Angehörige der Palastgarde Ceausescus.«

»Kann ich nicht sagen. Aber sie hatten bestimmt militärische Ränge. Leutnant Soundso.«

»Und wer war der Bestattungsunternehmer? Wer hat sie nackt ausgezogen, ihre Bärte wachsen lassen und ihnen stinkende Klamotten angezogen?«

»Ich und Bruder William und Bruder Archibald.«

»Drei Bestattungsunternehmer«, sagte Isaac. »Drei blinde Mäuse ... und du hast dir meinen Namen gekrallt, stimmt's nicht, Mr Bright? Du hast beschlossen, jeden von denen Geronimo Jones zu nennen. Das war euer genialer Einfall.«

»Nein«, sagte Wilson. »Das kann ich mir leider nicht zugute halten. Das war rein Quentin Kahn.«

»Rein Quentin Kahn.«

»Er hat die Initiative ergriffen. Wir hatten die Leichen. Wir haben sie in einem finsteren Loch abgeladen oder in ein Asyl geschafft. Es wurde mit der Zeit verdächtig. Als wir dann erfuhren, dass Sie bei uns als Geronimo Jones wohnten, kam er auf die Idee. Es überkam ihn wie ein Geistesblitz. Er lieferte die Namen jedes einzelnen Knickerbocker Boys. Ich übernahm das Protokoll.«

»Ich war das Gambit, ich war der Hattrick ... und der beschissene Prototyp.«

»Ja, Mr Bürgermeister. Sie haben die Knickerbocker Boys inspiriert.«

Isaac verpasste ihm die dritte Ohrfeige. »Das Verdienst

kannst du schön für dich behalten, Mr Bright. Ich will's nicht. Hat Margaret Tolstoi irgendwas mit den Leichen zu tun?«

»Die Frau mit den endlosen Perücken? Keine Ahnung. Sie war oft mit Quent zusammen.«

»Und Nina Anghel?«

»Kenne ich nicht.«

»Nina Anghel«, sagte Isaac und hob seine Hand zum nächsten Schlag.

»Fast hätte ich's vergessen. Die Weltmeisterin. Ich bin ihr nur einmal begegnet. Sie hat Bizeps wie ein Mann.«

»Hat sie hier in Amerika bei irgendwelchen Wettkämpfen mitgemacht?«

»Da müssen Sie schon Carol fragen«, antwortete Wilson. »Tischtennis ist nicht mein Ding.«

»Und was ist dein Ding? Mit merkwürdigen Gelüsten auf Friedhöfen herumschleichen?« Der König war entnervt. »Ein dreimal Willkommen den Knickerbocker Boys«, sang er stumm vor sich hin.

»Chef«, fragte Bruder William, »was machen wir denn nun mit Bruder Archibald?«

»Bringt ihn irgendwo hin. So wie wir's immer tun. Wir sind die Knickerbocker Boys.«

Doch das Einzige, woran er im Moment denken konnte, war Margarets kurz geschnittenes graues Haar. Er wollte mit ihr mal auf der Donau reisen, ganz Europa verschlingen. Und hier war er jetzt und saß mit einem alten Mann und einer miesen Bande von Irren in einer alten Feuerwache fest.

Teil Fünf

21

»Tante Margaret, Tante Margaret, könntest du für uns nicht Mr Baudelaire finden?«

Sie war keine Tante, auch keine Mutter oder eine besonders gute Begleiterin. Sie machte einen Rundgang über den Friedhof von Montparnasse mit Nina Anghel, die größer und kräftiger war als Margaret und dickes rotes Haar hatte, das weder geflochten noch zu Strängen aufgewickelt werden konnte. Ninas Haare waren viel zu widerspenstig. Margaret war mit ihr zu den besten Modegeschäften an der Rue de Grenelle gegangen, hatte ihr äußerst sexy Strümpfe und Schuhe gekauft. Trotzdem wirkte sie immer noch ein wenig derb, wie eine Femme fatale mit dem Herz und der Seele eines Fußballspielers. Aber genau das machte Ninas Charme aus. Derbheit und Verletzlichkeit. Sie trug Rot, roten Lippenstift, rouge coquelicot aus dem Hause Guerlain. Die Sommersprossen deckte sie mit flüssigem Puder von Chanel ab. Teint Lumière. Die Zehennägel hatte sie sich grün lackiert.

Margaret war gerührt von diesem Monster, das es nicht ertragen konnte, sich in einem Spiegel anzusehen, das von ihrem eigenen Gesicht gequält wurde. Nina Anghel terrorisierte ihre Gegner, Frauen wie Männer, war aber wie eine riesige, grübelnde Puppe in Seidenunterwäsche. Sie stolperte über Baudelaires Grab und fing an zu weinen. Baudelaire lag hier begraben mit seiner Mutter, Caroline, und seinem Stiefvater, General Jacques Aupick, einst Botschafter in Konstantinopel und Madrid. Auf dem Grab standen Blumen und Kerzen und Schmuckstücke. Nina konnte überhaupt nicht mehr aufhören zu heulen.

»Ich bin schockiert«, sagte Margaret. »Eine Weltmeisterin heult so. Du wirst noch deine Überlegenheit am Tischtennistisch verlieren. Der größte Waschlappen wird dich schlagen.«

»Son beau fils«, las Nina die Worte vom Grabstein ab. »Bedeutet das nicht so viel wie ›sein wunderschöner Sohn‹?«

»Überhaupt nicht. So drücken sich die Franzosen aus, wenn sie Stiefsohn meinen. *Beau-fils.*«

»Dann ist es eine Sprache, die Lügen erzählt. Und ich habe keine Lust mehr, sie zu lernen, Tante Margaret.«

»Du wirst dein Leben lang ein Einfaltspinsel bleiben.«

»Mädchen aus Bukarest sind immer Einfaltspinsel, Tante Margaret. Oger holen sie von den Schulhöfen und machen sie mit dem Sex bekannt.«

»Nina, wie viele Oger hast du geküsst?«

»Bis jetzt noch keinen. Aber ich bin auch ein hässliches Entlein, Tante Margaret.«

»Mit Seidenhöschen von La Perla.«

»Höschen machen einen nicht zu einer Person. Ich habe widerspenstiges Haar. Mein Gesicht ist wie eine Straßenkarte voller Sommersprossen. Ich bin neunzehn und kein einziger Mann hat bisher mit mir geschlafen.«

Gott sei's gedankt, hätte Margaret am liebsten gesagt. Sie war mit zehn und elf Konkubine, mit zwölf bereits Braut, die in den Flitterwochen ans Schwarze Meer reiste und Menschenfleisch verschlang, um zu überleben. Margaret war der eigentliche Oger. Allerdings hatte sie keine Waisenkinder gegessen, als sie zu Anfang des Krieges in

Paris lebte. Ihr Beschützer, Onkel Ferdinand, wartete darauf, sein eigenes kleines Land in der Ukraine aufzubauen. Die Uniform, die er für sich entworfen hatte, war eine Idee zu grün. Goldene Blitze gehörten auch dazu. Aber Margaret interessierte das nicht. Sie lebte praktisch oberhalb des Friedhofs am Boulevard Edgar Quinet. Und der *cimetière* war ihr ganz persönliches Paris geworden. Onkel Ferdinand nahm sie mit zu Soirées, gab sie als kleines Wunderkind des Tanzes aus, aber Freude bereitete es ihr allein, wenn sie Stücke der dunklen bitteren Schokolade stahl, die neben der Kaffeetasse irgendeines deutschen Generals lag. Sie wurde süchtig nach Zartbitterschokolade verpackt in Goldfolie. Ihr halbes Leben hatte sie sich nach Zartbitterschokolade gesehnt. Und Margaret war diejenige, die jetzt weinte. Denn dieser Friedhof, auf dem sie vor so vielen Jahren gespielt hatte, wo sie ihre Schokoladenschätze lutschte, während die meisten Pariser hungerten, war für sie mindestens so sehr ein Zuhause wie ihre Villa an der Kleinen Engel Straße. In den Vereinigten Staaten hatte sie kein Zuhause, sondern nur eine endlose Abfolge von Namen und Nummern in einem sehr umfangreichen Adressbuch.

»Weine nicht, Tante Margaret. Erzähl mir von Baudelaire.«

»Ach, er war ein Dandy, der an Syphilis starb. Ein ganzes Jahr lang war er gelähmt. Er vergaß, wie man buchstabierte. Kurz vor dem Ende konnte er nicht einmal mehr seinen eigenen Namen aussprechen.«

»Das ist schrecklich für einen Dichter.«

»Oder für einen Tischtennisspieler«, sagte Margaret, ohne sich die Augen zu wischen. Sie konnte die Bäume, die Gassen, die Straßen, die Wege, die Grabmale, die Gruften von vor vierzig Jahren *spüren*. Die schiefen Kreuze. Im Boden versinkende Steine. Der *cimetière* besaß seine eigenen

Boulevards und Avenues und die Allée des Sergents de la Rochelle, die zu einem steinernen Turm führte, der wie eine Granate geformt war und wo, so hatte sie als Kind angenommen, ein ganzes Kader an Buckligen lebte, gezeichnet von einer prächtigen Krankheit. Nur des Nachts wagten sie sich heraus, nachdem der *cimetière* geschlossen worden war, und pflegten den Park. Margaret konnte ihre Laternen von ihrem Fenster aus sehen. Wie sehr sie die Buckligen von Montparnasse beneidete!

Sie betrat mit Nina Anghel eine andere Avenue und fand das Grab von Alexandre Alekhine, *»Genie des Echecs de Russie et de France«*, der 1946 gestorben war. Noch ein Weltmeister, wie Nina Anghel. Alekhine jedoch hatte die Welt des Schachs durchstreift. Sein Bildnis war in den Stein gemeißelt, er trug eine Fliege und Margaret fragte sich, ob es wohl derselbe Alexandre war, den sie auf einer der Soirées kennen gelernt hatte, der Liebling der Gestapo, der ebenfalls Zartbitterschokolade liebte und Tasse um Tasse des schwärzesten Kaffees trank, den Margaret je gesehen hatte. Der Mund dieses Alexandre war blauschwarz von all dem vielen Kaffee, den er konsumierte. Zeit fürs Schachspiel blieb da kaum. Der Krieg könnte enden, und er musste noch ein Vermögen mit dem Verkauf der Zartbitterschokolade machen, die er bei den Soirées gemopst hatte.

Margaret schlenderte von Alekhine zum Grabmal eines gefallenen Fliegers, dem die *Médaille du Maruoc* und der *Couronne de Roumanie* verliehen worden waren. Neben dem Flieger befand sich ein nicht weiter gekennzeichnetes Grab mit zwei Figuren, die aus dem Stein hervorragten: ein jämmerliches Skelett, das sich auf seine Sense lehnte, und eine üppige Frau, die einen Stern über ihren Kopf hielt, der böse *und* der gute Engel des Todes. Welchen von beiden würde Margaret wohl wählen müssen?

»Tantchen, wo liegen Jean Seberg und Jean-Paul Sartre und Maria Montez?«

»Immer mit der Ruhe«, sagte Margaret. »Ich bin hier nur aufgewachsen. Ohne Maria Montez.«

Ein Mann mit einer Sonnenbrille wartete auf sie neben einer Statue im Zentrum des *cimetière*, ein geflügeltes Wesen, das Blumen umklammerte und über den Toten schwebte. Nina lief zu dem Mann.

»Hast du heute Morgen meditiert?«, fragte er und nahm die Brille ab. Er hatte blaue Augen und winzige Narben, die er sich nicht bei Fechtübungen zugezogen haben konnte. Er war praktisch in einem Waisenhaus auf die Welt gekommen. Sein Gebaren jedoch war das eines Aristokraten.

»Frag Margaret«, sagte Nina. »Ich habe eine Stunde auf eine Kerze gestarrt.«

»Und bist du auch in die Kerze *hinein*gegangen?«

»Ja. Ich habe sie geliebt.«

Falten tauchten auf seinem Gesicht auf und die Narben tanzten in der Sonne wie winzige Fischschwänze. Auf diese Weise zeigte er sein Missfallen, dieser komplizierte, unbarmherzige Waise, der methodisch die Schätze eines Wahnsinnigen plünderte. Ceausescu.

»Nina, ich könnte dir das Taschengeld halbieren.«

»Ich bin neunzehn. Ich brauche kein Taschengeld mehr.«

»Idiota, ich manage dein Leben«, sagte Michael Cuza, auch bekannt als Carol.

»Ich kann meine Schecks selbst unterschreiben.«

»Und deine Mitgift an jeden hergelaufenen Bettler auf der Straße verschenken.«

»Ich habe keine Mitgift. Ich mache Vorführungen. Leute bezahlen fürs Zusehen.«

»Du bist die Nummer eins auf der Welt«, sagte Michael.

»Wer könnte dich jemals schlagen? Nenn mir die Frau oder den Mann.«

»Ich bin kein Zirkustier«, sagte Nina. »Ich besitze Gefühle. Ich sollte mich verlieben.«

»In wen?«, fragte Michael.

Nina setzte sich und dachte über dieses geflügelte Wesen nach, suchte seine Genitalien, die sie nicht finden konnte. Sie war noch nie von einem Mann gestreichelt, noch nie geküsst worden. Einmal, während eines Tischtennismatchs, hatte sie einen Orgasmus gehabt. Ihre Beine mussten auf magische Weise gezittert haben.

»Sie hat den Verstand eines Kleinkindes«, sagte Michael zu Margaret Tolstoi. »Irgend so ein Flegel wird ihr ein Kind anhängen und damit ist ihre Karriere dann beendet. Ich schwöre es dir, sie wird eine Kuh zur Welt bringen.«

»Oder einen König«, antwortete Margaret. Und Michael lachte. Es kostete sie eine Menge, diese rumpelnde Musik zu hören, beschwor eine Vergangenheit herauf, die lange vor der Kleinen Engel Straße lag, als sie und Michael Gäste des Staates waren, Gründungsmitglieder des königlichen Waisenhauses am Rahovei Weg. Er war immer ein kleiner Prinz, ihr Michael, der mit seinen Gefängniswärtern Tischtennis spielte, Margaret vor den befummelnden Händen älterer Jungs und den Aufsehern selbst schützte. Damals war sie die kleine Magda, mit acht oder neun eine richtige Schönheit. Ihre Mutter oder ihren Vater hatte sie nie gekannt. Michael war ihr einziger Angehöriger. Sie liebte ihn wie einen ritterlichen, älteren Bruder. Doch der Staat holte sich Michael, schickte ihn auf die Militärakademie, machte einen Kadetten aus ihm, und dann entdeckte Ferdinand Antonescu sie im Tanzunterricht und holte sie aus dem Waisenhaus. Er war ein erheblich sanfterer Gefängniswärter. Und Margaret schien auch nichts gegen seine Zärtlichkeiten zu haben. Ferdinand war nie grob zu ihr.

Und er nahm sie mit nach Paris. Sie hatte ein eigenes Schaukelpferd, einen geheimen Vorrat von Zartbitterschokolade und einen Friedhof, den sie erobern und erkunden konnte.

Michael machte seine Geschäfte auf dem *cimetière*. Er stand dann auf der Allee Principale, von wo aus er die Ausgänge und die Friedhofswärter mit ihren dunkelblauen Käppis im Auge behalten konnte, und er traf sich mit einem Antiquitäten- oder Silberhändler oder dem Vertreter eines Auktionshauses und präsentierte sein »Beutebuch«, seinen kleinen Katalog, der von Woche zu Woche wechselte, voller Positionen, die seine Kumpane aus dem Palast der Republik entwendet hatten, direkt unter der Nase des Diktators.

Ceausescu war viel zu sehr mit dem Bau eines weiteren Flügels seines Palastes beschäftigt, mit den sechshundert Uhren, die von einer Konsole in der Suite des Diktators aus gestellt wurden. Er konnte nach Lust und Laune Zeit erschaffen, um zwei Uhr morgens seinen persönlichen Sonnenaufgang verkünden. Der Palast war zum Bersten gefüllt mit Artefakten, mit Geld und Juwelen. Weder Ceausescu noch seine Frau konnten da den Überblick behalten. Ihr leidenschaftliches Anhäufen von Dingen bewegte sich außerhalb jeder Logik und den normalen Grundsätzen der menschlichen Habgier. Der Diktator hatte bereits eine Milliarde Dollar auf ausländischen Bankkonten gehamstert; zwei Milliarden laut Michael. Zu Beginn seiner Herrschaft war der Diktator ein Reformer gewesen. Der kleine Vater seines Volkes hatte die sowjetische Invasion der Tschechoslowakei verurteilt. Er organisierte geriatrische Kliniken, kämpfte gegen das Analphabetentum, beschützte die Armen, die Dummen und die Lahmen. Aber er wandelte sich schnell vom Reformer zum Pharao. Er machte ganze Dörfer dem Erdboden gleich und verwandelte sie in Industriereviere. Und als Bukarest 1977 von einem Erdbeben zerrissen wurde, entwarf der Diktator seine eigene irrwitzige Stadt voller Spukhäuser an Boulevards, die in einen leeren Graben fielen ... und einen königlichen Hof, den Palast der Republik, den zu vollenden er nicht ertragen konnte. Er lag in einem riesigen Park ohne jedes Leben. Bukarest, das Paris des Balkans, war heute ein Betonpark und Friedhof.

Niemand reiste dorthin. Es war eine Stadt, die von der Landkarte zu verschwinden schien. Und Michael stahl nur Schätze aus einem Land, das zu einer Fata Morgana, einer Illusion wurde.

Seine Komplizen waren kleine Prinzen der Palastwache, Soldaten, die sich ein Leben in diesem Märchenland namens Amerika vorstellten, von dem Michael ihnen erzählt hatte. Sie reisten mit den Juwelen nach Paris. Michael zahlte ihnen einen Hungerlohn und beschwatzte sie, mit einer Ladung blauäugiger Gören in ein Flugzeug zu steigen. Michael hatte ihnen Penthouse-Wohnungen und fette Bankkonten versprochen. Aber sie waren redselige Geschöpfe und hätten, umgedreht, als Zeugen gegen Michael benutzt werden können. Außerdem wollte er seinen Reichtum nicht teilen. Es schien einfacher und sauberer zu sein, sie umzubringen.

»Er wird hinter dir her sein«, sagte sie.

»Wer? Gott? Der Teufel? Billy the Kid?«

»Dein anderer Schüler. Sidel.«

»Der ist viel zu beschäftigt damit, Geronimo Jones zu jagen.«

Ein Käufer erschien mit einer schweinsledernen Aktentasche. Und Michael umgarnte ihn. Er redete schnell auf Französisch, stellte ihn Nina Anghel vor, ließ ihn Margaret schöne Augen machen, machte dann mit ihm einen Rundgang über den Friedhof und zeigte ihm die Gräber der Berühmtheiten, während Margaret und Nina ihnen in einiger Entfernung folgten.

Der Schwarze Michael würde an diesem Nachmittag eine Million Francs verdienen, indem er die Juwelen des Diktators verkaufte, die er wie eine geringwertige Handelsware in seinen Taschen trug. Er war nicht einmal bewaffnet. Er war Michael, der Händler, Hauptmann von Ceausescus Leibwache und Oberst der Securitate. Der Geheimpolizist. Er war schon immer ein Draufgänger. Er konnte zehn Kriege gleichzeitig kämpfen, Schach und Tischtennis spielen, aber mit Margaret geschlafen hatte er nie. Es wäre Heuchelei gewesen, eine Vorstellung, nur eine weitere von Michaels Masken. Und mit Margaret würde er nicht spielen. Er würde lügen, er würde betrügen, er würde stehlen, aber er würde niemals mit Margaret spielen. Dafür war sie ihm dankbar. Sie hätte ihn küssen müssen, wenn er sie darum bat. Das war ihr Job. Männer im Auftrag des Justizministeriums küssen.

Die Aktentasche störte sie. All das Schweinsleder. Sie war eine Spur zu korrekt, um darin eine Million Francs auf dem Cimetière du Montparnasse spazieren zu tragen. Und so reagierte sie nicht weiter entsetzt, als der Käufer eine schicke italienische Pistole aus dem Schweinsleder zog.

»Monsieur«, sagte er, »die Juwelen, s'il vous plaît.«

Und der Schwarze Michael zitterte, nicht aus Furcht, sondern vor Wut auf sich selbst. Er hätte einen Räuber erkennen müssen, einen als Kaufmann verkleideten Bewaffneten. Das Zittern hörte so jäh auf, wie es begonnen hatte. Michael zuckte die Achseln.

»Erschieß mich doch. Es ist mir scheißegal.«

»Nicht Sie, Monsieur. Aber der kleine Champion. Sie ist kostbarer, was?«

Und in diesem Augenblick schlug Margaret zu. Nina Anghel hatte noch nie zuvor gesehen, wie sich eine Frau so auf einen Mann stürzte. Der Räuber lag auf dem Boden. Margaret hatte ihm die Waffe aus der Hand getreten. Michael stellte keine Fragen. Er streckte die Hand aus und brach dem Räuber das Genick.

»Du Narr«, sagte Margaret. »Das hier ist *mein* Friedhof, Michael. Wir können ihn nicht hier liegen lassen.«

Aber Michael hob den Räuber auf, hielt ihn fest in seinen Armen und verließ mit ihm den *cimetière*.

Sie wartete auf Isaac, konnte ihn in sich spüren wie ein atmendes Kind – ihr eigener, ganz besonderer Homunkulus. Aber der Homunkulus musste wohl zu Bett gegangen sein. Die Tage verstrichen. Isaac tauchte nicht auf. Michael kümmerte sich um seine Geschäfte und bestrafte Leute für dieses Missgeschick auf dem Friedhof. Eine Bande von Alleingängern, ungarische Emigranten, recycelte Polizisten, die die Tricks innerhalb von Ceausescus Palast durchschaut hatten, das konstante, systematische Ausplündern. Michael nahm die Ungarn auseinander, ermordete ihre Chefs. Er brauchte achtundvierzig Stunden dazu. Unterdessen hatte Nina Anghel ein Demonstrationsmatch in einem Tischtennis-Palast an der Rue Pascal im dreizehnten Arrondissement. Genau genommen war es eigentlich kein Palast. Vielmehr war es ein von der Stadt Paris für die Arbeiter der Metro errichteter Club, ein Bunker mit einem hohen Metallzaun und Tischtennisplatten auf zwei Etagen. Der Club hatte ein eigenes Ökosystem entwickelt, wo Lehrer die Kinder und Enkel dieser Metro-Arbeiter unterrichteten, bis man schließlich drei Generationen in der Rue Pascal antraf. Und Manhattan hatte einen einzigen prähistorischen Tischtennisclub, der einem Toten, Coen, seine Ehrerbietung erwies. Tischtennis selbst war zu einer Art Fossil geworden.

Nina Anghel wurde von fünfhundert Männern, Frauen

und Kindern erwartet. Sie schritt durch die Menge, schrieb Autogramme, freute sich über ihre Berührungen. Sie ging in den Keller, wo sie sich für das Match umzog. Das Publikum applaudierte, als sie wieder herauskam. Ihr rotes Haar war noch genauso wild. Nina hatte keine weiblichen Herausforderer, nur Männer. Sie spielte gegen den Pariser Stadtmeister, einen Linkshänder, den sie bereits nach wenigen Minuten mürbe machte. Ihre Schläge waren kräftiger als seine. Ihr Timing war einfach perfekt. Man nannte sie die rotmähnige Löwin, *la lionne rousse*. Sie war sanftmütig, narkoleptisch, fast wie betäubt, wenn sie nicht hinter einem Tisch stand. Ihr Gesicht hatte keine Anziehungskraft und strahlte keinerlei Lebhaftigkeit aus. Am Tisch jedoch wurde sie geschmeidig. Ihr Körper tanzte ein grimmig wildes Ballett.

Quentin Kahn tauchte nach der Hälfte des Matches wie ein aufgescheuchter Journalist mit seinen Kameras auf.

»Mord auf dem Friedhof, was? Margaret, du solltest doch aufpassen.«

»Der Kerl hatte eine Kanone. Er wollte Nina Anghel erschießen.«

»In Ordnung. Du hast den Wichser entwaffnet. Aber musste Michael ihm unbedingt das Genick brechen? Er schafft sich ein ganzes Netzwerk an Ungarn vom Hals. Das ist Abschlachten en gros. Wir könnten ausgewiesen werden. Ich besitze nicht die französische Staatsangehörigkeit. Und du auch nicht.«

»Im Ali Baba hat dir Abschlachten en gros aber nicht so viel ausgemacht.«

»Das war nicht en gros«, korrigierte Quentin. »Und wir konnten sorgfältig arbeiten. Michaels kleine Prinzen tauchten immer schön einer nach dem anderen auf. Wir hatten Fahrer und Friedhöfe und eine sagenhafte Tarngeschichte.«

»Die Knickerbocker Boys.«

»Das bringt mich immer noch zum Lachen. König Isaac pennt in einem Obdachlosenasyl.«

»Schätze seine Exzentrizitäten nicht falsch ein. Er wird dich vom Immobilienmarkt aussperren.«

»Unmöglich. Ich habe Billy the Kid auf meiner Seite.«

Er unterbrach sich und fotografierte Nina am Tisch. Später brachte Margaret sie zügig zu ihrer Dachwohnung am Boulevard Montparnasse zurück. Der Schwarze Michael hatte das ganze Gebäude gekauft. Es war ein 1907 in Sandstein errichtetes Wunder. Michael hatte sich intensiv mit Pariser Immobilien beschäftigt. Er versenkte sein gesamtes Geld in Stein.

Michael saß in der Küche und aß ein Steak, als Nina, Margaret und Quentin Kahn von der Rue Pascal zurückkehrten. Michael war nackt.

»Um Himmels willen, zieh dir was über«, sagte Quentin Kahn.

»Bist du verlegen, Quent? Machst du dir Sorgen um Margarets Ehre?«

»Es geht um das Mädchen. Nina war noch nie mit einem Mann zusammen.«

»Ich bin ihr Trainer. Wir waren schon zusammen im Dampfbad. Ich habe ihres gesehen, sie hat meines gesehen.«

»Michael, sag so was nicht.«

Margaret musste über diesen Don Quichotte der gelben Kondome lachen, der sich so schützend vor Nina Anghel stellte.

Nina verschwand, um ein Bad zu nehmen. Sie duschte nicht gern in Tischtennisclubs. Lieber saß sie in der Wanne und ließ sich einweichen.

Der Schwarze Michael aß weiter sein Steak.

»Ich mein's ernst«, sagte Quentin Kahn und trat um den

Küchentisch. »Ich dulde keine solchen wirren Morde. Ich ziehe mich aus unserem Deal zurück.«

»Und willst dich selbst auf dem Trockenen sitzen lassen, Quent? Ohne Nina? Ohne deine kleine Waisenarmee?«

»Ich werde das Ali Baba verkaufen.«

»Das wirst du nicht«, sagte der Schwarze Michael. Früher einmal war er Quentins Guru gewesen. Jetzt waren sie Partner und Verbitterung stand zwischen ihnen. Quentin wollte ein ehrliches Leben führen. Michael wollte Michael bleiben.

»Die Krankenwagenfahrten sind vorbei, hörst du? Ich steige aus.«

Der Schwarze Michael schob sein Steak beiseite und verließ die Küche. Quentin begann, sehr leise zu schluchzen.

»Margaret, ich komme damit nicht klar. Ich habe Angst vor Michael. Ich komme nicht klar. Er wird alle umbringen. Mich. Dich. Nina.«

»Soll er's doch versuchen«, sagte Margaret. Sie war all diese Millionäre satt. Sie besaß nicht einmal ein Girokonto. Sie war Frederic LeComtes persönliche Sirene und verführte Kriminelle für das Justizministerium. Sie schlief mit Quentin Kahn und ertrug seine kleinen Orgasmen, während sie von Isaac träumte, dem vollendeten Zigeuner, der selbst kein Zuhause finden konnte. Waisenkinder zogen sie wie magisch an. Isaacs Dad hatte ihn verlassen, um in Paris ein Maler zu werden. Joel Sidel. Margaret hatte sogar Joels Adresse an der Rue Vieille-du-Temple. Doch es widerstrebte ihr, ihn zu besuchen, sie war zu schüchtern. Sie wäre sich wie eine Schwiegertochter vorgekommen.

Sie ging in ihr Zimmer, schloss die Tür ab und zog ihre Perücke aus. Sie war wie jemand, der unter Amnesie litt und immer wieder aus langen Schlafphasen erwachte, um sich an die übelsten Einzelheiten ihres Lebens zu erinnern. Das Hungern in Odessa, in der Kleinen Engel Straße. Onkel Ferdinand schlief in seiner Uniform, mitsamt aller Orden von der Gestapo und dem deutschen Oberkommando. Silber und Gold waren ihm ausgegangen und er konnte nicht einmal mehr ein Hausmädchen bezahlen. Er konnte nur noch Waisenkinder aus dem Heim am Ort entführen und sie aufessen. Margaret aß sie ebenfalls. Die Nazis hatten ihr einen Spitznamen gegeben: Lady Macbeth.

Sie nahmen den TGV nach Bordeaux. Der Schwarze Michael, Margaret, Nina und Quentin Kahn, die vier Musketiere. Michael wurde im Zug angegriffen. *Alle* Ungarn hatte er noch nicht eliminiert. Zwei Emigranten in ausgeleierten Sakkos tauchten auf und versuchten, Nina zu entführen.

»Monsieur«, sagten sie. »Wir würden gern ein bisschen Bares sehen.«

»Gern«, antwortete Michael und ließ sich auf das Spiel ein.

Er kramte in den Taschen seines Mantels, klaubte Dollars, Francs und Deutsche Mark heraus, und während ihre Augen auf das Geld gerichtet waren, durchstach er ihre Kehlen mit dem Stilett, das er ebenfalls in seinem Mantel verborgen hatte. Margaret musste anschließend das Blut wegmachen und Michael helfen, die beiden toten Ungarn in Bordeaux aus dem Zug zu begleiten.

»Idiot«, schimpfte sie. »Konntest du ihnen das Geld nicht lassen ... wenigstens für kurze Zeit.«

»Nein.«

Er telefonierte. Sie brachte ihren Toten aus dem Bahnhof. Auf der anderen Straßenseite parkte ein Krankenwagen. Quentin Kahn blinzelte zu dem Krankenwagen hinüber und begann zu heulen.

»Das muss aufhören.«

Nina Anghel schien von alledem nichts mitzubekommen. Sie summte leise vor sich hin auf dem Weg zu dem Freundschaftsmatch, das in einem Sportpalast im Vorort La Bastide abgehalten wurde. Michael erlaubte ihr keine Interviews. Er war nicht nervös. Er wollte sich einfach von den toten Ungarn distanzieren.

Nina schlug den besten Spieler von Bordeaux vernichtend, während sie auf einem Sessel saß. Michael kassierte die Gage für das Freundschaftsmatch. Er mietete ein Auto und fuhr die Musketiere nach Toulouse. Er entschied sich für ein obskures Hotel im Araberviertel, wo sie sich einen Tag lang versteckten. Margaret beobachtete die arabischen Männer vom Fenster aus. Sie marschierten in kleiner werdenden Kreisen, gingen immer wieder denselben Weg zurück. Frauen waren auf der Straße nicht zu sehen.

Nina spielte in einem Club an der Rue de Languedoc.

Margaret hatte immer noch das Gefühl, Isaac werde kommen, dass sie aufschauen und seinen Schatten auf der anderen Seite der Tischtennisplatte sehen würde. Aber da war nur Nina Anghel, die ihrer Trostlosigkeit allmählich überdrüssig wurde. Es gab keine echten Herausforderer für sie, die sie zwangen, am Tisch zu arbeiten.

Die Musketiere verließen Toulouse.

Sie fuhren nach Carcassonne. Nina Anghel verliebte sich auf der Stelle in das Festungsbauwerk, die mittelalterliche Stadtbefestigung. Sie tranken herrlichen schwarzen Kaffee innerhalb der Mauern und aßen dazu kleines Mandelgebäck, genannt *le petit carcassonnais*, das zu kleinen Burgen geformt war. Nina Anghel konnte nicht mehr ohne leben. Sie wanderte mit Margaret und einem *petit carcassonnais* auf den hügeligen Straßen, während die beiden anderen Musketiere hinter ihnen hertrotteten und Quentin sich ständig mit einem Taschentuch die Stirn abwischte.

»Tante Margaret, erzähl mir eine Geschichte … über Carcassonne.«

Sie erinnerte sich an die kleinen Geschichten, die Onkel Ferdinand ihr über eine arabische Prinzessin erzählt hatte, die einst innerhalb dieser Mauern gelebt hatte. Dame Carcas.

Die Araber hatten im Jahre 725 das alte römische Fort Carcas belagert. Balaak, ihr König, war ein gnädiger Herrscher. Er riss seinen Gefangenen nicht das Herz heraus und verspeiste es. Er hängte keine besiegten Krieger an den Mauern auf. Er lehrte die Söhne der Gefangenen die neue Wissenschaft der Mathematik. Er heiratete eine seiner eigenen Prinzessinnen und machte sie zu seiner Dame Carcas. Sie war genauso liebenswürdig und sanftmütig wie der König. Sie schwor, dass niemand jemals hungern müsse, solange sie dort war. Aber Charlemagne, der König aller Franken, wurde eifersüchtig auf Balaak. Karl der Große traf mit seiner Armee vor den Mauern ein und verlangte, dass Balaak sich den Franken ergab. Balaak kippte heißes Öl auf ihre Köpfe. Karl der Große knirschte mit den Zähnen. Er zog seine Armee außerhalb der Reichweite von Balaaks Öl zurück und blieb fünf Jahre.

»Das ist doch absurd«, sagte Nina. »Kein König würde fünf Jahre herumsitzen. Er würde doch Löcher in seine Hose bekommen.«

»Pssst«, machte Margaret. »Wer erzählt die Geschichte?«

Hunger dezimierte die Araber, als sich Karls Belagerung in die Länge zog. Ihre Brunnen trockneten aus. Das Trinkwasser versiegte. Balaak starb, genau wie die meisten seiner Gefolgsleute. Am Ende der fünf Jahre lebten nur noch zwei Geschöpfe innerhalb des Festungsbauwerks: Dame Carcas und ein winziges Schwein. Dame Carcas baute aus Stroh Attrappen von Soldaten, stellte sie an strategischen Punkten auf und rannte kauernd von Mauer zu Mauer und beschoss Karl den Großen mit Pfeilen. Sie ließ das Schwein das letzte Getreide fressen, das sie noch hatte, und warf es dann zu den Franken hinunter. Der Bauch des Schweins platzte bei dem Sturz auf und der größte Teil des Getreides regnete auf Karl den Großen nieder, der weiter mit den Zähnen knirschte. Wenn die Sarazenen noch genug Vorräte besaßen, um ihre Schweine mit Getreide vollzustopfen, dann hatte Charlemagne mit seiner Belagerung nichts erreicht. Er ritt fort und ließ die Mauer hinter sich. Halb verrückt geworden nach der langen Zeit nur unter Toten, stellte sich die Dame Carcas auf die Festungsmauer und blies eines von Balaaks Hörnern. Karl der Große jedoch war leicht taub und hörte das Horn daher nicht. Sein Knappe sagte: *»Sire, Carcas sonne.«* Carcas ruft. Doch der König kehrte nicht zu den Mauern zurück.

Nina interessierte sich nicht für die Dame Carcas. Sie weinte um Charlemagne, den tauben König, der sich durch ein paar alberne Getreidekörner reinlegen ließ. Sie ging zu dem kleinen Haus, das Michael an der Rue St. Jean gekauft hatte. Der Schwarze Michael kaufte ständig Häuser. Das Haus besaß eine eigene Druckerpresse, ein kleines Postamt und einen Berg an Illustrierten. *Pingpong Power.* Sie konnte nicht einmal ein Bad nehmen. Sie musste ihren Rock anziehen und zu dem großen Château stürmen, wo sie spielen sollte. Es war nur eine Burg in der größeren Burg namens Carcassonne.

»Tante Margaret«, fragte sie, »welches Gehalt bekomme ich eigentlich?«

»Pssst«, sagte Margaret. »Michael kauft dir ein Haus.«

»Ich bin keine Baronesse. Ich brauche kein Haus.«

Im großen Burgsaal war eine Tischtennisplatte aufgestellt worden. Und Nina hallte immer wieder durch den Kopf: *Sire, Carcas sonne.* Ihr Gegner war nicht einmal ein richtiger Champion, sondern nur ein Junge aus der Gegend, der bei mehreren Turnieren mitgemacht hatte.

»Tante Margaret«, sagte sie, »ich werde eine Maske brauchen.«

»Was?«

»Eine Binde. Ein Taschentuch. Irgendwas.«

Nina schnappte sich Margarets Taschentuch und machte daraus eine augenlose Maske.

»Mein Gott«, sagte Margaret, »du kannst doch nicht mit verbundenen Augen gegen den Jungen spielen. Du wirst das Match niemals überleben.«

Aber Margaret hatte nicht mit Nina Anghels ureigenem Sonar gerechnet. Nina war in der Lage, ihren Schläger nach dem vom Tisch reflektierten Echo des Balles auszurichten. Der Junge stand da wie eine Soldatenattrappe aus Stroh. Es gelang ihm nicht, das Geheimnis von Ninas Maske zu lüften. Er hatte sich bereit erklärt, gegen Nina Anghel zu spielen, nicht jedoch gegen eine Hexe mit verbundenen Augen.

Der Junge ließ seinen Schläger auf dem Tisch liegen und rannte mitten im Match fort. Die Zuschauer hatten ihr eigenes grausames Programm. Sie fingen an zu lachen.

Und dann nahm ein Mann den Schläger des Jungen. Sein Schatten ergoss sich über den Tisch. Es war der Schatten von Margarets Troubadour – Isaac Sidel.

»Miss Nina«, flehte er mit seinen Zigeuneraugen. »Ich möchte das Match beenden.«

22

Der König trug keine Turnschuhe. Er hatte nicht beabsichtigt, gegen Nina Anghel zu spielen. Aber das bittere Duell des Jungen hatte ihn angerührt. Und so stellte er sich freiwillig zur Verfügung. Isaac der Narr. Harwood und Bruder William hatte er im Gracie Mansion untergebracht, wo ihnen nichts geschehen würde. Dann war er mit dem Vorsatz ins Ali Baba gegangen, Nina Anghels Reiseplan aus Eddie Royal herauszuschlagen. Doch der Jockey war verschwunden. Isaac kehrte zu seiner Hauptquelle zurück: *Pingpong Power.* Die Stadt Carcassonne wurde eine Idee zu oft erwähnt. Das musste mehr zu bedeuten haben als nur Bewunderung für die Schönheit ihrer Stadtmauern. Isaac ging das Risiko ein. Er flog nach Barcelona, wohin seine alten Feinde gegangen waren, die Guzmanns. Er fragte sich, wie viele Guzmanns wohl noch am Leben waren. Aber er verließ den Flughafen nicht. Er fand eine Maschine nach Montpellier und nahm von dort aus einen Bus nach Carcassonne. Der König hätte sich auch einen Wagen mieten können. Aber er war nervös, ihm gingen zu viele Dinge durch den Kopf.

Die Pont Vieux mit ihren Laternen und schmiedeeisernen Kronen überquerte er zu Fuß und stieg zu der mittelalterlichen Stadt hinauf. Angesichts seiner schnellen Belohnung musste der König lächeln. Überall hingen Plakate mit Nina Anghel. Er war zwei Tage vor ihr eingetroffen. Er nahm sich ein Zimmer in einem winzigen Hotel an der Place du Grand Puits direkt der Burg gegenüber, wo Nina eine Vorführung ihrer Schläge geben würde.

In der Rue du Comte Roger aß er zu Abend, leerte eine ganze Flasche Rotwein. Einen Pomerol wie Quentin Kahn konnte er sich nicht leisten. Der König nahm einen Cahors. Sein Menü bestand aus einem Salat aus grünen und gelben Bohnen, Lachsforelle mit Salzkartoffeln und einer Birnen-Tarta. Er verschlang zwei Körbe Brot und gönnte sich anschließend eine Tasse Espresso und ein winziges Stück Schokolade. Es war fast wie Flitterwochen – der König ohne seine Braut. Er hatte keine Braut.

Er schlenderte in die Burg und versteckte sich unter den Zuschauern. Sein Herz schlug wie verrückt, als er *seine* Anastasia, Margaret Tolstoi, mit roter Perücke und in Begleitung von Quentin Kahn und König Carol sah. Bei ihnen war Nina Anghel, die sich in Schale geschmissen hatte. Sie war in einem reizenden kleinen Röckchen zum Tischtennis gekommen. Nach dem Match würde er sie alle überraschen und dem Schwarzen Michael die Zähne ausschlagen. Seine Pläne wurden jedoch zunichte gemacht, als Nina ihre Augenbinde anlegte und den Jungen demütigte, ihn verspottete, sein Abenteuer heruntermachte, gegen eine Weltmeisterin anzutreten.

Seine Knie zitterten nicht mehr, nachdem er erst einmal den Schläger in der Hand hielt.

»Wer bist du?«, fragte Nina unter ihrer Augenbinde.

»Ein Freund des Schwarzen Michael«, sagte er.

Und sie begannen ihr Duell. Isaac schlug auf. Nina peitschte den Ball zurück, fand eine Lücke in seiner Vorhand. Du musst den Ball lieben, du musst den Ball lieben, flüsterte Isaac leise vor sich hin. Dieser Ball war gelb wie die Kondome im Ali Baba. Isaac fragte sich, ob die rote Löwin durch ihre Maske wohl Farben erkennen konnte. Was war überhaupt aus weißen Tischtennisbällen geworden?

Der König hatte erneut den Aufschlag. Nina fraß ihn auf. Aber er war, wie Nina selbst, eines von Michaels Mündeln. Er lernte, diesen gelben Ball zu lieben. Er suchte nach Ninas Schwächen. Er konnte keine finden.

Nina schlug auf. Isaac schnitt den Ball an, aber sie knallte ihn ihm zurück ins Gesicht. Sie schlug wieder auf. Isaac ließ den Ball mit einem leichten Kuss übers Netz hüpfen. Sie zögerte einen Augenblick, konnte den Ball kaum hören. Eine Idee zu spät stürzte sie sich nach vorn. Der Ball erwischte ihren Griff und Isaac machte seinen ersten Punkt.

Er machte Ninas Spiel kaputt, indem er so leise wie nur eben möglich spielte. Isaacs sanfte Schläge waren von Nina nicht wahrzunehmen. Ninas Sonar hatte versagt.

Die Blicke des Königs und von Margaret kreuzten sich. Ihr Gesicht strahlte Kälte aus. Sie war wütend auf ihn, weil er Nina Anghel unterminierte. Es war ihm egal. Sein gelobbter Aufschlag war eine träge, federleichte Bombe. Nina verfehlte den Ball, aber Isaac war der gute Polizist. Er konnte fremde Einmischung riechen. Ein Mann mit einem blauen Hut hatte die Grenze des Spieles verletzt, war eine Spur zu nahe gekommen. Er richtete eine kleine silberne Pistole genau auf Ninas Herz. Isaac warf seinen Schläger. Er zerschnitt die Luft und klatschte gegen die Stirn des Mannes. Die Waffe fiel aus seiner Hand. Isaac sprang über den Tisch und stürzte sich auf ihn. Doch der Mann mit dem blauen Hut wurde Isaac aus den Armen gehoben. Der Schwarze Michael ragte über Isaac auf und hielt den Mann fest in seinen Armen, während Margaret die Zuschauer zur Ruhe mahnte. »Calmez-vous, calmez-vous.«

Dann wurde Isaac vom Boden gehoben und mit Quentin, Nina, Margaret und dem Schwarzen Michael, der sowohl Isaac als auch den Mann mit dem blauen Hut umklammert hielt, schnell aus der Burg geführt.

»Wer ist das?«, knurrte Isaac.

»Ein Ungar.«

Isaac bemerkte etwas, nachdem sie die Mauern der Burg hinter sich gelassen hatten. Der Ungar war tot. Michael hatte ihn in dem Durcheinander erwürgt. Sie schienen von einem Wind zur Rue St. Jean hinuntergetragen zu werden. Sie betraten Michaels Haus mit dem toten Ungarn, den Michael auf einem Stuhl absetzte. Quentin flitzte zur Tür und richtete die silberne Kanone des Ungarn auf Isaac. »Wir werden ihn umlegen müssen.«

Aber Michael sprang Quent an, verpasste ihm eine Ohrfeige. »Halt's Maul!«

Quentin wischte sich Blut von den Lippen. Michael hatte sich nicht einmal die Mühe gemacht, die Waffe aus Quentins Hand zu nehmen.

»Wir werden ihn trotzdem umlegen müssen. Er kann nicht einfach so herkommen. Er weiß zu viel. Er ist eine Pest.«

»Das ist herrlich«, sagte Michael. »Erzähl uns doch deine Lebensgeschichte. Ich bin überzeugt, Nina wird begeistert sein.«

»Sie muss erwachsen werden«, sagte Quentin Kahn.

Margaret brachte Nina in ein anderes Zimmer.

»König Carol«, sagte Isaac. »Haben Sie diesen Namen für mich angenommen, damit wir von König zu König miteinander reden können?«

»Ja, kleiner Vater, der wurde maßgeschneidert.«

»Jede Wette. Und ich bin der größte Trottel aller Zeiten.«

»Ganz im Gegenteil. Wir mussten vorsichtig sein. Wir haben die Knickerbocker Boys erschaffen, damit Sie uns vom Pelz bleiben.«

»Sie sind ein Spieler«, sagte Isaac. »Wie ich.«

»Aber ich habe einen gewissen Vorteil. Ich wurde von Generalen ausgebildet, bevor ich zwölf war. Ich hatte deutsche Herren, dann russische Herren ...«

»Lassen Sie mich raten. LeComte steht hinter Ihnen. Heute haben Sie amerikanische Herren.«

»Nicht wirklich«, sagte Michael. »Oh, ich verkaufe Informationen. Aber Moskau vertraut Bukarest nicht. Also habe ich nur sehr wenige Geheimnisse.«

»Aber Sie sind eine wandelnde Goldmine. Ein Oberst der Securitate. Das Justizministerium lässt Sie Ceausescu nach Strich und Faden über den Tisch ziehen. Und falls Sie dabei zufälligerweise Leute aus Ceausescus Palast umbringen, wird kein Mensch heulen. Nicht Ceausescu. Sagen Sie, Michael, welchen Anteil bekommt die Securitate? Zwanzig Prozent? Mehr?«

Michael lächelte.

»Sie hätten mich nicht in Ihre beschissenen Machenschaften einbeziehen dürfen«, sagte Isaac und starrte auf die Druckerpresse und die Stapel von *Pingpong Power*. »Sie drucken nicht in New York oder L.A. oder Paris. Sie drucken hier. Aber warum ausgerechnet Carcassonne? Das ist doch eine Touristenfalle, ein kleiner Hochzeitskuchen von Stadt.«

»Mit perfektem Zuckerguss«, sagte der Schwarze Michael.

»Ja«, meinte Isaac. »Das bringt die Hunde von Ihrer Fährte ab. Eine Firma mit Sitz in Carcassonne.«

»Ich dachte, dass Sie es zu schätzen wissen.«

»Michael«, schaltete sich Quentin Kahn mit Blut im Mund ein. »Du erzählst ihm viel zu viel. Er ist neugierig.«

»Aber mit dir kann ich kein Brainstorming abhalten, Quent. Du bist kein Polizist. Du hast noch nicht mal jemanden umgebracht. Du kannst gut Geld verschieben ... und Fotos von Nina machen. Na los, du hast doch eine Kanone. Schieß Sidel genau zwischen die Augen. Ich werde dich nicht aufhalten. Wir begraben ihn dann zusammen mit dem Ungarn. Anschließend setzt du dich mit Papa Cassidy zusammen und ihr sucht euch einen Notbürgermeister. Erschieß ihn!«

Quentin ließ die silberne Kanone sinken. Seine Schultern

fingen an zu beben. Er wischte sich die Augen mit einem blutverschmierten Taschentuch.

»Geh mir aus den Augen. Ich kann deinen Anblick nicht ertragen, Quent. Du hast die Seele eines feigen Huhns. Ich sollte dir mit bloßen Händen den Kopf abreißen. Ich könnte, weißt du.«

Quentin Kahn schlurfte mit immer noch bebenden Schultern aus dem Raum.

»Mit Geld ist er brillant, absolut brillant. Aber er wird mich verpfeifen, er wird zerbrechen. Er wird ins Zeugenschutzprogramm gehen und ich hänge zwischen Mafia und FBI.«

Isaac zeigte auf den Mann mit dem blauen Hut. »Warum wollte der Ungar Ninas Karriere beenden?«

»Das war nichts Persönliches. Er gehörte einer lächerlichen Sekte im Exil lebender Bullen an. Kakerlaken. Sie wollte mir mein Produkt abjagen.«

»Sie meinen die Palastjuwelen. Das ist ein ziemliches Patrimonium, Michael. Der Nationalschatz in Ihrer Tasche. Und die meisten Ihrer Partner laufen unter John Doe und liegen in einem Gemeinschaftsgrab auf Harts Island.«

»Nicht John Doe, kleiner Vater. Geronimo Jones.«

»Ich könnte die Leichen exhumieren lassen, Michael, und mit Ihnen und den anderen Knickerbocker Boys in Verbindung bringen.«

»Wie denn, kleiner Vater? Wer hat sie als vermisst gemeldet? Sie haben Tote, die kein Mensch haben will. Wo ist das Verbrechen?«

»Aber wussten Sie nicht, dass es mir nie mehr aus dem Kopf gehen würde, nachdem Sie sich für ›Geronimo Jones‹ entschieden hatten? Dass ich Sie einfach jagen musste, Michael?«

»Ah, aber wir wollten aus dem Geschäft aussteigen. Es war das Endspiel, kleiner Vater. Ich habe uns etwas Zeit gekauft. Und Sie können mich verfolgen, soviel Sie Lust haben ... Ich bin stolz auf Sie.«

»Warum?«, fragte Isaac wie ein lernbegieriger kleiner Junge.

»Sie haben Ninas Augenbindentrick durchschaut. Sie haben ihr Spiel erstickt, kleiner Vater, haben das Geräusch des Balles geschluckt. Sie haben die arme Nina sprachlos gemacht.«

»Erinnern Sie mich daran, dass ich ihr noch einen Kuss zum Trost gebe ... Michael, Sie hätten Rita Mae Robinson nicht umbringen lassen dürfen.«

»Ich mochte Rita. Aber wir hatten unsere Befehle. Ich bin nicht Gott, wissen Sie. Wir sind Teil einer Troika, Quent und ich.«

»Und wer ist das dritte Rad?«

»Darüber möchte ich lieber nicht sprechen.«

»Dann wird einer von uns heute Nacht sterben ... Wer ist es, häh? Nicht Schyler. Er hat seine eigenen Vorstellungen über den Adel von Abstammungslinien, aber er hätte niemals Ritas Hinrichtung befohlen. War es Papa Cassidy oder Jason Figgs?«

»Sie kommen langsam auf Touren, kleiner Vater.«

»Der andere Baron«, murmelte Isaac. »Judah Bellow.«

»Treffer. Judah besaß die nötigen Verbindungen. Die meisten unserer Kunden kamen über ihn.«

»Ich habe mit Judah geredet. Seine Tochter war Selbstmörderin. Natalie. Und er korrespondierte mit einem kleinen rumänischen Mädchen. Sie ist an Lungenentzündung gestorben. Hat er Rita die Schuld gegeben?«

»Nein. Aber Rita war unser schwaches Glied.«

»Sie und Harwood und Bruder William. Sie haben sich um Quentins Kids gekümmert.«

»Wir haben aufgehört, Kinder zu importieren.«

»Aber ich habe sie doch gesehen«, versteifte sich Isaac.

»Die letzte Lieferung. Und Rita hätte sich womöglich kompromittiert, hätte uns verpfiffen, um ihren Bruder und den Jungen zu schützen. Judah war nur ein guter Geschäftsmann.«

»Ihr seid allesamt beschissene Pharaonen. Ihr begrabt und ihr baut. Michael, ich habe Sie bereits einmal gewarnt. Einer von uns wird sterben müssen.«

Der König sprang den Schwarzen Michael an, der daraufhin anfing zu lachen. Isaac rang ihn zu Boden. Michael lachte weiter. Er rief laut: »Anastasia.«

Es tat dem König weh, diesen Namen zu hören. *Anastasia.* Es war das Einzige, was er noch mit Margaret Tolstoi hatte, dieses Totemwort aus der Zeit, als sie auf Isaacs Junior High eine Prinzessin war.

Margaret betrat den Raum ohne Perücke. Ihr rasierter Schädel erregte ihn schrecklich. Er würde ein Mittel dagegen suchen müssen. Vierzig Jahre, und die Wunde war immer noch nicht verheilt.

Isaac verlor den Mut, aber Michael ließ er dennoch nicht los. Anastasia beugte sich über ihn. »Liebling, wenn du ihn umbringst, wirst du mich auch umbringen müssen. Ich habe geschworen, Michael zu beschützen.«

»Du bist nicht Ninas Kindermädchen«, sagte Isaac. »Du bist Michaels Babysitter, sein Leibwächter.« Er kroch von Michael fort, rappelte sich auf. »Margaret, warst du an der Planung von Ritas Tod beteiligt?«

»Nein. Aber ich hätte es auch nicht verhindert.«

»Du bist ein Knickerbocker Boy«, sagte er.

»Genau wie du.«

Teil Sechs

23

Der König kehrte nach Manhattan zurück.

Das Weihnachtsfest verbrachte er allein. Für Silvester hatte er hundert Einladungen. Er lehnte alle ab. Seine eigene Partei geriet allmählich in Panik. Isaac hatte gegenüber der Presse nicht eine Silbe über seine zukünftige Verwaltung durchsickern lassen, hatte keinen einzigen Dezernenten oder stellvertretenden Bürgermeister bekannt gegeben. Die alten Politricker begannen zu unken, dass ihr König sich in einem führungslosen Schiff abstrampeln würde.

Aber niemand wagte es, ihm zu widersprechen. Er hatte das Recht zu schweigen. Bis zu seiner Krönung besaß ein König keine »Stimme«. Er war nicht untätig. Er ging vom Tischtennisclub zu Emeric Grays Schachtel an der East Fifty-sixth. Dies war das Gebäude, das Papa, Jason und Judah zerstören wollten. Er konnte Emeric in den Kalksteinblöcken erkennen, die an den Ecken des Gebäudes verkeilt waren wie der Einband eines Buches, in dem Mauerturm aus Ziegeln, der den Wassertank umgab, in der blauen Markise über der Drehtür, in deren Glasscheibe ein mattiertes Reh geätzt war. Emerics Markierungen beruhigten den König. Er würde dieses Gebäude den Pharaonen nicht überlassen.

Er stand in einer Telefonzelle und bekam Jason Figgs' Sekretärin an die Leitung.

»Wie heißen Sie, meine Liebe?«

»Cordelia.«

Richten Sie Jason doch bitte aus, dass er die Schachtel nicht haben kann.«

»Die Schachtel, Mr Bürgermeister? Es tut mir Leid, aber ich –«

»Emeric Gray. Er wird es schon verstehen. Falls er dieses Gebäude anrührt, wird er keinen Cent von der Stadt bekommen. Keine Steuervergünstigungen. Leben Sie wohl, Cordelia.«

Er setzte seinen Weg downtown fort, machte einen Zwischenstopp in der Orchard Street, wühlte in den Grabbeltischen mit Kleidung, fand einen Borsalino mit einer prächtigen Feder, ein Paar Sportschuhe aus hellem Leder, ein weißes Hemd mit den Initialen von irgendwem auf der Brusttasche, *G.R.*, ein Paar weiße Socken mit roter Paspelierung, einen Zweireiher aus schwarzer Wolle, einen Wintermantel mit mausgrauem Pelzkragen, eine kastanienbraune Krawatte – und damit hatte Isaac die Garderobe für seine Krönung zusammen.

Er ging zu seiner Wohnung an der Rivington Street, doch in dem Moment, als er die Tür öffnete, überkam ihn ein merkwürdiges Gefühl. In der Küche hing ein Poster mit dem Titel »Piratenschiff«. Das Original stammte von Paul Klee. Was zum Teufel hatte das hier zu suchen? Hatte womöglich jemand in seiner Wohnung gelebt, während der König in Carcassonne weilte? Er würde den Vermieter umbringen müssen, dass er seine Schlüssel verliehen hatte. Aber es war nicht der Vermieter. Es war Margaret, die das »Piratenschiff« in einem kleinen Laden gekauft hatte, um Isaacs kahle Wände zu schmücken, wenn sie für ein paar Wochen bei ihm einzog. Sie war ohne Schlafanzug gekommen. Nur ihre Glock und die Kleidung, die sie trug. Und ihre Perücke. Die Perücke war ein fester Bestandteil ihres

Chamäleon-Lebens als Gangbuster gegen das organisierte Verbrechen und Freundin der Mafia. Aber in Isaacs Bett würde sie sie nicht mitnehmen. Und wieder verliebte er sich mit Haut und Haaren in diese neue Anastasia. Mit ihrem kurz geschnittenen Haar erinnerte sie an Johanna von Orleans. Isaac hatte alles, was er wollte. Margaret und seine eigene Cappuccino-Maschine, ein Geschenk von Jerry DiAngelis. Isaac drehte an einem Knopf und bekam wie von Zauberhand tassenweise Kaffee mit aufgeschäumter Milch. Margaret jedoch mochte ihren Kaffee lieber schwarz, mit einem Stückchen Schokolade von dem großen Block, den sie immer in ihrer Handtasche hatte. Einmal kostete der König Margarets Schokolade. Der bittere Kakao ließ seine Augen zucken. Und als Margaret ihn sitzen ließ, hörte Isaac auf, Cappuccinos zu machen ... und das »Piratenschiff« versank in seinem Kopf.

Klees Schiff hatte einen Schornstein, ein Schaufelrad und zwei Großmasten. Es hatte neun oder zehn Flaggen. Es hatte einen Navigator mit gelben Zähnen und einen Kapitän mit roten Augen. Der Kapitän war ein Träumer, verloren in einem Labyrinth von Leitern, genau wie Isaac Sidel.

Er konnte nicht still sitzen. Mit einer Flasche Champagner fuhr er uptown. In seiner Tasche steckte Wigs Adresse. Er hatte sie von Bruder William, der sich immer noch in der Gracie Mansion in Schutzhaft befand. Isaac konnte nicht riskieren, ihn und Harwood in einem der Vernichtungsfeldzüge des Schwarzen Michael zu verlieren. William und der Junge produzierten eine ungeheuer hohe Rechnung für Eiscreme, die Isaac auf seine eigene Verwaltung schreiben ließ. Er wollte Beckys Koch nicht in Schwierigkeiten bringen.

Isaac hatte Wig nicht mehr gesehen, seit sie sich bei einem von Wigs Leichenbestatter-Freunden einen Sarg geborgt und Archibald Harris in einem Obstgarten mit Apfelbäumen im Norden des Staates begraben hatten, welcher der Purple Gang gehört haben musste. Isaac stellte keine Fragen. Aber es schmerzte ihn, dass Arch in einem anonymen Grab liegen musste, ohne dass seine Leistungen in der Negro National League auch nur in einem einzigen Nachruf gewürdigt wurden. Isaac musste sich einfach fragen, warum Arch eigentlich nie in die Hall of Fame aufgenommen worden war. Cooperstown hatte angefangen, berühmte Gespenster aus den Ligen der Schwarzen aufzunehmen, zum Beispiel Judy Johnson, Josh Gibson und Cool Papa Bell. Arch war ihnen ebenbürtig.

Isaac erreichte Wigs Wohnung an der Convent Avenue. Die Tür stand offen. Wig saß im Dunkeln. Er sagte Isaac nicht einmal Hallo. Sie hatten in dem Apfelhof zusammen Dreck geschaufelt, Arch ein kleines Gebet gesungen. So vertraut waren sie einander.

»Keine Invalidenrente, Bruder Isaac, lieber verhungere ich.«

»Wig, siehst du, was ich hier in der Hand halte?«

»Einen Baseballschläger.«

»Mein Gott. Es ist eine Flasche Champagner.«

»Tja, ich übe schon mal, wie's ist, blind zu sein. Dauert seine Zeit.«

»Komm, ich bring dich ins Krankenhaus zurück, Wig. Du kannst wieder ganz gesund werden.«

»Das ist doch alles widerliche Scheiße. Pflegeheime und Blindenhunde. Okay, meine Kopfschmerzen sind echte Monster. Mein Sehvermögen kommt und geht. Aber behindert bin ich nicht.«

Isaac legte den Champagner in Wigs Eisfach und musste dazu Schachteln mit tiefgefrorenen Milky Ways herausräumen. Wig und Isaac veranstalteten ein Festessen. Die Schokolade knackte in Isaacs Mund. Viel besser als Eiscreme. Sie teilten sich eine Schachtel Milky Ways und machten sich dann über den Champagner her.

»Auch neunzehnachtundsechzig«, sagte Wig.

»Lieber würde ich auf abwesende Freunde trinken ... Kannst du mir nur einen Grund nennen, warum Archibald Harris nicht in die Hall of Fame aufgenommen wurde?«

»Hall of Fame? Das ist für weißen Abschaum.«

»Josh Gibson ist in der Hall.«

»Alles Augenwischerei«, sagte Wig. »Arch war ein Knacki. Wie könnte er je aufgenommen werden? Und selbst wenn sie Arch haben wollten, hätte er ablehnen müssen. Er konnte sein Gesicht nicht publik machen. Arch war die Purple Gang.«

»Das behaupten auch alle von dir. Ich vermute, Harlem braucht wahrscheinlich einen Robin Hood.«

»Das hat überhaupt nichts mit Robin Hoods zu tun. Archibald hat im Auftrag der Mafia Leute fertig gemacht.«

»Das glaube ich nicht.«

»Sie sind der eigentliche Blinde, Bruder Isaac. Und warum verteidigen Sie diesen Wichser überhaupt? Zuerst freundet er sich mit Rita an und dann legt er sie um ... Wie ich höre, waren Sie in Frankreich. Haben Sie König Carol geschnappt?«

Isaac hatte nicht den Mut, Wig von den Ereignissen in Carcassonne zu erzählen. Dann hätte er über seine Ergebenheit gegenüber Margaret Tolstoi sprechen müssen. Er sagte auch nichts über Judah Bellow. Er wollte Wig nicht auf eine gefährliche Verfolgungsjagd schicken.

Sie leerten die Flasche Champagner. Isaac machte eine weitere Schachtel Milky Ways auf. Er fing an zu schwanken.

»Wiggy, kommst du in meine Verwaltung?«

»Suchen Sie einen Portier?«

»Nein, Wig. Einen Leibwächter.«

»Sie werden Geschichte schreiben. Der erste Bürgermeister von New York mit einem blinden Bodyguard.«

»Außer dir und mir wird's niemand erfahren.«

»Und Sweets.«

»Sweets wird damit leben müssen. Es ist eine wirtschaftliche Maßnahme. Wir nehmen dich von seiner Gehaltsliste und setzen dich auf meine.«

»Und was, wenn ich beschließe, Eddie Royal umzulegen?«

»Ich werde dir helfen, Wiggy, aber der kleine Reiter ist weg.«

»Was ist mit Joey? Er könnte eifersüchtig werden. Er ist doch Ihr Fahrer, oder?«

»Er ist mein Schwiegersohn«, sagte der König. »Ich kann ihn nicht ständig um mich haben. Andernfalls wird man mir noch Vetternwirtschaft vorwerfen.«

»Tja, gehen Sie nicht davon aus, dass ich fahre, Mr Bürgermeister, es sei denn, Sie möchten jeden Block aufs Neue voll in die Scheiße krachen.«

»Wiggy, hörst du schlecht? Joe wird uns fahren. Wenn wir ihn brauchen.«

»Wann fange ich an?«, fragte Wig zwischen zwei Bissen Schokoriegel.

»Sofort. Du wirst rund um die Uhr mit mir zusammen sein müssen.«

»Und was passiert, wenn Sie es mit Margaret treiben?«

»Dann machst du die Augen zu und bist ein braver Junge … aber Margaret gehört zum Schwarzen Michael.«

»Sie sprechen von König Carol?«

»Carol existiert nicht. Carol ist ein Witz, ein Namensschildchen, das Michael allein für mich erfunden hat.«

»Wir werden ihn aus dem Wasser fegen.«

»Welches Wasser?«, wollte Isaac fast sagen. Doch er half seinem Leibwächter beim Packen. Wig war genauso ein erbärmlicher Hausmann wie Isaac. In dieser Bude ergab nichts einen Sinn. Isaac musste wie ein Irrer nach Wiggys Socken und Kanonen ohne Waffenschein suchen. Wig brauchte ein Poster an der Wand. Klees »Piratenschiff«.

Isaac packte den Koffer, bis nichts mehr hineinging. Mehr als einer bedeutete Pech – laut Wig. Er ließ Isaac den Koffer nicht nach unten tragen.

»Ich übernehme das Tragen. Ich bin der Bodyguard.«

Isaac war erleichtert. Ganz allein hätte Wig nicht mehr viel länger überlebt. Was auch für den König selbst galt.

»Silvester genehmigen wir uns Milky Ways und Champagner«, sagte Isaac und rief einen Mietwagen herüber.

Ein Cadillac hielt vor Isaac. Eine weiße Limousine. Mietwagen schienen derzeit eine Renaissance zu erleben. Die Tür schwang auf. Ein nerviger Mann richtete eine Glock auf Isaac. Es war der kleine Reiter, Eddie Royal.

»Bist du mir gefolgt, Ed?«

»Allerdings. Komm schon. Einsteigen ... Der da nicht, nicht Wiggy.«

»Ohne meinen Bodyguard gehe ich nirgendwo hin.«

Der kleine Reiter lachte. »Ist ja köstlich. Ihr Bodyguard ist ein Fall fürs Krankenhaus. Ich zähle jetzt bis drei. Und dann schieße ich.«

Isaac sah Eddie Royal in die Augen.

»Eins«, sagte der kleine Reiter.

Isaac lächelte.

»Zwei.«

Isaac schob seinen Bauch gegen die Glock.

»Drei.«

Isaac klickte mit den Zähnen.

»Ah«, machte Eddie Royal, »seien Sie kein Spielverderber, okay?«

Isaac stieg mit Wig in die Limousine. Sie war wie ein verzaubertes Häuschen mit jeder Menge Notsitzen. Eddie

Royal saß in Bodennähe. Hinter ihm waren Papa Cassidy und seine Frau, Delia St. John. Bevor sie sich in Papas Schlafzimmer zur Ruhe setzte, hatte sie als Pornomodell gearbeitet. Die meisten Polit-Mogule Manhattans hatten mit Delia geschlafen, die nichts lieber tat als in Privatclubs zu tanzen. Sie hatte wunderbar lange Arme und Beine. In ihren Augen schien ständig der Schalk zu funkeln. Nicht einmal Papa kannte Delias wahres Alter. Auf Fotos sah sie aus wie eine Elfjährige mit Schamhaaren und Brüsten.

Delia hegte einen Groll gegen Isaac, der sämtliche ihrer Privatclubs geschlossen hatte, aber sie schmiegte sich an Wig und küsste ihn auf den Mund.

»Es reicht«, sagte Papa.

»Aber Wiggy hat mir doch das Leben gerettet«, sagte Delia. »Du solltest dankbar sein, Papa.«

»Bin ich ja«, sagte Papa. »Wir alle sind ihm dankbar.«

In seiner Zeit als Chef von Rebeccas Polizeitruppe und Partner von Mario Klein hatte Wig Delia zu mehreren Clubs begleitet. Er hatte Delia die Clowns und abgewiesenen Verehrer vom Hals gehalten. Gleichzeitig war er einer von Papas Mittelsmännern gewesen.

Isaac wandte sich an Papa und fragte: »Wie geht's Jason und Judah?«

»Jason und Judah konnten nicht kommen. Sie sind Aristokraten. Sie machen sich nicht gern die Hände schmutzig, Isaac, denn noch sind Sie nicht unser Bürgermeister. Sie haben noch fünf Tage in Freiheit. Sollten Sie einen bedauerlichen Unfall haben, wäre das nur eine sehr kleine Katastrophe.«

»Aaah, ich liebe es, wie Sie Leute bedrohen«, sagte Isaac. Papa war der Schatzmeister seines Wahlkampfes. Allein hätte Isaac nicht einen Dollar gesammelt. Er wusste gar nicht, wie man so was machte.

»Es ist keine Drohung. Ohne uns können Sie diese Stadt

nicht regieren. Sie werden sterben. Sie müssen uns *unseren* Emeric Gray geben.«

»Vergessen Sie's«, sagte Isaac. »Ich werde die Schachtel unter Denkmalschutz stellen.«

»Wir haben Millionen investiert. Coca-Cola steht Gewehr bei Fuß ...«

»Was ist mit Carcassonne?«, säuselte Isaac Papa Cassidy zu. »Wird Delia tanzen, während Nina mit einem Taschentuch über den Augen ihr Tischtennis spielt?«

»Der Mann ist verrückt«, sagte Papa.

»Papa, Sie hätten keine Geschäfte mit dem Schwarzen Michael machen sollen. Gottverdammt viel zu viele Leute sind auf dem Töpferacker gelandet.«

»Stopfen Sie ihm das Maul, Mr Royal, ja.«

»Mit Vergnügen«, sagte Eddie Royal und grinste breit. Er wackelte auf seinem Notsitz herum und fuchtelte mit der Glock vor Isaacs Augen. Doch Wig schlug Eddie die Glock aus der Hand, hob ihn von seinem Notsitz und ließ seinen Kopf gegen den Himmel des Cadillacs krachen. Eddie Royal fing an zu zucken. Er machte merkwürdig schnalzende Geräusche. Delia schrie. Papa Cassidy packte ihre Hand und stieg aus dem Cadillac. Er stand mit seiner Braut mitten auf der Convent Avenue. Er wusste nicht, was er jetzt tun sollte.

Eddie Royals Ohr war inzwischen hochrot. Seine Nase blutete.

»Hast du Archibald einen dicken fetten Scheck dafür ausgestellt, dass er Rita umlegt?«, fragte Wig Eddie Royal.

Isaac berührte Wigs Schulter. »Er ist es nicht wert, umgelegt zu werden. Er ist nur ein Laufbursche.«

»Rita ist nicht einfach so gestorben«, sagte Wig. »Jemand wird dafür bezahlen.«

»Völlig richtig.«

Wig stopfte Eddie Royal zwischen zwei Notsitze. Isaac

klopfte gegen die Glasscheibe zwischen sich und dem Fahrer, der wie versteinert dasaß.

»Rivington Street«, sagte Isaac. »Wir haben es eilig.«

Und sie fuhren downtown, während Eddie vor ihren Füßen kauerte.

24

Der oberste Richter des Staates New York, Jack Caution, vereidigte ihn auf den Stufen der City Hall. Isaac nahm seinen Borsalino ab. Er sah aus wie Al Capone. Er wiederholte seinen Amtseid, während ein leichter Schnee einsetzte. Es war keine großartige Krönung. Isaac war in Begleitung von Wig, Joe, Marilyn, Sweets, Kardinal Jim und Rebecca Karp sowie seiner Baseballmannschaft, den Delancey Giants, gekommen, Kids, die er aus der Vergessenheit gerettet hatte, Delinquenten, die seine Farben trugen und vergaßen, wie man stahl. Da standen sie in ihren Wintertrikots – orange und schwarz –, Isaacs eigenes Fähnlein.

Die Politricker waren ebenfalls da, Demokraten und Republikaner, aber Isaac ging ihnen aus dem Weg. Er hatte den Umhang, den er als Bürgermeister tragen musste, diesen unmöglichen Mantel der Macht, bereits jetzt gründlich satt. Er hatte keine Freunde, nur Bittsteller und Büßer, Leute, die gierig auf das waren, was immer Isaac zu geben hatte. Seine Unterschrift war besser als Gold. Mit einem Schwung seines Füllfederhalters konnte er ganze Branchen ins Leben rufen.

Journalisten stießen ihn an. Es wurde eine Pressekonferenz von ihm erwartet, man wollte von der neuen Verwaltung unter Sidel und von all den Wundern hören, die sie vollbringen würde. Isaac hatte einen Ghostwriter, Wilson Bright, den Banditen-Wärter aus dem Harlemer Asyl, wo er für die Knickerbocker hetzende Zettel geschrieben hatte. Er war der einzige Schreiberling, dem der König vertrauen konnte. Er versuchte nicht, sich unter Isaacs Beratern in eine gute Position zu drängen. Wilson war Amateur. Er hatte Descartes studiert und galt als gefährlicher Mann, weil er unberechenbar war und sich nie für einen Collegeabschluss interessiert hatte. Er war zwei Nächte aufgeblieben, hatte Isaacs Antrittsrede ausgearbeitet. Es war die reinste Poesie. Musikalische Druckwellen unterstützt von Statistiken über obdachlose Frauen und die Krise im sozialen Wohnungsbau. Aber Isaac wollte auf den Stufen der City Hall nicht vom Leder ziehen wie ein abtrünniger Rabbi. Er stopfte sich Wilsons Rede in die Jackentasche.

»Die Stadt ist unregierbar«, sagte er den Reportern. »Ich kann nur aufstehen und mir Pfeile in den Kopf schießen lassen.«

»Ist das Ihre Arbeitsplatzbeschreibung für den Bürgermeister von New York?«, fragte eine Frau von *Newsweek*.

»Ja.«

»Um wessen Pfeile handelt es sich denn?«

»Die von jedem«, antwortete Isaac, zwinkerte den Giants zu und stürmte die Stufen hinunter. Er war an seinen eigenen Vorausmännern vorbeigekommen. Er war an Wig vorbei. Er war gerade mal zehn Minuten Bürgermeister und hatte schon den Kontakt zu seinen Leuten verloren. Er hatte die äußere Grenze hinter sich gelassen, ein Bürgermeister verloren im Sturm von New York City. Das sollte nicht passieren. Er hatte Polizeibeamte und Helfer, die über jeden einzelnen seiner Schritte auf dem Laufenden bleiben sollten. Aber er war anders als jeder Bürgermeister vor ihm.

Er überquerte die Straße zum Metropolitan Correctional Center, einem Bundesgefängnis neben der Police Plaza. Das war der einfache Bogen von Isaacs Route. Er kam sich vor wie ein Knastvogel, verurteilt zu fünf Jahren Gracie Mansion und City Hall. Aber er konnte nicht einfach so hineinspazieren. Er musste auf den Gefängnisdirektor warten.

»Ich möchte gern ins Herz der Finsternis.«

»Ich verstehe nicht«, sagte der Direktor. Er war ein vorsichtiger kleiner Mann. An seinen Namen konnte Isaac sich nicht erinnern.

»Herz der Finsternis«, wiederholte Isaac.

»Sie haben hier nichts zu sagen. Das hier ist eine Bundeseinrichtung. Ich könnte sie an die frische Luft setzen und in die Gosse werfen lassen.«

»Aber das werden Sie nicht. Ich bin in den Flitterwochen, Direktor. Das Justizministerium wird nicht wollen, dass der Bürgermeister an seinem ersten Tag im Amt unglücklich ist. Möchten Sie vielleicht das Justizministerium anrufen? Oder sollte ich es für Sie tun?«

Isaac fuhr nach oben ins Herz der Finsternis. Es war ein abgesonderter, fensterloser Zellentrakt, in dem die gewalttätigen Fälle untergebracht waren, verrückte Bombenleger und Mörder, *traficantes*, die Menschen anzündeten, ihnen Arme und Beine abhackten. In den Mauern befanden sich winzige Schlitze, durch die sich das Licht zu trostlosen kleinen Regenbogen brach. Isaac schlenderte von Zelle zu Zelle. Häftlinge raunten ihm aus ihren Privatparzellen zu. Ihre Gesichter konnte er nicht sehen, nur ihre Augenwinkel ganz am Rand jedes Regenbogens. Sie gratulierten Isaac, wünschten ihm Glück und alles Gute.

»Ich werde euch Bücher und Magazine besorgen«, sagte er. *»Penthouse, Playboy, Moby Dick.«*

»Scheiß auf *Moby Dick*.«

Isaac befreite sich aus der gedrückten Stimmung, Bürgermeister zu sein. »Wer bist du?«, fragte er.

»Ein dummes Arschloch wie Sie selbst.«

Sein Herz pochte. Er kniff die Augen zusammen und schielte in die Zelle. Er konnte immer noch kein Gesicht erkennen.

»Wer bist du?«

»Herman Melville.«

»Keine kesse Lippe, ja? Ich könnte dich da rausschleifen. Ich besitze die Macht.«

»Haben Sie meinen Brief denn nicht bekommen?«

Jemand aus diesem Zellenblock hatte ihm ein paar Zeilen gekritzelt. Der Brief steckte in Isaacs Tasche.

Lieber Mr Bürgermeister,

Grüße aus dem Herz der Finsternis. Ich sitze im Bunker im MCC. Ich habe keinerlei Kontakt zur Außenwelt. Man erlaubt mir nicht zu lesen. Ohne Bücher sterbe ich. Den Freigang auf dem Hof vermisse ich nicht. Den Speisesaal vermisse ich nicht. Die Duschkabinen vermisse ich nicht. Ich vermisse die Unterhaltungen nicht, die ich nie hatte. Aber ich vermisse ein Buch.

Hochachtungsvoll,
Der Leser

PS: Ich fand's besser, als Sie noch Police Commissioner waren. Jetzt müssen Sie den Rest Ihres Lebens Babys küssen.

»Ich kenne dich«, sagte Isaac. »Ich kenne diese Stimme … Du bist einer von meinen.«

»Das klingt niedlich, Commissioner. Einer von Ihren? Vielleicht sind wir ja entfernte Cousins.«

»Wir sind uns erheblich näher«, sagte Isaac. Und er zog einen Namen aus seinem eigenen finsteren Loch. »Terry Winch. Du warst mal mein Fahrer.«

»Leck mich. Ich bin nicht Winch.«

»Du bist Winch. Das bist du. Ich habe dir Bücher geliehen.«

»Du hast ja nicht mehr alle Murmeln im Kasten, alter Mann. Versuch's mal mit Vitamin E. Ich fahre keine Autos. Ich bin ein hundertprozentiger Baseballmann.«

Isaac lief es kalt über den Rücken. Von seinen Giants war keiner im Herz der Finsternis gelandet. Er hatte sie mit einem Baseballschläger und einer kleinen Bibliothek wieder auf die rechte Bahn gebracht. »He, Herman Melville, gib mir einen Tipp.«

»Ein Tipp, du Arschgesicht. Wer hat den Homerun geschlagen, der im Maul des Löwen gelandet ist?«

»Maul des Löwen?«, brummte Isaac vor sich hin. »Hector. Hector Ramirez.«

Vor zehn, zwölf Jahren hatte Ramirez bei den Delancey Giants geworfen und das Außenfeld gespielt. Er hatte unwahrscheinliche Homeruns geschlagen, die in den Löwenkäfigen im Central Park Zoo gelandet waren. Er war Isaacs Babe Ruth, der jeden Schlagrekord in der Police Athletic League brach, bis er im Alter von vierzehn Jahren spurlos verschwand. Isaac hatte den Jungen gesucht und gesucht. Aber Hector Ramirez war ein weiterer Vermisster in einer Stadt geworden, die Menschen liebend gern verschluckte, tot oder lebendig.

»Hector, du könntest heute bei den Yankees spielen … mit Millionen in der Tasche.«

»Leck mich.«

Isaac musste sich das Gesicht reiben, um nicht loszuheulen. Er hatte um Hector Ramirez getrauert, während sich sein Bewusstsein von ihm löste.

»*Mein kleiner Mann«,* sagte Hector. »So haben Sie mich doch immer genannt, oder?«

»Ach, das war harmlos. Ich war stolz auf dich, das ist alles.«

»Hector Ramirez, der Superspic. Mein Papi war völlig durchgeknallt. Er hat meine kleine Schwester gepimpert. Ich musste zu Hause raus ... andernfalls hätte einer von uns den anderen umgebracht.«

»Du hättest zu mir kommen können«, sagte Isaac.

»Was? Ich soll dir zusehen, wie du meinen Papi einbuchtest? Ich wäre der Held meines Blocks gewesen ... Ich bin mit meiner Schwester abgehauen, und was ist passiert, häh?«

Isaac konnte das Funkeln in Hectors Augen in diesem widerwilligen Regenbogen aus Licht sehen. »Ich möchte lieber nicht –«

»Ich habe mit ihr geschlafen. Ich habe sie verdroschen. Ich wurde ihr Lude. Ich war ein guter kleiner Kapitalist, richtig, Onkel Isaac?«

»Ich bin nicht dein Onkel. War es nie.«

»Du warst mein Lehrer, mein Trainer, mein beschissenes Tomahawk.«

»Du musst unter einem anderen Namen hier sein, denn andernfalls hätte ich es erfahren.«

»Ich hab's dir doch gesagt. Ich bin Herman Melville. Ich habe einen Drogenbullen kaltgemacht, einen Spitzel der DEA. Ich habe ihm den Schädel mit einem Louisville Slugger eingedroschen, übrigens genau der Scheißschläger, den du mir zum zwölften Geburtstag geschenkt hast.«

»Hector, ich habe Freunde im Justizministerium. Ich kann ...«

»Nein. Mir hat man schon genug Gefallen getan. Diese Sache ziehe ich allein durch.«

»Hector«, sagte Isaac, »komm mal näher … ich möchte dein Gesicht sehen.«

»Wozu? Ich bin nie erwachsen geworden. Ich bin ein Delancey Giant.«

Isaac fuhr nach unten zum Gefängnisdirektor. Seine Augen zuckten wie verrückt. »Melville«, sagte er. »Herz der Finsternis. Er ist wegen Mord hier. Ich will, dass er Bücher auf seine Zelle bekommt. Nicht die normale Scheiße. Sie besorgen ihm was von Dickens und Dostojewski … und bringen Sie ihm eine Lampe.«

Isaac verließ den Direktor und spazierte hinaus in einen Schneesturm. Es hatte wie aus Kübeln geschneit, als Isaac oben bei Herman Melville war. Wie aus Kübeln. Ein Gesicht tauchte aus dem Schnee auf. Es gehörte zu Larry Quinn, dem Chef von Isaacs Sicherheitstruppe.

»Euer Ehren, wir haben versucht, Sie anzupiepen.«

»Hab meinen Pieper zu Hause gelassen.«

»Das ist dumm, Sir. Wir können nicht zulassen, dass Sie im Zwielicht verschwinden. Die Stadt ist mit Ihrem Herzschlag verbunden.«

»Herzschlag«, sagte Isaac. »Ich bin nur der Bürgermeister.«

Und er verschwand in einer Wand aus Schnee.

25

Die Politricker nannten ihn Humpty-Dumpty.

Sie lachten sich ins Fäustchen. »Alle Pferde des Königs, alle Männer des Königs«, sagten sie über Sidel. Humpty-Dumpty war von seiner eigenen Inauguration weggelaufen. Trank nicht einmal ein Glas Wein mit Richter Caution und Kardinal Jim. Sie rechneten mit Komplikationen. Die Politricker würden einschreiten müssen, die Stadt aus ihren Clubs heraus regieren. Doch das von ihnen vorhergesagte Chaos stellte sich nicht ein. Humpty musste hinter unsichtbaren Wänden gearbeitet haben. Urplötzlich gab es eine Sidel-Verwaltung. Der König hatte sich seine Auserwählten außerhalb der Partei gesucht. Er stellte einen neuen Besen, Nicholas Bright, als seinen ersten stellvertretenden Bürgermeister ein. Nicholas feuerte die Hälfte von Rebecca Karps Sekretärinnen und andere loyale Seelen.

Die Politricker hörten auf, über Humpty-Dumpty zu reden, und vereinbarten stattdessen eine Audienz bei *ihrem* König. Sie bedrängten ihn in seinem Büro, wo immer noch Fotos von Rebecca Karp mit Barbra Streisand und Billy the Kid, mit Mickey Mantle, Willie Mays, Arthur Ashe, Frank Sinatra und dem stark behaarten Isaac hingen, ihrem einstigen Commish.

Ihr Schreibtisch war nie abgeräumt worden. Isaac saß mit seinen dunklen Augen dahinter. Und die Politricker mussten zugeben, dass die schwarze Wolle, die er trug, angemessen war für einen König. Aber wessen Initialen prangten auf seinem weißen Hemd? *G. R.* – Geronimo Rex?

»Euer Ehren, gewisse Personen wurden bestraft, loyale Gefolgsleute, Wähler, die für Sie Wahlkampf gemacht haben.«

Isaac griff in eine Schublade und nahm einen Zettel heraus.

»Martha Hurricane, sechsundvierzig, Mitarbeiterin in der provisorischen Schreibzentrale des Bürgermeisters. Verminderte Sehkraft auf beiden Augen. Kann nicht unterscheiden zwischen Groß- und Kleinschreibung ... Ist sie mit einem von Ihnen verwandt, oder vielleicht sogar mit allen?«

»Sie ist meine Frau«, sagte einer der Politricker, ein gewisser Tyrone Hurricane, der sich dem Bronx-Manhattan-Mozambique Independent Democratic Club angeschlossen hatte. »Bruder Isaac, wer sonst würde sie nehmen? Die Aufnahmeprüfung für den öffentlichen Dienst besteht sie niemals. Demokraten sollten sich um Demokraten kümmern.«

»Da haben Sie völlig Recht«, sagte der Bürgermeister. »Ich würde Mrs Hurricane aber lieber in die Personalabteilung versetzen. Da wird sie weder ihre Augen noch ihre Tippfertigkeiten unter Beweis stellen müssen ... Alle anderen Streichungen bleiben jedoch bestehen. Haltet euch zurück, Brüder und Schwestern, oder ich halte euch zurück.«

Isaac ließ die Politricker sitzen, marschierte aus der City Hall und ging hinüber in Jack Cautions Dienstzimmer beim State Supreme Court. Isaac rauchte eine Zigarre mit dem Chief Judge. Jack Caution hatte graues Haar. Er hatte das Justizsystem des Bundesstaates reformiert, betrügerische und korrupte Richter schonungslos entfernt. Er war ein Jahr jünger als Isaac. Sein Vater und Großvater waren kleine Friedensrichter gewesen. Er war die nahe liegendste Wahl für das Amt des Gouverneurs, falls Billy the Kid ins Weiße Haus ging oder in Pension. Und Jack Caution würde einen populären Bürgermeister an seiner Seite gut gebrauchen können, einen Law-and-Order-Mann, den Pink Commish.

Das Amtszimmer des obersten Richters füllte sich mit Zigarrenrauch. Ein blauer Dunstschleier waberte zwischen Jack Caution und dem König.

»Euer Ehren«, sagte Isaac. »Ich möchte gern das Ali Baba schließen. Es ist ein übler Sündenpfuhl.«

»Wer ist der Vermieter?«

»Quentin Kahn. Er ist Pornoproduzent und Zuhälter. Holt Kinder ins Land und verkauft sie. Seine Handlanger ermorden rumänische Kuriere. Es ist ein Schlachthaus, Euer Ehren. Das Ali Baba ist die Basis und das Hauptquartier der Knickerbocker Boys.«

»Das sind doch bloß Gerüchte, Isaac. Sie haben keinerlei Beweise.«

»Ich könnte Ihnen fünf oder sechs Leichen vom Töpferacker bringen.«

»Alles Geronimo Jones, was? Aber Sie müssten sie mit dem Ali Baba in Verbindung bringen können. Und das können Sie nicht. Also lassen Sie die Finger davon.«

»Euer Ehren, ich brauche einen Räumungsbefehl.«

»Isaac, ich kann aus Gefälligkeit Ihnen gegenüber nicht die Gerichte unterlaufen.«

»Die Wähler werden uns unterstützen. Ich bin noch in den Flitterwochen.«

»Isaac, ich werde keinen Räumungsbefehl unterschreiben.«

»Dann mache ich es selbst. Ich werde Ihre Unterschrift fälschen«, sagte der König, zog ein Blatt Papier aus seiner Tasche und legte es auf Jack Cautions Schreibtisch.

»Sie sind ein Schurke, Sidel.«

»Der schlimmste.«

»Sie könnten im Gefängnis landen.«

»Euer Ehren, ich war schon im Gefängnis. Überhaupt keine große Sache.« Der König schraubte seinen Füllfederhalter auf. »Unterschreiben!«

Jack Caution nahm den Füller des Königs, starrte auf das Dokument auf seinem Schreibtisch, unterschrieb und sagte: »Mr Bürgermeister, fahren Sie zur Hölle!«

Der König hätte zu Barbarossa gehen können, der eine goldene Dienstmarke besaß, aber Marilyn the Wild würde ihm Vorwürfe machen, würde den Geist von Blue Eyes heraufbeschwören und Stein und Bein behaupten, Isaac stoße Barbarossa auf ein Schlachtfeld, lasse ihn in der Luft hängen, erschaffe sich einen zweiten Manfred Coen. In Gegenwart seiner Tochter musste er sich jeden Schritt dreimal überlegen. Isaac fürchtete ihren Zorn. Also war er zwangsläufig auf Wig angewiesen. Sie borgten sich bei den Gärtnern der Gracie Mansion zwei Vorschlaghämmer aus, verstauten diese im Kofferraum der Limousine des Bürgermeisters, dann setzte sich Isaac hinters Steuer und chauffierte sich und Wig hinunter zum Ali Baba.

Isaac wollte den Prostituierten und Freiern keine Angst machen. Er trug die Vorschlaghämmer in einer großen Einkaufstüte ins Ali Baba. Einem von Quentins Deppen, der in Abwesenheit des Chefs für den Laden verantwortlich war, zeigte Isaac die gerichtliche Anordnung. Der Depp konnte nicht lesen. Seine Lippen bewegten sich, aber er konnte nicht ein Wort entziffern. Er fing an zu heulen.

»Quent wird mich umbringen.«

»Er ist erledigt, mein Junge. Es gibt kein Ali Baba mehr.«

Isaac schickte die Kunden und die Freudenmädchen hinaus. Er und Wig deckten ein merkwürdiges Labyrinth auf. Das halbe Ali Baba war Freiern nie zugänglich gewesen. Sie fanden kleine Apartments, in denen die Prinzen aus Ceausescus Palast gewohnt haben mussten, bis sie sich der Schwarze Michael mit einem Stilett vom Hals schaffte. Sie fanden einen Raum bis zur Decke voll mit gelben Kondomen. Sie fanden Schränke voller Korrespondenz, darunter auch ein Bündel Briefe von Billy the Kids Großneffen, Oskar Leviathan, adressiert an Quentin Kahn.

Lieber Onkel Quentin,

ich bin ja so glücklich in Amerika.
Ich bete jeden Abend zum lieben Gott.
Mama Rose sagt, ich werde eines Tages mit Onkel Billy im Weißen Haus wohnen. Ich liebe Mama Rose. Ich lege ihr feuchte Handtücher auf den Kopf, wenn sie ihre Zustände kriegt. Ich singe ihr was vor, wenn sie im Schlaf weint.
Ich vermisse Tante Rita. Onkel Billy sagt, ich soll ihr nicht schreiben. Aber sie ist kein schlechter Mensch. Sie ist mit mir und Cousin Harwood ins Kino gegangen. Cousin Harwood ist ja so nett. Er klaut Münzen aus dem Süßigkeitenautomat.
Falls Mama Rose wieder ins Krankenhaus muss, darf ich dann bei Tante Rita wohnen? …

Isaac stopfte das Briefbündel in seine Jacke. Er und Wig gingen in Hinterzimmer, wo sich Quentins Nutten aufhielten, wenn sie nicht hinter den Séparées standen oder mit Freiern oben in den Sudbädern saßen. In diesen Hinterzimmern gab es verlassene Kinderbettchen und Laufställe. Die Nutten konnten sich Babysitter nicht leisten und mussten sich selbst um ihre Knirpse kümmern. Auf den Regalen stand Babynahrung, es gab Gummitiere und Bilderbücher, die sich zu Dschungelpanoramen aufklappen ließen. Ein schwacher Duft nach Pisse und Körperpuder hing in der Luft.

»Wiggy, ich hasse diesen Scheißladen.«

Sie nahmen die Vorschlaghämmer aus der Einkaufstasche und schlugen die Wände ein. Die Laufställe und Kinderbettchen standen in einem Ozean von Schutt.

Wie zwei wilde, die Hämmer über ihren Köpfen kreisen lassende Männer schlugen sie eine Schneise quer durch das Ali Baba. Sie zerstörten Ritas Séparée.

Ich zeig dir meins, wenn du mir deins zeigst.

Sie rissen Quentins Tür aus den Angeln. Sie machten Kleinholz aus seinem antiken Schreibtisch, ein Andenken an einen früheren Räuberbaron. Quentins Safe war bereits von jemand anderem geplündert worden. Die stählerne Tür war nicht verschlossen. Die Fächer waren leer bis auf vereinzelte Fotos von Margaret Tolstoi und Nina Anghel, beide mit roten Haaren, das aussah wie brennende Bäume, die an ihrem Kopf befestigt waren.

Sie sicherten die Eingangstür mit Kette und Vorhängeschloss, zogen dann eine zweite Kette um das Vorhängeschloss und sicherten auch diese ab. Es hätte eine religiöse Zeremonie sein können. Der König exorzierte einen Dibbuk, bereitete bösen Geistern in New York ein Ende.

Vor dem Ali Baba warteten Reporter. Sie schwärmten um Isaac und Wig, die aussahen wie Engel mit Vorschlaghämmern, die in ihrem eigenen Staub standen.

»Mr Bürgermeister, Mr Bürgermeister, werden sie alle Massagesalons und Pornofabriken schließen?«

»Ich? Ich bin kein Diktator. Ich stelle lediglich Quentin Kahn eine richterliche Verfügung zu.«

»Hat er nicht Ihren Wahlkampf unterstützt?«

»Das ist sein Problem«, sagte Isaac, »nicht meines.«

»Mr Bürgermeister, wollen Sie uns damit zu verstehen geben, dass die neue Verwaltung die Zügel gern in der Hand hält?«

»Ich weiß gar nicht, wie man jemandem etwas zu verstehen gibt«, sagte Isaac.

Wig machte dem König den Weg frei, der daraufhin zwar den Reportern, nicht aber dem PC entkommen konnte.

»Steigen Sie in meinen Wagen«, sagte Sweets, auf dessen Gesicht der Zorn loderte. Sie stiegen in den Fond von Sweets' Dodge, wo allerdings kaum genug Platz war. Sie wurden gegen den schwarzen Riesen gequetscht.

»Ich könnte euch zwei Arschlöcher verhaften.«

»Sweets«, sagte Isaac. »Wig und ich sind Homeboys, wir stammen aus der gleichen Stadt. Aber du kommst aus den Hollows. In deinem Blut fließt die Revolution. Solltest uns wirklich nicht Arschlöcher nennen.«

»Albert Wiggens«, sagte Sweets, »Sie sollten eigentlich etwas mehr Verstand besitzen. Sich mit einem Vorschlaghammer an Eigentum vergehen, das nicht Ihnen gehört.« Er kramte seine Dienstmarke des Commissioners mit ihren fünf goldenen Zacken heraus und legte sie auf den Schoß des Bürgermeisters. »Mr Bürgermeister, ich trete zurück. Ich werde mein Leben nicht damit verbringen, Ihnen nach jedem illegalen Zutritt hinterherzurennen.«

»Illegal?«, sagte Isaac. »Ich habe Jack Cautions Unterschrift.« Er faltete die Räumungsverfügung auseinander und gab sie Sweets, der seine Bifokalbrille aufsetzte, um das Dokument zu studieren, und dabei aussah wie ein gewaltiger, brütender Geist, der aus seiner Flasche gelassen worden war.

»Isaac, der oberste Richter ist noch bekloppter als Sie. Keine Vorwarnung und nicht eine Festnahme. Sie können Quentin Kahns Laden nicht einfach so zumachen. Seine Anwälte werden das Ali Baba in vierundzwanzig Stunden wieder geöffnet haben. Und höchstwahrscheinlich wird er die Stadt gigantisch verklagen ... Isaac, ich überlasse Ihnen Wig, und Sie ziehen ihn in irgendwelche saudummen Eskapaden mit hinein. Das FBI observiert das Ali Baba. Sie brauchen Albert Wiggens nicht.«

»Sweets«, sagte Isaac, »LeComte ist der Mann hinter Quentin Kahn.«

»Dann ist er die Kopfschmerzen des Justizministeriums ... Verdammt, Albert Wiggens, warum zum Teufel stehen Sie jetzt auf der Seite dieses Mannes? Früher haben Sie ihn doch gehasst.«

»Tue ich immer noch«, sagte Wig.

»Dann kassieren Sie Ihre Pension und verschwinden Sie.«

»Das wäre wie Selbstmord begehen, Sweets. Der Chef kann nicht richtig sehen. Er glaubt, die Welt wäre weiß.«

»Raus hier. Alle beide.«

Isaac gab Sweets die Dienstmarke zurück und folgte Wig aus dem Wagen.

26

Das Ali Baba blieb geschlossen. Die *Daily News* brachten einen großen Beitrag über Isaacs Krieg gegen Prostitutionsfabriken. Der Bürgermeister wurde mit Becky Karp fotografiert. Es war das erste Mal seit Monaten, dass man Rebecca zu sehen bekam. Sie trug eine getönte Brille und saß nicht in ihrem Schaukelstuhl. Die Politricker begriffen schnell, dass diese Leiche die graue Eminenz der Sidel-Verwaltung war – Rebecca Karp. Sie war von den Toten auferstanden. Sie saß hinter verschlossenen Türen mit Sidel zusammen und half ihm bei der Auswahl seines Kaders hoher Verwaltungsbeamter, darunter auch Nicholas Bright. Nicholas besaß keine Verbündeten in der Politik. Er wählte weder republikanisch noch demokratisch. Er ging überhaupt nicht wählen.

Nicholas nahm den Leviathan namens New York City in Angriff, beseitigte ganze Ressorts, besetzte Männer und Frauen um. Isaac jedoch begann zu träumen, wann immer er die Bücher der City prüfen musste. Er war nicht wie Nicholas. Er konnte den Leviathan nicht Klaue um Klaue bekämpfen. Der König hatte viel zu viele Details in seinem

Schädel. Er musste immer wieder an diesen kleinen Leviathan denken: *Oskar.* Mitten in einer Besprechung überflog er Oskars Briefe und erlaubte seinen Haushaltsexperten zu reden, bis ihre Wangen blau wurden. Das Steuerjahr sechsundachtzig würde mit einem Defizit enden, sofern Nicholas nicht weiter den Rotstift ansetzte und Kürzungen vornahm.

Allmählich nahm die Sidel-Verwaltung ihre ganz eigenen Konturen an. Im Hintergrund stand Becky Karp. Dann waren da Nicholas und sein Bruder Wilson, der Ghostwriter, der so etwas wie Isaacs Privatsekretär war. Dann gab es seinen Bodyguard, Albert Wiggens, und zwei weitere Berater, einen fetten Mann namens William und einen Jungen mit Triefnase. Sie kochten Kaffee, reparierten widerspenstige Maschinen, veranstalteten für obdachlose Männer und Frauen Rundgänge durchs Mansion.

Gracie entwickelte sich zu einem kleinen Versailles. Isaac ermutigte seinen Koch, Mittag- und Abendessen für die Obdachlosen zuzubereiten. Der König selbst aß diese Mittagsmenüs. Und seine »demokratischen Dinner« wurden schon bald zu einem alltäglichen Ritual. Der Kardinal stand mit den Obdachlosen in der Schlange an und nuckelte an einer Zigarette. Isaacs Tafel war ihm lieber als das Four Seasons. Er konnte ungestört seine Lasagne hinunterschlingen und zwei Gläser Wein schlürfen.

Billy the Kid kam aus Albany in die Stadt, um sich mit all diesen Bettlern fotografieren zu lassen. Mit Pappteller und Plastikbesteck setzte er sich neben Isaac.

»Hab schon auf Sie gewartet, Billy, habe drauf gewartet, Ihnen das hier zu geben.« Isaac sprang auf, drückte Billy einen Kuss genau zwischen die Augen und setzte sich wieder. »Ich küsse einen Mann immer, bevor ich ihn aufs Kreuz lege. Ich hole mir meine Feinde gern sehr nah ran.«

Billys Hand zitterte. Isaac musste ihm die Lasagne klein schneiden und den Gouverneur füttern wie einen kleinen Jungen.

»Sie haben Rita umbringen lassen, Billy, stimmt's? Sie haben den Befehl dazu gegeben. Sie sind in Panik geraten. Sie hatten ein beschissenes Präsidentenfieber.«

»Sie sind ein Berserker. Ich hätte Sie in eine Anstalt einweisen lassen können, Sidel.«

»Ich würde mich freuen, Billy. Ich nehme dann das Bett direkt neben Ihrer Nichte. Rose Leviathan-Smith.«

»Halten Sie den Mund!«

»Judah war der Schalter, das Sicherheitsventil. Er war ihr persönlicher kleiner Briefträger. Er redet mit Quentin Kahn und Rita ist tot. Wie hätte sie Ihnen schaden können? Oskar war verrückt nach ihr. Was hat er noch gleich geschrieben? *Ich vermisse Tante Rita.* Sie war mehr wie eine Mama, als Rose es jemals sein könnte. Sie verdammter Dreckskerl.«

»Nicht so laut, Sidel.«

»Ich bitte Sie. Niemand hört uns zu. Die Leute essen gern.«

»Während Sie hier wie ein Känguru herumhampeln und ein Femegericht veranstalten.«

»Ich mag Kängurus«, antwortete Isaac. »Meine Lieblingstiere. Haben Sie die schon mal kämpfen sehen? Die können mit Händen und Füßen zuschlagen.«

»Sidel, lassen Sie uns nach oben in Ihr Arbeitszimmer gehen.«

»Nein. Ich bestehe drauf. Meine schmutzigen Deals mache ich ausschließlich im Speiseraum.«

»Ich bin Ihr Meister, Sidel. Ich sitze im Rechnungsprüfungsausschuss. Ich kann Ihre Stadt in permanente Dunkelheit schleudern.«

»Versuchen Sie's«, sagte Isaac.

Billy the Kid hustete in seine Serviette, stand auf und ging hinaus auf die Veranda des Bürgermeisters. Isaac aß seine Lasagne auf, trank einen Kaffee, aß etwas Kuchen und ging dann erst hinaus zu Billy. Der Gov hatte alle Lampen ausgeschaltet. Isaac setzte sich mit ihm auf die Verandastufen und beobachtete einen winzigen Strudel auf dem Wasser von Hell Gate. Die Lippen des Gouverneurs bewegten sich.

»Verstehe Sie nicht, Billy. Der Wind ist zu stark.«

»Ich sagte *Erpressung*.«

»Das ist jetzt mal eine interessante Nuance der Schweinerei, Ihr ganz privater Strudel, aber ich erwürge Sie, Billy, bevor ich hineingerissen werde.«

»Oskar hat ihnen sein Taschengeld geborgt, und dann wurde es mehr als ein Darlehen. Rita hat sie mitgebracht, ihren Bruder, diesen Dummkopf, und den Jungen.«

»William und Harwood.«

»Genau. Rose kam ständig ins Krankenhaus und wurde wieder entlassen. Ich lieh mir Rita von Quentin aus, bat sie zu babysitten, wann immer Rose fort war. Daran war überhaupt nichts Verbotenes. Ich habe sie natürlich bezahlt.«

»Sie brauchten Rita nicht. Oskar Leviathan hätte auch bei Ihnen bleiben können.«

»Das war unmöglich.«

»Ja. Sie sind ein richtiger Nomade. Sie pendeln zwischen Ihrer Villa in Albany und Ihrer Stadtwohnung in New York. Sie haben eine ganze Armee an Chauffeuren und Dienstmädchen. Und eine Ehefrau, Billy. Was ist eigentlich mit Ihrer Frau? Sie konnten es sich nicht leisten, Oskar Leviathan publik zu machen, den verlorenen Jungen, der ein kleines bisschen illegal war. Also haben Sie Rita in Roses Haus eingeladen. Tolles Rendezvous. Haben Sie mit ihr geschlafen, Billy?«

»Ein- oder zweimal.«

»Hat Rita das Leben gekostet. Und kommen Sie mir jetzt nicht mit Ihren Erpresser-Geschichten. William und Harwood waren immer auf der Suche nach Cash. Die hätten Roses Wasserhähne geklaut, wenn sie gekonnt hätten. Sie haben Oskars Sparschwein geplündert, haben ihn ein bisschen unter Druck gesetzt, und Sie haben sie aus dem Haus geworfen. William, Harwood *und* Rita. Und dann haben Sie's mit der Angst gekriegt. Die unbekannte Größe der Demokraten. Sie haben von der Pennsylvania Avenue geträumt, vom Rose Garden, dem Schlafzimmer Lincolns, von einer weiteren Residenz in Ihrem Lebenslauf. Das Weiße Haus, das gottverdammte Weiße Haus.«

»Hätte schlimmer sein können«, sagte Billy the Kid. »Tun Sie doch nicht so, als wären Sie reinen Herzens. Sie haben sich doch zur Mafia ins Bett gelegt. Ihre Geliebte ist LeComtes Lieblingsklapperschlange. Und die Engel, die sie sammeln, haben bestenfalls eine mittelmäßige Lebenserwartung.«

»Manfred Coen.«

»Ich mache Sie fertig, Sidel, sollten Sie sich einmischen. Diese Unterhaltung hat nie stattgefunden. Ich hatte nichts, aber auch gar nichts mit Rita zu schaffen. Sie war eine Weile Oskars Gouvernante. Mehr kriegen Sie nicht aus mir heraus.«

Billy the Kid stapfte zurück ins Haus, schnappte sich seinen Mantel, schüttelte dem einen oder anderen Obdachlosen die Hand und verließ dann das Haus des Bürgermeisters.

Isaac schlug in der Kälte die Beine übereinander und begann zu meditieren. Aber es gelang ihm nicht, das weiße Glühen des Alphazustandes zu erreichen. Coen konnte den Alphazustand in einem Tischtennisball finden. Isaac nicht. Aber er konnte das Zuschlagen der Verandatür hören, spüren, wie sich ein Schatten als eine Art negativer Alphazustand neben ihm niederließ, ein sanftes, dunkles Glühen. Es war Becky Karp in ihrem Schaukelstuhl.

»Isaac, du wirst dem Gov geben müssen, was er haben will.«

»Er hat eine Freundin von mir umbringen lassen. Rita Mae Robinson.«

»Das spielt keine Rolle. Du bist kein Bulle mehr. Du schuldest ihm Treue.«

»Er ist eine psychotische Drecksau.«

»Stimmt. Aber diese psychotische Drecksau ist der nominelle Chef deiner Partei. Da kommst du nicht dran vorbei, Isaac.«

»Dann werde ich eben ihn und die Partei verlassen.«

»Mein armes Dummerchen«, sagte Rebecca und schaukelte über Isaac, der immer noch auf den Stufen saß. »Du wirst dein Leben in eine anstrengende Schnitzeljagd verwandeln. Du kannst dich in deiner Residenz verstecken, Isaac, aber die Hunde werden dich trotzdem kriegen. Es wird ein sehr langsames Sterben. Sie werden dich in die Enge treiben, ihre Hinterläufe heben, um zu pinkeln, den Mond anheulen und dir in die Beine beißen. Es könnte Monate dauern. Du wirst nicht mal merken, dass du blutest, bis es zu spät ist.«

Isaac suchte in der Dunkelheit der Veranda nach Rebeccas Augen. Er entdeckte zwei warme, weiße Stellen. »Becky, wirst du auf der Seite der Hunde stehen oder auf der des Hasen?«

»Auf der des Hasen, Isaac. Aber ich kann dir nicht helfen. Die Hunde werden mich bei lebendigem Leib zerreißen.«

27

Die Hunde trafen noch vor Ende der Mahlzeit ein und sahen aus wie Immobilienbarone. Judah, Jason, Papa Cassidy und Quentin Kahn.

»Meine Herren«, begrüßte Isaac die ersten drei Barone. »In Gegenwart von diesem Stück Scheiße werde ich nicht mit Ihnen reden.«

»Quentin gehört jetzt zu uns«, sagte Papa.

»Er hat sich aus der Pornobranche zurückgezogen«, sagte Jason Figgs.

»Aber er wird traurig sein ohne seine gelben Kondome.«

»Isaac«, sagte Judah Bellow. »Sie haben das Ali Baba geschlossen. Er hat sich nicht dagegen gewehrt, was er aber durchaus hätte tun können. Aber wir müssen darauf bestehen. Sie haben etwas mitgenommen, das ihm gehört. Einen Schwung persönlicher Briefe. Die sind sein Privateigentum. Briefe von einem gewissen Oskar Leviathan.«

»Das ist ja niedlich, Judah. Ein gewisser Oskar Leviathan, der zufälligerweise der Großneffe von Billy the Kid ist.«

»Sie haben keinerlei Beweise«, sagte Jason Figgs.

»Ja, Jason. Jungs können genauso verschwinden wie Geronimo Jones ... Ihr könnt mich alle mal am Arsch lecken«, sagte Isaac. »Das ist mein Ernst. Ihr könnt von mir aus die Hunde spielen, aber fangen werdet ihr nur Scheiße.«

»Er halluziniert«, sagte Quentin Kahn. »Sidel spricht gern im Schlaf.«

»Ich gehe in den Alphazustand. Das ist die einzige Waffe, die ich gegen euch Typen habe.«

»Die Briefe, bitte«, sagte Judah. »Wir können uns auch

eine richterliche Anordnung besorgen. Sie sind im Besitz von gestohlenem fremdem Eigentum, Mr Bürgermeister.«

»Ach, Judah«, sagte Isaac. »Sie waren bei den Göttern. Haben unter Emeric Gray gearbeitet. Und jetzt sind Sie der Postbote und Laufbursche von Billy the Kid ... Sie sind unbefugt hier, meine Herren. Sie werden jetzt gehen müssen.«

»Das ist ja grotesk«, sagte Papa Cassidy. »Wir sind alle Steuerzahler. Dieses Haus gehört uns.«

»Da irren Sie. Es steht der Öffentlichkeit nur auf ausdrückliche Einladung offen. Ich könnte Ihnen eine Führung anbieten, Papa, aber es könnte durchaus sein, dass Sie deren Ende nicht erleben.«

Die Barone setzten ihre Winterhüte auf. »Wir sehen uns vor Gericht, Sidel«, sagte Jason Figgs.

»Das glaube ich kaum. Oskar würde in den Zeugenstand treten müssen und von Bukarest und all den verschiedenen Müttern und Vätern und Onkeln erzählen, die er in seinem kurzen Leben schon hatte. Gute Nacht, meine Herren.«

Der König ging nach oben in sein Schlafzimmer. An seiner Tür befand sich ein Kombinationsschloss, das mit keinem Schlüssel dieser Welt geöffnet werden konnte. Es sollte möglichen Attentätern einen Strich durch die Rechnung machen, die sich ins Haus geschlichen hatten. Die Tür selbst widerstand Explosionen und Erdbeben. Doch nichts von dieser Panzerung beruhigte den König. Sein Schlafzimmer strahlte die Behaglichkeit eines Panzers aus.

In den Zehn-Uhr-Nachrichten sah er kurz sich selbst. Seine Haare waren in einer Woche grau geworden. Er raste in höherem Tempo durch die Zeit als andere Menschen. Die Krönung vernichtete den König.

Er zog seinen Schlafanzug an und begann *Der große Gatsby* zu lesen. Es gelang ihm nicht ganz, sich von der Schande zu erholen, das College abgebrochen zu haben.

Er kannte den Gatsby auswendig, hatte das Buch studiert wie ein Talmudist. Trotzdem fühlte er sich benachteiligt, sehnte sich nach einem Collegelehrer, der ihm die Interpretation des Buches nahe brachte, Scott Fitzgeralds Zeilen erläuterte. Gatsby schien Isaac näher zu sein als seine eigene Haut, der Bursche, der aus dem Nichts kam, ein Schwarzhändler mit ein paar Monaten Oxford auf dem Buckel.

Wig klopfte um zwei Uhr morgens an die Tür des Königs. »Sie haben Besuch.«

Isaac zog sich einen Morgenmantel über und kam nach unten. Judah Bellow saß allein im Wohnzimmer. Isaac gab ihm ein Glas Schnaps. Judah hatte eiskalte Hände. Isaac hockte sich vor den Kamin und errichtete eine Pyramide aus Papier und Holzscheiten, damit Judah seine Hände am Feuer wärmen konnte.

»Die anderen sind mir gleichgültig«, sagte Isaac. »Die gehören zu Billy. Aber Sie hätten seinen Befehlen nicht gehorchen sollen, Sie hätten Rita nicht zum Tode verurteilen dürfen.«

»Es ging nicht anders. Billy war außer sich.«

»Sie hätten Ihre Botschaft überbringen und ihr dann sagen können, dass sie abhauen sollte.«

»Niemals«, antwortete Judah.

»Ihre eigene Tochter hat sich umgebracht. Quentin findet eine Brieffreundin für Sie, Natalia, und Rita ist der Briefkasten. Aber Natalia stirbt an Lungenentzündung, und damit geriet in Ihrem Kopf alles ein wenig durcheinander. Sie haben Rita die Schuld gegeben, richtig?«

»Falsch. Ich habe Billy angefleht. Ich habe ihm meinen Standpunkt erklärt. Ich habe sie schrecklich gern gehabt, Isaac. Nichts Sexuelles. Für mich hat sie sich in ihrem Séparée nie ausgezogen. Aber der Gov war unerbittlich.

Sagte, er wäre niemals in Sicherheit, solange Rita lebte. Ihr Bruder erpresse ihn.«

»Und Sie haben Billy the Kid geglaubt? ... Ich habe den Schwarzen Michael in Carcassonne getroffen. Er hat mir von der Troika erzählt.«

Judah hörte auf, sich vor dem Feuer die Hände zu reiben, und schleckte seinen Schnaps wie eine Katze. »Welche Troika?«

»Sie, Michael und Quentin Kahn.«

»Michael ist ein Mörder mit einer ausgeprägt lebhaften Phantasie. Es gab nie eine solche Troika.«

»Aber aus welchem Grund sollte er sich in eine Partnerschaft mit Ihnen phantasieren? Um mich zu foppen, Judah? Um mich von der Fährte abzubringen?«

»Um Sie zu betören. Er gefällt sich als Hexenmeister. Isaac, er ist auch mein Trainer. Hat er Sie am Tischtennistisch schon mal hypnotisiert? Hat er Ihren ganzen Körper schon mal steif werden lassen, Sie für eine halbe Stunde in Stein verwandelt?«

»Nein. Er war sehr knauserig mit seinen Kräften. Aber es gab eine Troika. Quentin war der Schlägertyp mit Collegebildung. Und Michael war ein Außenseiter. Ohne Sie wären die zwei niemals auch nur in die Nähe von Billy the Kid gekommen. Sie haben all die Ehen eingefädelt. Sie haben Quentin in den Christy Mathewson Club eingeschleust, ihn Schyler Knott vorgestellt. Sie sind Knickerbocker Numero eins.«

»Unsinn«, sagte Judah Bellow. »Ich verstehe überhaupt nichts von Baseball. Hab diesen Sport noch nie verstanden.«

»Waren es Geldprobleme, Judah? Das Ali Baba war der perfekte Dukatenscheißer. Keine Quittungen. Keine Unterlagen. Nichts. Und ihr habt Quent in eurem kleinen Club der Barone willkommen geheißen. Ihr habt sein sündiges Geld angenommen. Und ihr habt mit dem Schwarzen Michael gemeinsame Sache gemacht, ihr habt von Ceausescus Juwelen profitiert ... Ich habe das Ali Baba nicht zugemacht. Ich habe lediglich den letzten Kuss geliefert. Ich bin ein Angestellter im öffentlichen Dienst. Ich habe nicht die Mentalität eines Pharaos. Ich habe im Dunkeln getastet. Ihr habt euch gedacht, dass ich zu Jack Caution gehen würde. Ihr habt damit gerechnet. Eddie Royal hat das Baba geplündert, hat es sauber bis auf die Knochen abgenagt. Aber Oskar Leviathans Briefe, die hat er vergessen. Er wusste ja nicht mal, dass Oskar schreiben konnte.«

»Isaac, früher oder später werden Sie die Briefe zurückgeben müssen.«

»Nö, Judah. Ich weiß sie zu schätzen. Ich lese Oskars Briefe ständig.«

»Die sind gefährlich für Sie.«

»Was ist das nicht? Ich stecke meine Nase in alles. So bin ich nun mal ... ach, ihr werdet demnächst eine Mitteilung aus dem Büro des Bürgermeisters erhalten. Ich habe sie selbst getippt. Ich schmeiße Sie und Jason und Papa aus dem Denkmalschutzausschuss.«

»Wir sind Ihre wichtigsten Investoren und Bauherren, Isaac. Ihre Denkmalschutzbehörde können Sie anschließend vergessen.«

Judah leerte seinen Schnaps und ging hinaus in die Nacht. Es war Viertel vor drei. Isaac verfluchte sich. Die Banalität seines Jobs, seine erdrückende Last, ließ ihn in Vergesslichkeit versinken. Die Sidel-Verwaltung war noch unvollständig. Der König hatte seinen wichtigsten Dezernenten vergessen.

Er konnte seinen Leibwächter nirgends finden. Er zog sich an, passierte den Torwächter und fuhr hinunter zu den Christys. Während des vergangenen Monats hatte sich nichts verändert. Der Club war immer noch mit Brettern vernagelt. Isaac nahm seine Taschenlampe und betrat das Gebäude durch die Kellertür.

Schyler saß auf demselben Thron. Sein Bart war etwas länger geworden. Um seine Füße lagen Schachteln mit chinesischem Essen. Ach, er wäre womöglich erheblich gesünder gewesen, wenn er sich von Milky Ways ernährt hätte.

Isaac richtete den Lichtstrahl auf Schylers Gesicht. Schyler blinzelte.

»Jesus«, sagte Isaac, »warum zum Teufel sitzt du hier rum? Du bist kein Flüchtling. Kein Mensch sucht die Knickerbocker Boys. Es interessiert keine Socke.«

»Mich schon. Ich werde den Christys nicht wieder aufmachen. Da draußen gibt es nichts für mich.«

»Also sitzt du hier wie Rip van Winkle. Du gibst den Scheißkampf einfach auf. Du bist ein New Yorker in der zwölften Generation.«

»In der dreizehnten«, korrigierte Schyler.

»Du bist mit Peter Stuyvesant verwandt, um Himmels willen.«

»Peter Minuit.«

»Dem größten Landdieb aller Zeiten. Er hat den Indianern noch ihr letztes Hemd abgenommen.«

»Er war auch nur ein Spekulant. Genau wie deine Freunde Jason Figgs und Judah Bellow.«

»Das sind nicht meine Freunde und ich habe sie aus dem Denkmalschutz geschmissen, zusammen mit Papa Cassidy ... Schyler, du warst jetzt lange genug ein Geist. Ich brauche dich unter den Lebenden. Ohne dich werde ich keine Denkmalschutzbehörde haben. Die Pharaonen klauen mir die Hose vom Hintern.«

»Isaac, ich werde jedes Fenster und jede Mauer unter Denkmalschutz stellen. Die Pharaonen werden anschließend in der Hölle bauen müssen.«

»Von mir aus.«

Isaac kehrte in seine Residenz zurück. Es war inzwischen fast fünf Uhr morgens. Er konnte nicht schlafen. Er holte sich ein gefrorenes Milky Way aus dem Kühlschrank. Zehn Minuten nach ihm tauchte sein Leibwächter auf. Beide mampften sie Milky Ways.

»Bruder Isaac, werden Sie mich fragen, wo ich gewesen bin?«

»Mir fehlt der Mut.«

»Stimmt nicht.«

»Dann würde ich sagen, du hast mit mindestens einem der Knickerbocker Boys abgerechnet. Quentin Kahn.«

»Er hat's mit einer Schlampe in seiner Suite im Pierre getrieben. Ich habe mich am Sicherheitsdienst vorbeigeschlichen. Ich habe Quents Schloss geknackt, bin vor dem Boudoir stehen geblieben. Ich habe ihm sein Liebesgestöhne gelassen. Leise vor sich hin pfeifend kam er aus dem Schlafzimmer. Ich hab mir den guten alten Quent gepackt und ihn in die Toilette geschoben. ›Rita‹, habe ich gesagt. Ein Wort. Er hat sich selbst ans Bein gepisst. Ich habe ihn kaltgemacht. Hab ihm fast den Hals abgedreht. Er ist mit offenen Augen von uns gegangen. Sie sollten die Polizei verständigen, oder soll ich das tun?«

»Ach, warten wir damit noch ein bisschen«, sagte Isaac und fühlte sich urplötzlich schläfrig. Er ging nach oben zu seinem Schlafzimmer, aber ihm wollte die Kombination einfach nicht einfallen. Am Ende musste Albert Wiggens am Schloss des Königs herumfummeln.

28

Chef von Schweinkram-Imperium tot im Pierre gefunden.

Quentins Bild war auf der ersten Seite der *Times*. »Verdacht auf unnatürlichen Tod.« Er war neununddreißig Jahre. Er hatte die Colleges Swarthmore, Williams und Wesleyan besucht. Er war an die hundert Millionen Dollar schwer. Sein richtiger Name war nicht Quentin Kahn. Geboren wurde er als Louis Lister in der Nähe des Bronx Zoo. Sein Dad verkaufte Schnürsenkel und starb in einem Irrenhaus. Seine Mutter hatte ihn verlassen, als er fünf war. Mit elf war er Unternehmer, kontrollierte ein kleines Monopol von Zeitungszustellern. Die Highschool hat er nicht beendet. Dann änderte er seinen Namen, erfand sich neue Eltern und einen Highschool-Abschluss und ging aufs Swarthmore, wobei er für die Studiengebühren selbst aufkam. Doch das College bemerkte schon bald Lücken in der Bildung *ihres* Louis Lister/Quentin Kahn. Also mogelte sich Quentin zunächst aufs Williams, danach aufs Wesleyan und kehrte dann nach Manhattan zurück, wo er mit neunzehn einen Massagesalon eröffnete.

Der Jay Gatsby der Bronx. Isaac war Louis Lister lieber als Quentin Kahn. Er würde zum Bronx Park pilgern und das Haus suchen, in dem Louis auf die Welt gekommen war. Könnte es vielleicht ein Emeric Gray gewesen sein? Wahrscheinlich nicht. Emeric war nie so tief in die Bronx vorgedrungen.

Niemand vom NYPD kam vorbei, um Wig zu verhaften. Der D.A. fragte nicht einmal an, um Isaac zu vernehmen. Papa Cassidy rief an, wirkte ziemlich zerknirscht und klein. »Ich werde mich nicht beschweren, aus dem Denkmalschutzausschuss geworfen zu werden, Mr Bürgermeister.

Ich stehe Ihnen ganz nach Belieben zur Verfügung. Und ich bin stolz darauf.«

Alles nur leeres Gequatsche. Papa machte einen Rückzieher. Und Isaac begann sich zu fragen, ob die ganze verfluchte Welt blind war. Wollte denn kein Mensch Wig verhaften? Isaac beobachtete interessiert die zu ihm abgestellte Polizeieinheit. Larry Quinn, der mit Wig im Dauerclinch lag, schnurrte jetzt förmlich in seiner Gegenwart. Die Dienstmädchen brachten Wig das Frühstück auf einem Silbertablett nach oben. Die Fremdenführer salutierten ihm. Die Politricker, die Isaac besuchen kamen, konnten den Blick nicht von Albert Wiggens nehmen.

Isaac schlug sich vor die Stirn. »Ich bin ein Narr«, brummte er. Die Stadt wusste, dass Wig es Quentin Kahn besorgt hatte. Die Leute hatten Angst vor der Purple Gang. Wig konnte ins Pierre marschieren und jeden x-beliebigen Pharao umbringen. Die Purple Gang residierte jetzt in der Gracie Mansion.

Isaac fuhr mit Wig hinunter zur City Hall. Die Reporter, Fotografen, Sekretärinnen und das Wachpersonal tuschelten aufgeregt hinter Isaacs Rücken. »Die Purples kommen, die Purples kommen.«

Isaac sagte sämtliche Termine ab. Doch auf dem Korridor wartete ein unerwarteter Gast. Rose Leviathan-Smith. Er ließ sie von Wig in sein Büro bringen. Sie war älter geworden, genau wie der König. Ihr eisenfarbenes Haar wurde spröde. Der Tic auf ihrer Wange war ausgeprägter.

»Nehmen Sie bitte Platz, Mrs Smith. Kann ich Ihnen etwas anbieten? Kaffee? Einen Tee? Orangensaft vielleicht? Oder ein Milky Way?«

»Nein, ich bleibe lieber stehen, vielen Dank«, sagte sie. Ihr Blick war nicht mehr konzentriert auf etwas gerichtet. Zwar sah sie den Bürgermeister kurz an, doch ihre

Gedanken hätten auch auf einem anderen Planeten sein können. »Sie haben mein Leben ruiniert, Sir.«

Isaac war nicht sicher, was er getan hatte, dennoch empfand er das Bedürfnis, sich zu entschuldigen. Dieser Todesfall im Pierre konnte nicht von Rose abgeprallt sein.

»Es tut mir Leid, Mrs Smith.«

»Sie haben Oskar kompromittiert, soweit ich weiß, seine Briefe gestohlen.«

»Im Rahmen eines Ermittlungsverfahrens. Ich würde dem Jungen niemals schaden.«

»Aber das haben Sie schon. Sie kennen die Bedingungen seiner Adoption. Wir haben die Unregelmäßigkeiten nicht vor Ihnen verborgen. Oskar gehört nicht wirklich mir. Der Gouverneur musste sich schützen. Er hat mir Oskar weggenommen.«

»Oh, ich werde die Briefe zurückgeben, Rose.«

»Es ist zu spät.«

Sie hielt eine Pistole in der Hand. Es könnte ein Spielzeug gewesen sein oder auch eine dieser Derringer, die Berufsspieler in Wildwestfilmen immer benutzten. Isaac zuckte mit keiner Wimper. Aber Wig sprang vor den König, schleuderte ihn zu Boden und bot Rose Leviathan-Smith seinen eigenen Körper als Ziel an.

»Ach, Wiggy. Sie ist verzweifelt. Die Frau wird nicht schießen.«

Dann ein leiser Schlag wie der Ruf eines Kolibris. Isaac meinte, das Geräusch wäre von Rose selbst gekommen, bis sein Ohr zu brennen begann. Rose ließ ihre Waffe auf den Teppich des Bürgermeisters fallen.

Isaac und Wig rappelten sich wieder auf.

»Rose, ich verspreche Ihnen, ich werde Ihren Jungen zurückholen.«

Er hob Roses Kanone mit einem Taschentuch auf und schloss sie in seinem Schreibtisch ein. Er ließ sie von Wig in einem Streifenwagen nach Hause nach Yonkers bringen. Er rief Billy the Kid an, kam aber nicht durch. Der Gov war für den Bürgermeister von New York nicht zu erreichen.

Isaac schaute auf. Vor seiner Tür stand ein Aasgeier. LeComte.

»Ihr Ohr blutet.«

»Hab mich gekratzt.«

Doch LeComte borgte sich einen Erste-Hilfe-Kasten bei einer von Isaacs Sekretärinnen und versorgte das verletzte Ohr.

»Das müsste fürs Erste gehen«, sagte LeComte. »Aber Sie müssen einen Arzt aufsuchen. Wir wollen doch nicht, dass Sie an Blutvergiftung sterben.«

»Es ist ein Meisterstück«, sagte Isaac mit einem Blick auf sein Ohr im Spiegel. »Frederic, Sie haben Sweets gesagt, er solle Wig nicht verhaften.«

»Sagen wir, ich habe ihm davon abgeraten. Er hat nicht gerade viel in der Hand. Sie werden beschwören, dass Wig die ganze Nacht in der Mansion war.«

»Das kann ich nicht. Ich war nicht da, habe Schyler Knott besucht.«

»Aber das weiß Sweets nicht. Und ich bin von mir aus nicht damit herausgerückt.«

»Frederic, sollten wir nicht lieber nach draußen gehen und uns in den Park setzen? Mein Büro ist mit Sicherheit verwanzt. Von wie vielen Geheimdiensten werde ich abgehört?«

»Von fünf oder sechs, das Justizministerium inbegriffen. Aber meine Ausputzer haben die anderen Wanzen neutralisiert. Ich passe auf Sie auf, Isaac. Ich betrachte Sie als mein eigenes Kind.«

»Ich bin zwanzig Jahre älter als Sie.«

»Trotzdem sind Sie mein Kind.«

»Ja, so ist das nun mal bei den Geheimdiensten.«

»Das Justizministerium hat keinen Geheimdienst. Das gehört nicht zu unserem Auftrag. Wir haben Undercoveragenten. Aber das ist wieder eine andere Geschichte.«

»Jede Wette. Erzählen Sie mir was über den Schwarzen Michael. Und diesmal bitte keine Legenden. Sie hätten die Sache mit den Knickerbocker Boys in einer Woche aufklären können. Ihre Zauberer sind die besten der Welt.«

»Sie scheinen reifer zu werden. Das war das erste Kompliment, das wir Ihnen je entlocken konnten.«

»Lassen Sie mich ausreden. Sie hätten die Fingernägel sauber machen und ganze Geschichten für jeden einzelnen Geronimo Jones finden können.«

»Aber wir kannten ihre Geschichten schon vorher.«

»Ja«, sagte Isaac. »Landeier aus Rumänien. Bauernjungen, die von der Securitate ausgebildet und in Ceausescus Palast stationiert wurden. Und träumen konnten sie von nichts anderem als Amerika.«

»Mr Bürgermeister, dieser Traum ist verflucht schwer zu toppen.«

»Und warum haben Sie das Blutbad dann nicht verhindert? Was war so wichtig daran, dass sie ermordet wurden?«

»Sie waren Opferlämmer. Wir konnten uns nicht einmischen. Andernfalls hätten wir Michael verloren.«

»Dann hatten Sie also einen Informanten innerhalb der Securitate. Super. Ihren eigenen Hauptmann oder Oberst. Frederic, aufwachen. Wir haben politisches Tauwetter. Die hohen Tiere vom KGB können ohne ihre Cadillacs nicht überleben. Sie ziehen bei General Motors und IBM ein.«

»Sie sind hier derjenige, der archaisch denkt. Vergessen Sie Spione. Michael ist ein Söldner. Er erledigt den einen oder anderen Job für uns. Er ist ein Kamikaze, der immer überlebt. Arbeitet für den Geheimdienst der Luftwaffe, die DEA, wer immer ihn braucht. Wenn es einen türkischen

Waffenschmugglerring gibt, den wir auffliegen lassen wollen, dann schicken wir den Schwarzen Michael. Oder einem besonders widerwärtigen *traficante* in Panama. Michael schaltet ihn aus. Fragt nicht mal nach Dollars.«

»Warum sollte er auch? Sie lassen ihn Beute machen, wo und wie viel er will. Ich würde ihn Pirat nennen. Und sein Glücksbringer heißt Margaret Tolstoi.«

»Aber womöglich bringt Margaret ihm doch nicht so viel Glück, Mr Bürgermeister.«

»Die zwei ziehen eine Bruder- und Schwester-Nummer ab. Spielkameraden aus dem Bukarester Waisenhaus.«

»Margaret ist der einzige Mensch, dem er vertrauen kann.«

»Sie ist sein Bodyguard«, sagte Isaac.

Der Kronprinz und Kulturkommissar des Justizministeriums fing an zu lachen. Er sah aus wie eine raffinierte, in Blau gehüllte Marionette. »Michael braucht keinen Bodyguard. Sie ist sein Babysitter ... und sein Henker.«

»Ich verstehe nicht.«

»Michael ist ein launischer Bastard. Ein wahrer Virtuose unter den Mördern. Er könnte durchdrehen. Und falls er uns in Verlegenheit bringen sollte, nun, Margaret hat Anweisungen, ihn zu liquidieren.«

»Anweisungen zu liquidieren«, wiederholte Isaac. »Glückwunsch, Frederic. Sie lassen auch keinen beschissenen Trick aus. Und was ist, wenn Margaret diejenige ist, die zu einer Verlegenheit wird? Gilt die Sache in beiden Richtungen? Muss Michael dann sie liquidieren?«

»Das steht derzeit nicht zur Debatte.«

»Was dann? Ihre Jungs haben eine Basis im Ali Baba, und als ich mit einem Vorschlaghammer durch das Gebäude streife, ist diese Basis bereits wieder weg.«

»Oh, wir wussten, dass Sie kommen, Isaac. Wir haben den Laden einfach zugemacht, das ist alles.«

»Aber warum waren Sie überhaupt da? Um den Schwarzen Michael zu schützen? Um ihm zu helfen, die Rumänen zu beseitigen, was?«

»Wir mussten ihn kontrollieren. Er war kaum beherrschbar. Quentin Kahn hat uns nie sonderlich interessiert. Er war ein krummer Hund. Wir waren froh, als Sie den Kerl beseitigt haben.«

»Ich habe ihn nicht beseitigt«, sagte Isaac.

»Ach, wirklich? Wie mich das an die Purple Gang erinnert.«

»Frederic, verwechseln Sie mich nicht mit Ihren beschissenen Mythen.«

»Was sind wir heute Morgen schüchtern. Wenn Sie das Verdienst lieber nicht in Anspruch nehmen wollen, bitte, ist auch in Ordnung. Aber Albert Wiggens ist ebenfalls ein Virtuose, so blind er auch sein mag.«

»Er ist mein Leibwächter«, sagte der König.

»Ich verstehe. Ihr Leibwächter.«

»Ich dachte, Sie ermitteln gegen Quentin Kahns Kinderhandel.«

»Das haben wir auch, Isaac. Wir haben den Nachschub gestoppt, nicht wahr?«

»Was ist aus Oskar Leviathan geworden?«

»Oskar? Er ist vorläufig von der Bildfläche verschwunden. Ist irgendwo unterwegs. Keine Sorge. Wir werden ihn schon noch finden. Aber Sie hätten Billy the Kid nicht provozieren dürfen ... Isaac, ich muss Ihnen Oskars Briefe abnehmen. Wir können nicht zulassen, dass sie irgendwo in Umlauf sind. Eines Tages könnten sie dann auftauchen und Billy schaden.«

»Ehrenwort«, sagte Isaac. »Ich würde doch niemals den Gov verunglimpfen. Bringen Sie Oskar Leviathan zu Rose Smith zurück, dann können Sie die Briefe haben. Aber Sie müssen mir einen Gefallen tun.«

»Wir erfüllen doch stets gern den Wunschzettel eines Bürgermeisters.«

»Ich möchte, dass Sie Herman Melville laufen lassen.«

Der Kulturkommissar starrte Isaac an. »Würden Sie das bitte noch mal wiederholen?«

»Hector Ramirez. Nennt sich Herman Melville. Er sitzt im Bunker im MCC. Hat einem Drogenbullen mit einem Baseballschläger den Schädel eingeschlagen.«

»Wie sollte ich ihm da helfen können, Isaac?«

»Er war einer meiner Delancey Giants. Der beste und talentierteste Schläger, den ich je hatte. Bringen Sie ihn ins Zeugenschutzprogramm. Mir egal. Vollbringen Sie ein Wunder.«

»Isaac, mein Repertoire ist äußerst begrenzt, wenn es um rechtskräftig verurteilte Straftäter geht.«

»Sie sind das Justizministerium. Sie können tun, was immer Sie wollen ... Wo ist Margaret?«

»Ich werde mit diesem Hector Ramirez reden, aber versprechen kann ich nichts.«

»Wo ist Margaret?«

»Wer weiß? Irgendwo östlich oder westlich von Carcassonne.«

»Machen Sie's gut, Frederic. Vielen Dank für den heißen Tipp.«

Er verließ die City Hall und kehrte in seine Residenz zurück, wo er sich wie ein Blinder ins Wohnzimmer setzte. Er öffnete nicht einmal die Augen, als Larry Quinn sagte: »Euer Ehren, am Tor ist eine Frau. Ich habe sie schon einmal gesehen. Auf der Hochzeit Ihrer Tochter. Sie ist hinreißend und sieht irgendwie komisch aus. Man könnte schwören, dass sie eine Glatze hat. Behauptet, sie sei Anastasia.«

»Bring sie rein.«

29

Isaac wollte Michael, der Mördervirtuose, sein und diese Frau mit ihrem Helm kurzer grauer Haare töten. Sie war ohne Perücke in die Gracie gekommen. Er musste sich bremsen, sie nicht zu schlagen. Die Liebe hatte einen Blinden aus ihm gemacht ... und ein Schwein. Es war alles nur ein einziges großes, beschissenes Spiel. Er würde Margaret mit einem Beil in der Hand den Hof machen müssen. Aber in ihren Augen lag nicht der Blick einer Verführerin.

»Margaret«, sagte er, »hast du deinen Schokoladenblock dabei? Ich glaube, ich nehme einen Bissen.«

Sie griff in ihre Handtasche, brach ein Stück Schokolade ab und gab es Isaac zu essen. Der Schuss bitterer Kakao machte ihn wieder erheblich nüchterner.

»Isaac«, sagte sie, »es ist wie in der Kleinen Engel Straße ... die Villa hier, meine ich. Ich könnte die Augen schließen und schwören, ich wäre in Odessa.«

»Odessa, Margaret? Fühl dich ganz wie zu Hause.«

»Wir hatten einen eigenen kleinen Park ... und eine Veranda. Unser Torwächter war ein Albaner. Er hat uns verlassen, als Onkel Ferdinand das Geld ausging.«

»Aber du bist doch schon mal hier gewesen. Woher die plötzliche Offenbarung?«

»Das ist ja das Schöne daran, Isaac. Ich habe deine Villa angesehen und es hat irgendetwas in mir ausgelöst. Ich bin in ein tiefes Loch gefallen.«

»Ja«, sagte Isaac. »Wie Alice im Wunderland. Aber Alice trug keine Glock.«

»Du bist so misstrauisch, Liebling. Du wirst meiner nie überdrüssig.«

»LeComte hat dich geschickt. Du bist seine kleine Sirene.«

Margaret griff wieder in ihre Handtasche, zog einen Plastikumschlag heraus und warf ihn dem König zu. Isaac fing den Umschlag in der Luft auf und begann zu zittern. Er war voller Baseballkarten. Isaac konnte die leuchtenden Farben in diesem Plastikbeutel sehen. Er hielt ein Vermögen in seinen Händen. Eine seltene DiMaggio. Die beste Willie Mays. Shoeless Joe Jackson von Fatima-Zigaretten. Lou Gehrig von Goudy-Kaugummi. Und dann blieb Isaac das beschissene Herz stehen. Unter sein Dreamteam gemischt befand sich noch eine andere Mannschaft: Vergessene Männer aus den Dinosaurier-Ligen. Aber diese Karten besaßen Klarheit und nachgerade telegrafischen Biss. »Tobias Little, Schläger, Louisville.« »Monte Ward, Werfer, Providence.« »Jay Penny, hervorragender Baseball-Fänger.« Isaacs Knickerbocker Boys. Sie alle trugen eine Mütze in diesem alten Stil des neunzehnten Jahrhunderts mit abgeflachtem oberem Teil und hartem Schirm. Sie sahen aus wie Verbindungsbrüder, die einem verbotenen, Mensur schlagenden Verein angehörten. Doch keiner von ihnen hatte Narben im Gesicht.

Isaac befand sich in einem erstarrten Reich. Weder konnte er die Karten annehmen noch sie wieder hergeben.

»Anastasia«, knurrte er. »Ich war vorhin erst bei LeComte. Er hätte mir die Karten auch selbst geben können.«

»Das sind nicht LeComtes Karten«, sagte sie. »Sie sind ein Geschenk vom Schwarzen Michael. Er hat sie einem Drogenhändler in den Hamptons abgenommen.«

»Ist Michael in Amerika?«

»Gestern noch«, sagte sie.

»Und er hat den Dealer für LeComte umgelegt … oder für eine von LeComtes Behörden. Die Karten waren Kriegsbeute, Teil des Schatzes, den er für sich zusammenträgt. Weiß er, wie wertvoll die sind? Warum ist er so großzügig?«

»Er möchte Frieden schließen, damit er dich nicht umbringen muss.«

»Ja«, sagte Isaac. »Der Schwarze Michael hat noch nie einem seiner Schüler etwas getan … Anastasia, was bedeuten die Karten? Dass er mich umbringen muss, falls ich mich noch einmal in seine Angelegenheiten einmische. Die Karten sind so was wie ein Kassiber, etwas, das mich daran erinnern soll, wie sorgfältig Michael ist, wie gut er wählen kann. In diesem Fall kann ich sein Geschenk nicht annehmen. Denn ich werde mich so lange in Michaels Geschäfte einmischen, bis einer von uns stirbt.«

»Liebling, habe ich es dir nicht gesagt? Vorher wirst du mich umbringen müssen.«

Isaac ließ den Plastikbeutel auf seinen Wohnzimmertisch fallen und starrte in Anastasias Mandelaugen. »Vielleicht werde ich das.«

Sie griff ein drittes Mal in ihre Tasche. Isaac erwartete ihre Glock. Aber sie bewegte sich viel zu schnell für ihn. Er blinzelte einmal und sie trug wieder die orangefarbene Perücke aus Carcassonne.

Er bemerkte nicht einmal, dass er seine Hand zur Faust geballt hatte. Und Isaac, der noch nie grob zu einer Frau gewesen war, schlug ihr ins Gesicht. Margaret krümmte sich nicht. Sie absorbierte den Schlag. Isaac war es, der plötzlich weiche Knie bekam. Er war wie ein König mit einer leprösen Faust.

»Anastasia …«

Ohne Vorwarnung fiel sie dann auf die Couch des Königs. Er griff hinüber und wiegte sie in seinen Armen, küsste Anastasias Augen. Sie schlug sie für Isaac auf.

»Liebling, es fällt mir jetzt erst auf. Dein Ohr ist ja ganz weiß.«

»Das ist nichts«, antwortete Isaac. »Eine kleine Tätowierung von Oskar Leviathans Mom. Anastasia, ich …«

»Pssst«, machte sie. »Du schlägst Frauen. Ich werde mich dran gewöhnen müssen.«

»Kannst du nicht hier bleiben?«, fragte er. »In der Kleinen Engel Straße?«

»Ich muss zurück zu Michael.«

»Ach, der Unsterbliche. Der neue Captain America. Tritt für Uncle Sam an gegen Terroristen, Yakuza, Waffenhändler, *traficantes*. LeComte hat mir davon erzählt. Michael besitzt absolute Immunität. Bist du seine Komplizin?«

»Michael arbeitet allein.«

»Wie geht's Nina Anghel?«

»Sie kann sich immer noch nicht so recht von dem Match mit verbundenen Augen mit dir erholen. Und dabei bist du nicht mal ein Champion.«

»Aber sie sollte auch wirklich nicht Tischtennis mit einer Maske spielen. Margaret, besitzt Michael einen Decknamen ... wenn er auf Selbstmordeinsatz für Uncle Sam ist?«

»Schwarzer Stern Galactica.«

»Nett. Schwarzer Stern Galactica. Wirklich super. Er ist wie eine Galaxis voller schwarzer Sterne. Voller heftiger Explosionen. Milliarden Lichtjahre entfernt. Ich verstehe Michael nicht. Ich verstehe dich nicht. Es ist wie eine endlose Spiegelwelt. Margaret, ich treibe im negativen Raum und ich werde niemals rauskommen.«

»Liebling«, sagte sie, »ich gehe jetzt besser.«

Der König konnte ihre Handgelenke nicht packen. Er war immer noch erstarrt. Sie stand auf und schwankte aus dem Raum.

»Liebling, du solltest deine Türen abschließen, solange Michael in der Stadt ist.«

»Ach, mein Schlafzimmer ist befestigt ... Du bist seine Komplizin, stimmt's? Einer seiner schwarzen Sterne.«

Aber Anastasia war bereits fort. Der König senkte den Blick und sah den Plastikbeutel auf dem Tisch. Eine Galaxis an Baseballspielern.

30

Isaac saß im Dunkeln, als Wig aus Yonkers zurückkehrte. Diese Tolstoi war im Haus gewesen. Sie hinterließ stets eine Parfumspur. Es war wie Feldblumen in einem gigantischen Glas zu schnuppern. Wig konnte sich von diesem Duft nicht losreißen. Er konnte ein ganzes Affenrudel hypnotisieren … oder einen Mann. Und er wirkte tödlicher bei Dunkelheit.

Wig ging zum Hauptschalter und machte sämtliche Lichter im ganzen Haus an. Die Villa blühte auf, als sei sie selbst eine Wiesenblume.

»Du verplemperst Strom«, stöhnte Isaac von seiner Couch.

»Und Sie verplempern sich selbst.«

»Das geht dich nichts an, Mr Wiggens.«

»Sie gehen mich sehr wohl an, Massa Isaac. Ich bin Ihr Bodyguard.«

»Ist mit Rose alles in Ordnung?«, fragte der König und löste sich aus seiner düsteren Stimmung.

»Ich habe ihr eine Tasse Tee gemacht und sie ins Bett gesteckt.«

»Wiggy, Michael ist in der Nähe. Und wir können ihm kein Härchen krümmen. Er ist so was wie ein Diplomat … oder ein Piratenkönig.«

»Scheiß auf ihn. Ich fresse Piraten zum Mittagessen.«

»Aber Uncle Sam ist auf seiner Seite.«

»Dann werde ich eben Uncle und seinen Piraten erledigen müssen.«

Wig ging nach oben auf sein Zimmer. Er musste das Geländer umarmen, andernfalls wäre er die Treppe hinabgestürzt. Er hatte sich an Mrs Smith's Herd die Hand verbrannt, weil er die kleinen Flammen nicht sehen konnte. Beim Kaffeekochen hatte er zwei Tassen zerbrochen. Er hatte sich Zucker über den Schuh gekippt. Die Blindheit kam mit einer aktionsunfähig machenden Geschwindigkeit und erwischte Wig völlig überraschend. Er war ein Leibwächter, der nicht einmal seinen eigenen Leib bewachen konnte. Er würde herumtappen und stürzen.

Genug Nigger waren gestorben! Archie hatte Rita umgelegt, also legte Wig Archie um. Er war nicht stolz darauf, Archie in den Mund zu schießen. Aber er war in das Mekka der Weißbrote gegangen, das Hotel Pierre, und hatte sich den hauptverantwortlichen Mörder von Rita geholt, den alten Quentin Kahn. Und jetzt musste er dieses rumänische Arschloch finden, den Schwarzen Michael. Als wäre schwarz gleichbedeutend mit bösartig oder mit schlecht.

Wiggy musste in seiner Straßenkleidung eingenickt sein. Tulip, das Niggermädchen, weckte ihn mit einer Tasse Kaffee, einem Croissant und einer Schale Marmelade. Sie wäre sofort zu ihm unter die Bettdecke gekrochen, wenn er gefragt hätte. Aber sie war nicht *seine* Torte, nur ein Dienstmädchen im Haushalt des Königs. Er hatte keinen Schimmer, was er wegen Harwood unternehmen sollte. William konnte den Jungen nicht großziehen. William war ein Blödmann.

Er bestrich gerade das Croissant mit Marmelade, als er zufällig aufschaute. Im Licht der Morgensonne konnte er einen fetten Mann ausmachen. Mit all der Weisheit seines guten Auges. Allerdings hatte er kein gutes Auge. Er musste basierend auf der fetten Silhouette raten, dass es Bruder William war.

»Falls du mir schlechte Nachrichten bringst, Will, wirst du es bedauern. Hier, nimm was von meinem Croissant.«

»Krieg dieses Franzmann-Zeugs nicht runter. Es zerbröselt in meinem Mund ... Harwood hat heute Morgen einen Anruf bekommen. Ganz früh. Und dann ist er einfach gegangen.«

»Du hast nicht dran gedacht, ihm nachzugehen?«

»Ich war mit was anderem beschäftigt.«

»Wie zum Beispiel eines der Dienstmädchen zu besteigen.«

»Nein, Wig. Ich habe das Verandadach gestrichen, hab's winterfest gemacht.«

»Was? Im Januar? Der Winter wird doch vorbei sein, wenn du endlich fertig bist ... Wohin ist Harwood gegangen?«

»Hat er nicht gesagt. Aber Harwood würde sich nicht rühren, wenn es nicht irgendwo Geld regnet.«

»Er soll diese Villa doch nicht verlassen.«

»Konnte ihn nicht davon abhalten, Wiggy.«

William träumte von dem vor ihm liegenden Areal und schaffte es so, William eins um die Ohren zu geben. »Genau wie du deine Schwester nicht davon abhalten konntest zu sterben, häh? ... Wer bin ich, Will?«

»Die Purple Gang.«

»Und was ist die Stärke der Purples?«

»Leute umlegen.«

»Jetzt überrasch mich doch mal, William. Hat Harwood irgendwas gesagt, bevor er gegangen ist?«

»Er hat was von einem Tischtennisball erwähnt.«

Wig maß den Luftraum ab wie ein Raubvogel und packte Williams Kehle. »Wer spielt Tischtennis, häh?«

»Isaac.«

»Wer noch?«

»Michael Cuza ... König Carol.«

»Und du hast Harwood in Carols Hände fallen lassen?« Wig konnte das große fette flennende Gesicht kaum erkennen.

»Carol hab ich ja völlig vergessen.«

»Geh schon. Hau ab.«

Er lief nicht zu Isaac. Wig hatte seinen eigenen Krieg zu Ende zu bringen. Er legte sein Knöchelholster und seine Glock an, besorgte sich am Tor ein Taxi und machte sich auf den Weg downtown zum Ali Baba. Es war nur so eine Ahnung. Der Schwarze Michael könnte Harwood in dieses Spukhaus gelockt haben. Und dann brummte Wig vor sich hin: *Auf mich hat er's abgesehen.*

Der Bodyguard des Königs fuhr uptown zur Convent Avenue. Niemand war in seiner Bude, dennoch spürte er eine gewisse Präsenz, so als wäre der Teufel in die Stadt gekommen und hätte seinen Arsch ganz in der Nähe von Albert Wiggens geparkt. Er kontrollierte den Kühlschrank. Sein Vorrat an Milky Ways war noch da. In seiner Bude war es eiskalt. Und wenn er nicht so ein blinder Mann gewesen wäre, dann wäre ihm etwas früher aufgefallen, dass das Fenster offen stand. Jetzt erkannte er die Technik des Schwarzen Michael. Dieses offene Fenster war eine Einladung an Wig, aufs Dach hinaufzusteigen. Seine ganze gottverdammte Zukunft hing von einer Feuerleiter ab.

Er stieg durch das Fenster und stand auf dem metallenen Treppenabsatz, der bereits zu schwanken begann. Um ihn herum weiße Gardinen, sich bauschende Laken waren an endlosen Wäscheleinen quer über den Hinterhof gezogen. Sie sahen aus wie die zusammengestückelten Segel eines Piratenschiffs.

Wig kletterte diese irrwitzige Leiter hinauf und erreichte das Dach. Mit einer Zigarette im Mund stand dort der Schwarze Michael. Harwood stand vor ihm und die Spitze eines Schweineabstechers kratzte an Harwoods Kehle. Michael war nur wenige Meter entfernt.

»Ah, du kommst früh«, sagte Michael. »Glückwunsch. Ich hatte dich erst in einer Stunde erwartet.«

»Lass den Jungen los«, sagte Wig. Er griff nicht nach seiner Glock. Er hätte eine Rolle über die Teerpappe machen und die Kanone an seinem Bauch ziehen können, aber diese Nummer hätte Harwood möglicherweise nicht überlebt. Der Junge weinte und Wig hätte sich am liebsten die Hände auf die Ohren gepresst, denn dieses Geräusch brach ihm das Herz. Er war der einzige Papa, den Harwood je haben würde.

»Lass ihn los.«

»Geht nicht«, sagte Michael. »Du würdest mich umbringen. Du bist ein notorischer Bandit.«

»Harwood hat dir nie was getan.«

»Du aber. Du bist in ein schickes Hotel spaziert und hast dafür gesorgt, dass Quentin den Geist aufgibt. Persönlich bin ich eigentlich ganz froh darüber. Aber er war mein Partner, Wig. Und was sollen die Leute von mir denken? Dass ich nicht mal meinen eigenen Partner schützen konnte? Das ist schlecht fürs Geschäft.«

»Ich bin hier, Michael, oder etwa nicht? Du kannst mich haben.«

»Das ist viel zu einfach. Peng-peng. Wig ist tot. Michael erschießt die Purple Gang. Ich brauche ein bisschen mehr Abenteuer. Wie wär's, wenn Harwood und ich dort auf den Sims klettern und du musst uns fangen? Wäre doch so was wie Fangen spielen, oder?«

»Fick dich ins Knie, Mr Schwarzer Michael.«

»Du sollst doch nicht fluchen, Wig. Ich habe alle Trümpfe in der Hand. Es gibt keinen Harwood mehr, falls mein Ellbogen abrutscht.«

Wig winkte dem Schwarzen Michael mit beiden Händen. »Komm her zu mir, Bruder. Erledige mich mit deinem Dolch. Ich bin nicht schüchtern.«

Aber Michael stieß Harwood auf die Brüstung des Daches, hielt ihn fest, damit er nicht hinunterstürzte, kletterte dann selbst hinauf und balancierte wie ein Akrobat mit der Klinge in der Hand.

Gottverdammter Irrer, knurrte Wig vor sich hin. Er hatte Sonnenflecken in den Augen. Und das von den weißen Laken zurückgeworfene Licht machte ihn krank. Er musste sich einer Ewigkeit von Wäscheleinen stellen.

»Ich warte auf dich, Wig.«

Er stieß ein tiefes, kehliges Knurren aus. Er würde nicht zulassen, dass sich ein rumänischer Kinderdieb vor dem Jungen über ihn lustig machte.

»Harwood«, sagte er. »Halt durch. Ich komme zu dir rauf.«

Er trat auf die schmale Mauer hinauf. Er schaute nicht nach unten. Aber die Sonne und all die Wäscheleinen zwischen den Häusern machten ihn schwindlig.

Er schaute in das grimmige Blau von Michaels Augen und schlagartig war der Schwindel verschwunden. Er duellierte sich mit dem Teufel. Aber es war sonderbar, denn es schien Wig, als hielte Michael ihn fest, hielte ihn auf diesem Sims mit der Macht seiner Augen. Der Schwarze Michael hatte ihn am Gängelband und Wig machte ein pantomimisches Tänzchen.

»Michael«, sagte er, »du gehörst mir.«

»Ja«, antwortete Michael mit zärtlicher Stimme, eine Stimme, die Wig bei Rita benutzt haben könnte, als er ihr den Hof machte. Michael besaß eine mächtige Scheiße, so was wie Voodoo, und Wig wurde von einer verrückten Art

Frieden übermannt. Das stählerne Band war aus seinem Schädel verschwunden.

Er griff nach Harwood und fiel.

Er beklagte sein jämmerliches Leben nicht. Er war Ikarus, der Kerl, dessen Schicksal es war, von Dächern zu stürzen. Das Blut stieg ihm in die Ohren. Er hörte ein großes Rauschen und er fragte sich, ob Gott wohl ein Bariton war oder ob dieser Teufel auf dem Dach nur einen weiteren seiner Tricks ausspielte. Er plumpste und plumpste in die Wäscheleinen, und die weißen Laken schmiegten sich an ihn wie Fallschirme. Doch nichts konnte seinen Sturz aufhalten oder ihn zwingen, ohnmächtig zu werden. Er war so klar wie eine Kirchenglocke. Detective Lieutenant Albert Wiggens, behindert. Im Sondereinsatz für den ehrenwerten Isaac Sidel. Der Privat-Marshal des Bürgermeisters. Der schwarze Ikarus. Konnte nicht leben und nicht sterben.

Teil Sieben

31

Es war Barbarossa, der an die Tür des Königs klopfte. Niemand sonst wagte es, ihn aus dem Bett zu holen. Isaac fuhr im Bademantel zum Harlem Hospital, während Barbarossa am Steuer saß. Mit Wäscheleinen verschnürt hatte Wig sechs oder sieben Stunden in seinem eigenen Hinterhof gelegen. Harwood barg ihn schließlich und rief die Polizei, nachdem er sich zuvor auf dem Dach versteckt hatte. Er wartete im Krankenhaus auf Isaac und Barbarossa, mit roten Striemen auf dem Hals, die Lippen eisig blau, die haselnussbraunen Augen ohne Glanz, die Finger erfroren. Isaac gab ihm Handschuhe und lieh ihm Barbarossas Mantel, sagte ein einziges Wort – »Michael« – und der Junge fing an zu weinen.

»Mr Isaac, der Mann sagte: ›Kleiner Bruder, keine Bewegung.‹ Ich konnte Wiggy nicht helfen. Ich konnte ihn nicht retten.«

»Joey«, flüsterte Isaac, »der Junge ist in Trance. Kannst du ihm einen Arzt holen? Ich muss nach *Lieutenant Wiggens* sehen.«

So hatte Isaac ihn noch nie genannt. Lieutenant Wiggens. Er fand Wig auf der Unfallstation in einem heruntergekommenen winzigen Verschlag. Sweets und der Krankenhauskaplan schwebten an seiner Seite. Sweets hielt Wiggys Hand.

»Stirb mir jetzt nicht, hörst du mich? Du bist unser letzter Mann, Wig.«

Sweets schaute mit zornigem Gesicht zu Isaac auf. Er flüsterte dem Kaplan etwas zu, gab dann Isaac mit einer seiner riesigen Pranken ein Zeichen. Sie kamen auf der anderen Seite des Verschlags zusammen, wobei Sweets weit über den Segeltuchwänden aufragte.

»Ich habe ihn Ihnen überlassen«, sagte Sweets. »Es sollte ein krönender Abschluss für ihn sein. Wig hätte auf keinen Fall auf irgendwelchen Dächern sein sollen.«

»Der Schwarze Michael hat den Jungen reingelegt und entführt –«

»Der Schwarze Michael ist Ihr Trainer.«

»Außerdem trainiert er Billy the Kid und Judah Bellow.«

»Nicht mehr. Ich habe ihm verboten, sich in New York City aufzuhalten.«

»Er arbeitet für das FBI«, sagte Isaac. »Eine Ein-Mann-Sondereinheit. LeComte schickt ihn zu Selbstmordaufträgen los.«

»Er hätte sich von Wig fern halten sollen.«

»Verbann ihn«, sagte Isaac. »Du bist der PC.«

»Bin ich nicht. Ich hänge in der Luft. Sie haben mich nie vereidigt.«

»Das ist doch lächerlich«, antwortete Isaac. »Jeder weiß, dass du der Commish bist. Wen interessiert schon eine Zeremonie?«

»Mich.«

Sweets drehte dem Bürgermeister den Rücken zu, stieß gegen die Segeltuchwände und ging zu Wig, während Isaac am Rand des Nirgendwo schwebte, der ausgestoßene König.

Innerhalb einer Woche hatte Wig seinen eigenen Rollstuhl. Ein stellvertretender Inspector erschien im Krankenhaus, zog Wig die Ausgehuniform an und fuhr ihn mit all seinen Orden und einem Paar weißer Handschuhe in den Blue Room. Sämtliche Politricker und die Mogule Manhattans schüttelten ihm die rechte und linke Hand.

Nach einer Weile hörte Wig damit auf. Er wollte seine Handschuhe nicht beschmutzen. Er saß neben dem Commish, Carlton Montgomery III, Carltons Frau und Carltons drei kleinen Mädchen, während Isaac unter dem Siegel der Stadt stand und Sweets zu seinem neuen Police Commissioner vereidigte. Die Ehefrau hieß Florence und sie kam aus der gleichen Aristokratie wie Sweets.

Sie brachte Wig ein Glas Punsch und ein Stück Mandelkuchen. Sie hatte hohe Wangenknochen wie Rita Mae. Beinahe war Wig in sie verliebt, aber er hätte sich nie mit Sweets Frau eingelassen.

»Ich gebe hiermit bekannt«, sagte Sweets und umklammerte das Mikrofon in seiner Pranke, »dass ich in meiner Stadt keine geheimen Versammlungsorte dulden werde. Das Gesetz kennt keine Zauberer und unsichtbaren Männer. In New York City gibt es nur ein Paradox, und dieses Paradox ist Ihr Police Commissioner. Ich sitze nicht gern auf Zäunen. Wenn es sein muss, kann ich auch mal ordentlich zuschlagen. Das habe ich von Isaac Sidel gelernt.«

Die Politricker jubelten und hoben ihre Punschgläser. Sweets schickte LeComte eine deutliche Botschaft. In Manhattan würde es keine Knickerbocker Boys mehr geben, keine Carols. LeComte hätte auf Sweets kleiner Party sein sollen, doch er befand sich nicht im Blue Room. Genauso wenig wie Billy the Kid. Alle anderen Nabobs waren gekommen, um mit Sweets zu feiern. Martin Malik lauerte in einer Ecke und biss in eine Makrone.

Becky Karp, die sich aus ihrem Rollstuhl erhoben hatte, um einen Punsch im Blue Room zu nehmen, packte Malik am Ellbogen und tanzte mit ihm zu Sidel.

»Wir engagieren Malik«, sagte sie, »nehmen ihn Sweets weg.«

»Tun wir das?«, fragte Isaac.

»Ja. Wir brauchen einen Besen. Seinen Titel und sein Gehalt überlege ich mir noch.«

»Aber Malik hasst mich«, sagte Isaac. »Stimmt doch, Malik, oder?«

»Das hat nichts zu besagen«, zirpte Rebecca Karp. »Er kann unsere Feinde auch fertig machen, während er dich hasst.« Und sie tanzte Malik zurück in seine Ecke.

Isaac hatte das plötzliche Bedürfnis, sich mit jemandem aus seiner Vergangenheit zu unterhalten. Nicht mit Joey oder Marilyn oder seinem Bruder Leo. Es musste Baseball sein. Er hätte rauf nach Washington Heights fahren und Harry Lieberman besuchen können, aber der Bomber mochte Isaac nicht sonderlich und würde mit ihm bestimmt nicht über Baseball plaudern. Herman Melville, er würde zu Herman Melville gehen.

Er verließ die City Hall. Es schneite genau wie bei seinem letzten Besuch im MCC. Der Gefängnisdirektor schenkte Isaac ein winziges Lächeln. Er ging zum Herz der Finsternis hinauf, vorbei an all den winzigen Lichtkugeln in den Mauern, aber Herman Melville war nicht in diesem abgetrennten Zellenblock. Isaac kehrte wieder nach unten zurück zum Gefängnisdirektor.

»Wo ist Hector Ramirez?«

»Euer Ehren, ich habe nicht die geringste Ahnung. Bundesmarshals haben ihn mitsamt Dostojewski und all seinen anderen Büchern aus seiner Zelle geholt. Sie hatten eine Verfügung dabei, die stark nach Justizministerium roch.«

Als Gefälligkeit für Isaac hatte LeComte Herman Melville aus dem Herz der Finsternis geholt. Oder war es gar keine Gefälligkeit?

Isaac nahm ein Taxi hinauf zur Kleinen Engel Straße. Er setzte sich in Rebeccas Schaukelstuhl. Gut möglich, dass Wig nie mehr gehen konnte. Der König war verantwortlich für seinen Bodyguard. Wäre er nicht in Ritas Nähe gekommen und hätte er sich nicht mit dem Ali Baba abgegeben, dann könnte sie immer noch leben. Der Schwarze Michael war der vergiftete Rabbi des Königs. Michael hatte ihn gelehrt zu meditieren und den Ball zu lieben, hatte ihm ein Vermögen an Baseballkarten als ein memento mori geschickt, hatte fast Wig ermordet und war dann in einer Spalte zwischen Carcassonne und Bukarest verschwunden. Der König konnte ihn nirgends finden. Er hatte einige Spione, die Überreste seiner früheren Geheimpolizei, den Ivanhoes, die sich mit ihren Kollegen in Frankreich kurzgeschlossen hatten. Nina Anghel war aus dem Profitischtennis ausgestiegen. Nirgendwo war auch nur ein Schaumatch der roten Löwin angesetzt.

Isaac saß mit seinem Plastikbeutel auf der Veranda. Er begann, die Baseballkarten zu mischen. Tobias Little. Monte Ward. Im Hintergrund von Jay Penny war ein Baseballfeld und ein wunderbarer blauer und orangener Himmel zu sehen. Der König suchte den Himmel nach Hinweisen ab.

Das Telefon klingelte.

»Euer Ehren«, sagte eine seiner Sekretärinnen. »Da ist ein Irrer in der Leitung. Ein gewisser Mr Herman Melville.«

»Stellen Sie ihn durch.«

Isaac hörte es klicken, dann ein heiseres Flüstern. »Ich bin's, Ihr kleiner Mann … Wir treffen uns in einer halben Stunde in unserem Clubhaus.«

»Clubhaus?«

»Ja. Finden Sie's selbst heraus.«

Mit seinen Delancey Giants ging Isaac häufig ins Ratner's zum Frühstück oder Mittagessen. Er fuhr zur Delancey, stellte den Wagen ab und betrat mit einer solch finsteren Miene das Lokal, dass die Kellner ihn in Ruhe ließen. Ein kleiner Junge bat ihn, ihm auf eine Serviette ein Autogramm zu geben. »Jay Penny, hervorragender Baseball-Fänger«, schrieb er und der kleine Junge kehrte an seinen Tisch zurück.

Die Kellner brachten ihm Graupensuppe und Mohnbrötchen, eine Flasche Sellerie-Tonic, drei Tassen Kaffee und ein Pflaumenteilchen. Er konnte gar nicht aufhören zu essen. Vor einem Jahr war er aus seinem Koma erwacht und starb seitdem vor Hunger. Er musste für den Toten mitessen, der immer noch in ihm steckte, und auch für den Bandwurm, der aus seinen Innereien verschwunden war, als Isaac unter der Williamsburg Bridge niedergeschossen wurde.

Ein großer Mann in einer schwarzen Lederjacke tauchte an Isaacs Tisch auf. Zwei andere Männer, ebenfalls in Lederjacke, warteten am Eingang des Ratner's auf ihn. Diese Männer waren Babysitter. Und Hector Ramirez, der kaum älter als sechsundzwanzig gewesen sein konnte, hatte diesen grauen Teint eines Mannes, der ohne Sonnenlicht gelebt hatte. Er bestellte sich einen Sellerie-Tonic.

»Bemitleiden Sie mich nur ja nicht«, sagte Hector. »Und wenn Sie auch nur ein einziges Mal schniefen, erwürge ich Sie hier in Ihrem Lieblingsrestaurant.«

»Du bist im Zeugenschutzprogramm«, sagte Isaac.

»Was ich Ihnen zu verdanken habe. Ich war glücklich. Ich hatte meine Bücher. Diese Cowboy-Geschichten habe ich nicht gewollt.«

»Ich habe LeComte gesagt, er soll dich rausholen.«

»Und jetzt muss ich für ihn den Willy machen. Aber Sie haben Ihr Wort gehalten. Der Gefängnisdirektor hat mir Dostojewski gegeben. *Die Brüder Karamasow* habe ich sechzehnmal gelesen. Ich bin, was ich bin, wegen Ihnen.«

»Das ist unfair. Ich habe dir eine Uniform besorgt und dir ein kleines Taschengeld gegeben, damit du nach der Schule nicht arbeiten musstest.«

»Vergessen Sie nicht den Louisville Slugger.«

»In Ordnung«, sagte Isaac. »Du hast damit einem Drogenbullen einen Scheitel gezogen, aber war das meine Schuld?«

»Was sagt Iwan Karamasow? Die Ewigkeit ist ein Badehaus voller Spinnen. Tja, ich habe den Drogenbullen mit Ihrem Baseballschläger dort rübergeschickt ... Coach, Sie sind blasser, als ich es bin, und dabei haben Sie keine drei Jahre im Herzen der Finsternis verbracht.«

»Ich suche einen Kerl«, sagte Isaac. »Das macht mir zu schaffen. Ich kann nicht mehr schlafen.«

»Wie heißt er?«

»Michael Cuza. Manche nennen ihn auch König Carol.«

»Der Schwarze Michael? Der Scheiß-Ninja des FBI?«

»Er war mein Tischtennistrainer.«

»An regnerischen Tagen«, sagte Hector Ramirez. »Rühren Sie sich nicht von der Stelle. Nehmen Sie noch ein Sellerie-Tonic. In ein paar Stunden bin ich mit allem zurück, was Sie über den Schwarzen Michael wissen müssen.«

»Das kannst du nicht«, sagte Isaac. »LeComte schirmt dich ab ...«

»Ich bin schon abgeschirmt auf die Welt gekommen, aber ich habe mir selbst das Gehen und Reden beigebracht.«

Hector Ramirez marschierte mit seinen zwei Babysittern aus dem Ratner's. Und der König fing an zu heulen. Er bekam nicht mal eine Chance, mit seinem vielversprechendsten Wunderkind über Baseball zu reden. Der König und Kardinal Jim hätten Hector in den großen

Ligen unterbringen können, wenn der Junge nicht von den Delancey Giants verschwunden wäre und Isaac mit einem Haufen Waisenkinder zurückgelassen hätte, die auf den letzten Tabellenplatz abstürzten. Isaacs einzige Meisterschaft hatte er mit Hector Ramirez geschafft. Das Team des Kardinals übernahm die Police Athletic League und die Delancey Giants erlebten einen schnellen Rausschmiss aus dem Paradies.

Isaac musste die Uhr im Fenster nicht im Auge behalten. Er knabberte an einem Stück Mohnkuchen und wusste, dass Hector nicht ins Ratner's zurückkehren würde. Er war bei seinem fünften Sellerie-Tonic, als das FBI in Gestalt von Frederic LeComte und denselben beiden Babysittern in schwarzen Lederjacken in das Restaurant gestürmt kam.

»Ich hole ihn für Sie da raus, und so danken Sie es mir? Sie werden Hector Ramirez nie wieder sehen. Falls Sie an ihn herantreten, falls Sie auch nur ein einziges Wort mit ihm wechseln, wandert der Junge zurück in Einzelhaft und sitzt den Rest seines Lebens ab.«

»Ich bitte Sie, LeComte, Sie haben ihm eine Fahrkarte verschafft, weil ich ihn zufälligerweise in Ihrer kleinen Haftanstalt entdeckt habe. Die schlechte Publicity konnten Sie sich nicht leisten. Hier bin ich, der jungfräuliche Bürgermeister, mit einem seiner Ex-Giants, den man in ein dunkles Loch gesteckt hat. Ein puertoricanischer Junge, der Herman Melville leidenschaftlich liebt. Die Medien würden sich auf der Stelle in Hector Ramirez verlieben.«

»Trotzdem habe ich den Jungen freigelassen.«

»Und holen aus ihm raus, was rauszuholen ist. Wie viele Dinger hat er denn schon für das FBI gedreht? Er wusste über den Schwarzen Michael Bescheid. War er draußen in den Hamptons bei Michael und Margaret Tolstoi? Benutzen Sie ihn als Michaels Beobachter?«

»Sie reden dummes Zeug«, sagte LeComte.

Isaac warf seinen Plastikbeutel auf den Tisch. »Dumm, ja? Margaret sagt, das hier kommt von Michael. Kriegsbeute. Er schaltet für Uncle Sam einen Drogenring aus und hat am Ende einen unglaublichen Satz Baseballkarten. Toller Fund. Aber so ein großer Zauberer ist Michael denn doch wieder nicht. Er versteht einen Scheißdreck vom Baseball, was übrigens auch für Margaret gilt. Es ist ein FBI-Päckchen. Die Karten kommen von Ihnen.«

»Nein«, sagte LeComte. »Sie kommen von Michael. Ich habe für ihn bloß den Wert schätzen lassen.«

»Bloß schätzen lassen«, sagte Isaac. »Ich will den Schwarzen Michael. Wo ist er?«

»Michael ist aus unseren Büchern gelöscht worden. Er existiert nicht.«

»Er hat lange genug existiert, um Wig vom Dach zu schmeißen.«

»Sie werden sich wohl nach einem neuen Tischtennistrainer umsehen müssen.«

»Ja«, sagte Isaac. »Michael hat einen dicken Schnitzer gemacht. Sweets mag es gar nicht, wenn das FBI einen tollwütigen Hund über seinen Kopf hinweg einsetzt. Sweets mag Wig. Und jetzt haben Sie endgültig bei ihm ausgeschissen.«

»Mr Bürgermeister, da werden Sie wohl kitten müssen. Er wird einen satten Teil seines Budgets verlieren, falls er unsere gemeinsame Sondereinheit auflöst.«

»Sweets wird überhaupt nichts auflösen. Er wird sie nur ein bisschen in die Enge treiben und Ihnen das Herz rausschneiden. Er hatte einen guten Lehrer. Isaac Sidel.«

»Aber da fehlt noch eine Zutat«, sagte LeComte.

»Margaret Tolstoi. Sie hängt mit Michael in der Vorhölle. Sie haben sie dorthin geschickt, LeComte, stimmt's? Und wenn ich nicht Ihr braver Junge bin, dann bleibt Margaret, wo sie ist ... Hier, trinken Sie meinen Sellerie-Tonic aus, sie jämmerlicher Schwanzlutscher.«

Isaac nahm einen Plastikbeutel vom Tisch und verschwand aus Ratner's Restaurant.

32

Kleine Engel Straße.

Ohne Margaret Tolstoi besaß das Mansion keinerlei Bedeutung für Isaac. Er hatte sich seinen eigenen Schaukelstuhl auf die Veranda stellen lassen. Dort schaukelte er entweder allein oder mit Becky Karp, danach spazierte er zu der Wache mit den Feuerwehrschiffen am Rand des Carl-Schurz-Parks hinunter und begleitete eine der Barkassen auf einer Fahrt. Auf dem Wasser überkam ihn eine tiefe Ruhe, so als könnte er hier diese raue politische Haut abstreifen, die er als Bürgermeister von New York zu tragen hatte. Er überquerte den Kanal zu den Strudeln von Hell Gate, fuhr weiter den Harlem River hinauf, während Leute ihm von den maroden Hafenanlagen aus zuwinkten; seine dichten Koteletten verdächtig deutlich unter dem Metallrand seines Feuerwehrhelmes.

Aber Isaac konnte nicht auf dieser Barkasse leben. Auch ein seefahrender Bürgermeister war immer noch ans Land gebunden. Es war ein Glück für ihn, dass er Martin Malik hatte. Malik führte die Geschäfte in der Stadt, wenn Isaac auf dem Fluss unterwegs war oder in seinem Stuhl schaukelte. Doch den König plagte eine jähe Sehnsucht nach Tischtennis. Zu Fuß ging er ins Schiller's, passierte die Zuschauergalerie und blieb kurz vor Manfred Coens Tisch stehen. Er vermisste Coen mehr, als ihm lieb war. Isaac fand und verlor ständig Engel. Er setzte sich vor die Wand und begann zu meditieren. Aber ein Engel kroch aus der Wand. Und der König zitterte, wie er noch nie zuvor gezittert hatte.

»Coen?«, fragte er. »Blue Eyes?«

Der Engel antwortete ihm nicht. Und dann verstand Isaac, woher er kam. Nur ein weiteres Phantom besuchte die narbigen Wände von Schillers Club. Das Licht spielte den Augen ständig Streiche. Doch dieses spezielle Phantom wollte nicht verschwinden. Es trug einen schwarzen Ledermantel. Herman Melville war gekommen, um ihn an Manfreds Tischtennisplatte heimzusuchen.

»Coach, ich kann nicht bleiben.«

»Ach, Hector«, sagte Isaac. »LeComte bereitet eine kleine Kreuzigung vor. Er wird dich umbringen, wenn er dich in meiner Nähe erwischt.«

»Ich habe Ihnen doch die Adresse des Schwarzen Michael versprochen, richtig?«

»Das ist das Problem. Er besitzt keine Adresse.«

»Ja, der Mistkerl besitzt ein eigenes Château. Es liegt in der Nähe einer Stadt mit einer Menge Türmen.«

»Carcassonne«, sagte Isaac.

»Genau. Carky. Michael hat einen eigenen See und einen schwarzen Wald. Das Ding heißt das Château des Waldes. Sie können es gar nicht verpassen. Isaac, ich habe meine Spione. Genau wie Sie und LeComte. Wir sind eine Gemeinschaft von Brüdern und Schwestern, die Undercoverspitzel des FBI.«

»Hast du oder haben die Spitzel je mit Michael zusammengearbeitet?«

»Michael arbeitet allein.«

»Ja, die Platte höre ich immer wieder. *Michael arbeitet allein.*«

»Er wurde von einem Mönch ausgebildet. Sie waren irgendwo in einem Verlies. Der Mönch hat ihm beigebracht, wie man im Dunkeln Farben erkennt und atmet, ohne zu atmen. Michael kann seinen Herzschlag anhalten.«

»Ein Mann der Wunder«, sagte Isaac.

»Er hat mein Rheuma geheilt. Sie erinnern sich. Ich hatte einen rheumatischen Daumen. Michael rieb sich die Hände, bis sie heiß waren wie die Hölle. Dann legte er sie um meinen schlimmen Daumen, übertrug die ganze Hitze von sich auf mich, und ich war geheilt. Michael hat meinen Daumen gekocht.«

»Wie?«, fragte Isaac. »Wann? Ich dachte, du hättest nie mit Michael gearbeitet.«

»Ach, ich habe ihn mal getroffen. Coach, Sie sollten besser mit schwerem Geschütz auffahren. Denn Sie können Michael nicht besiegen. Und selbst wenn, der Kerl besitzt einen Handlungsspielraum, der hinaufreicht direkt bis zu Gott. Er kann den Gouverneur abknallen, und es würde trotzdem nicht als Verbrechen gewertet.«

»Dann werde ich's wohl drauf ankommen lassen müssen«, sagte Isaac.

»Fast hätte ich's vergessen. Michael züchtet Tiere. Er besitzt eine Rehzucht.«

»Meinst du nicht vielleicht einen Wildpark?«

»Nein, ganz eindeutig eine Zuchtfarm.«

Und Hector Ramirez rannte in seinem schwarzen Ledermantel aus dem Schiller's.

Der König konnte nicht einfach wie ein ganz normaler Bürger in ein Flugzeug steigen und sein Fernweh befriedigen. Er gehörte der City of New York. Seine Unterschrift, seine Gesten, seine Stimme wurden für einen eventuellen Notfall gebraucht. Er konnte auf einer Feuerwehrbarkasse mitfahren, in einem Schaukelstuhl dahinvegetieren –

solange er erreichbar blieb. Es war einem Bürgermeister verboten, einfach zu verschwinden.

Er saß mit Rebecca Karp auf seiner Veranda, die ihm wie ein toter Planet vorkam. »Becky, ich muss nach Carcassonne und einen Mann umbringen.«

»Nur zu.«

»Aber ich kann nicht so tun, als befände ich mich auf einer Handelsmission.«

»Isaac«, sagte sie. »Du stirbst. Ich sehe es deinem Gesicht an. Wir werden dir ein Flugticket besorgen. Kein großes Getue. Bring um, wen immer du umbringen musst, aber melde dich alle sechs Stunden telefonisch, hast du verstanden? Malik wird dir den Rücken freihalten. Und falls man dich auf dem Rückflug verhaftet, werden wir dich in der Ankunftshalle mit einem ganzen Team Rechtsanwälte erwarten ... Es geht um diese Tolstoi, richtig? Anastasia.«

»Nein. Es geht um die Kleine Engel Straße.«

Isaac ging hinauf zu seiner Festung und fing an zu packen. Vier Stunden später war er auf dem JFK. In Begleitung von Rebecca Karp. Sie hatte sein Ticket, seinen Pass und ein kleines Bündel Reiseschecks. Der König flog Businessclass. Er gab keine Interviews auf dem Flughafen. Aber es war für jeden offenkundig, dass Isaac das Land verließ. Er gab Rebecca einen Kuss und begriff, dass diese raue ehemalige Schönheitskönigin sein einziger Verbündeter war.

»Komm zu uns zurück«, sagte sie.

Isaac traf am nächsten Nachmittag in Carcassonne ein. In einem Café in der Nähe der Festungsanlage trank er einen phantastischen Kaffee. Vermischt mit dem Wind hörte er das Rufen einer Sirene. *Isaac. Isaac.* War es Sophie Sidel, seine arme Mutter, die Trödelkönigin, die zu Tode getrampelt worden war? Warnte sie ihren älteren Sohn vor der Gewalt? »Mama«, sagte er, »manchmal muss man töten.« Er war wie ein Irrer, der mit dem Wind sprach.

Michaels Haus an der Rue St. Jean war verschlossen. Isaac warf einen Blick durch einen winzigen Spalt in den Fensterläden. Keine Menschenseele im Haus. Der König stieg in seinen Mietwagen, fuhr die Rue du Grand Puits hinunter, überquerte auf der Pont de l'Ávenir die Aude und fuhr in die Montagne Noire genannte Gegend, den schwarzen Berg, wo Michael seinen Schlupfwinkel hatte. Hier gab es überall Goldbergwerke, Jagdreviere und schwermütige Orte wie den Wasserfall des Bösen Todes. Dies war allerdings Carols Land. Le Château du Forêt lag im Wald des toten Krebses. Isaac hätte die Bude mit ein paar Streichhölzern abfackeln können. Aber es war kein echtes Château. Eher eine baufällige Jagdhütte. In der steinernen Veranda befanden sich große Lücken. Die Schornsteine fingen an zu zerbröckeln. Das Dach sah aus wie ein Erdrutsch im Anfangsstadium. In der Nähe der Hütte stand ein Zaun, der eine große, karge Weide einfasste. Aber so karg war sie denn auch wieder nicht. Winzige gefleckte Rehe tauchten aus all der Leere auf. Sie bewegten sich mit erstaunlicher Schnelligkeit in Rudeln von fünf bis zehn Tieren. Zuerst standen sie wie erstarrt da, fixierten Isaac, und dann sprangen sie mit einem Mal los. Dies war die Rehzucht, von der Hector Ramirez gesprochen hatte. Isaac hatte in seinem ganzen Leben noch keine so perfekten Geschöpfe gesehen. Braune Liliputanerrehe mit roten Flecken. Die Männchen hatten hubbelige kleine Hörner. Sie glitten in ihrer eigenen stillen Musik über die Weide.

Der König war hypnotisiert. Er brachte es nicht fertig, den Blick von ihnen zu nehmen. Er hätte seinen eigenen Vater für das Privileg ermordet zu bleiben, wo er war. Es war die einzige Gesellschaft, die er je brauchen würde. Aber jemand rief ihn vom Haus.

»Mr Sidel.«

Es war Oskar Leviathan in der dunklen Kleidung eines Jägers. Seine Augen waren in Michaels Wald von einem sehr reinen Blau. Isaac betrat das Haus. Es gab einen offenen Kamin, ein paar Möbelstücke, einen Kühlschrank und eine Tischtennisplatte. Die rothaarige Löwin, Nina Anghel, saß auf einem sehr nackten Sofa, ohne Lippenstift oder Nagellack. Sie schien Isaac gar nicht zu registrieren. Der Schwarze Michael war bei der Löwin. Er trug keine Schuhe. Gut, dachte der König. Er wird stolpern und sich den Arsch brechen.

»Habe dich schon erwartet, kleiner Vater. Hast du eine Kanone mitgebracht?«

»Ich würde niemals eine Kanone auf meinen Meister richten«, sagte Isaac.

»Das ist sehr weise. Denn ich könnte hier sitzen und all deine Kugeln mit bloßen Händen auffangen.«

»Genau wie der verstorbene Archibald Harris«, sagte Isaac. »Als er in den Niggerligen spielte. Er fing Baseballkugeln mit links oder rechts ... Hat Billy the Kid dir Geld gegeben, um Oskar Leviathan zu verstecken?«

»Er ist ein vorsichtiger Mann, wie jeder Präsidentschaftskandidat. Er konnte sich nicht leisten, Oskar in seinem Dossier stehen zu haben, nicht mehr, nachdem du angefangen hast herumzutrampeln. Du hast seiner Nichte das Herz gebrochen.«

»Ich möchte, dass Rose den Jungen zurückbekommt, egal, was aus dir oder aus mir wird.«

»Dir wird nichts zustoßen, kleiner Vater. Du bist gesegnet. Aber du solltest wirklich wie ein Politiker denken. Du könntest Billy erpressen, wenn Rose Oskar zurückbekommt.«

»Das ist nicht mein Stil.«

»Dein Stil könnte sich ändern. Und das kann Billy nicht riskieren.«

»Dann begrabt mich auf dem Töpferacker. Ich bin der echte Geronimo Jones.«

»Meinem besten Schüler etwas antun? Würde im Traum nicht daran denken.«

»Du wirst von etwas anderem träumen müssen, denn ich bringe den Jungen zu Rose.«

»Frag Oskar, ob er mit dir gehen möchte. Ihm gefällt es hier.«

»Ich wohne jetzt bei Nina«, sagte Oskar Leviathan. »Und dem Schwarzen Michael.«

»Was ist mit Rose und Onkel Billy?«, fragte Isaac.

»Rose war Amerika«, sagte der Junge.

»Aber du hast doch Willie Mays geliebt.«

»Stimmt«, sagte der Junge. »Aber ich werde drüber wegkommen.«

Der König presste die Fäuste aneinander. »Michael, es tut mir Leid, aber ich muss dich umbringen.«

Der Schwarze Michael begann zu lachen. »Aber ich habe Beschützer. Nina und Oskar sind mein *Damwild*, meine gefleckten Rehe. Sie sind viel besser als Wachhunde. Sie haben dich schon gewittert, als du noch Meilen entfernt warst. Wenn sie erregt sind, kleiner Vater, beginnen ihre Füße auf dem Boden zu pfeifen.«

»Du hättest die Finger von Wig lassen sollen. Er ist mein Mann. Und du hast ihn mit einem Trick dazu gebracht, von einem Dach zu stürzen.«

»Er lebt doch, oder etwa nicht, kleiner Vater? Er ist in einer Menge Wäscheleinen gelandet. Und es ist sein ganz persönliches Schicksal, immer wieder von Dächern zu fallen.«

»Du hast ihn in einen Rollstuhl gebracht.«

»Perfekt. Dann wird er in Zukunft alle Dächer meiden müssen ... Aber warum sollten wir uns streiten? Wir klären das am Tischtennistisch. Wenn du einen Punkt gegen mich machst, werde ich die Augen schließen und meinen Tod selbst herbeiführen.«

»Wie ein Mönch, was?«

»Ach, du hast mit deinem Baseball-Waisen geplaudert, mit Hector Ramirez. Er hat dir von dem Mönch erzählt, den ich in meiner Zeit als Polizist kennen lernte.«

»Der Mönch war dein Zellenkumpan.«

»Und der beste Lehrer, den ich je hatte. Wir haben zusammen in einem Raum trainiert, der so groß war wie ein Speiseaufzug. Nachdem ich mit diesem Mönch zusammen war, hatte ich keine Angst mehr vor dem Sterben. Ich sehnte mich danach. Ich küsste den Bauch der Bestie. Ich bin genau wie du, kleiner Vater.«

»Was ist aus dem Mönch geworden?«

»Musste ihn verpfeifen. Wirklich eine Schande, aber ich bin ins Gefängnis geschickt worden, um ihn zu bespitzeln ... Es ist Zeit für Tischtennis. Du musst nur einen einzigen Punkt machen.«

»Bekomme ich dann Oskar Leviathan?«

»Natürlich. Und die Löwin kann für sich selbst sorgen. Aber du wirst meine Familie nicht zerstören, kleiner Vater. Weder du noch LeComte noch Ceausescus Palastprinzen. Ich warte auf dich. Nimm deinen Schläger in die Hand.«

Isaac stand dem Schwarzen Michael am Netz gegenüber. »Ich bin nicht wie du. Ich bin keine beschissene Todesmaschine.«

»Mach einen Punkt, kleiner Vater. Nur einen einzigen Punkt, und du bist mich für immer los.«

Isaac nahm den Butterfly vom Tisch, ging in die Hocke und spielte seinen allerbesten angeschnittenen Aufschlag. Michael knallte den Ball zurück in Isaacs Gesicht.

Oskar und Nina Anghel beobachteten dieses Spiel, das kein Spiel war. Isaac konnte nicht einmal den Drall sehen, den Michael seinen Aufschlägen gab. Er machte Ausfälle, er tastete herum wie ein lächerlicher Bär. Aber er würde länger durchhalten als dieser lausige König der Toten. Michaels Augen begannen zu flattern. Beinahe war es, als hätte sein Geist den Tisch verlassen.

»Wo bist du, Michael?«

»Bei meinen gefleckten Rehen ... Wenn du die Farben sehen könntest, die ich sehe, die Geräusche hören, dann würdest du auf die Knie sinken und mit Freude sterben. Du bist ein Blinder, Isaac, und wirst es immer bleiben.«

»Gut. Aber ich werde dich fertig machen und einen Punkt landen.«

Sein Mund war trocken. Und er fing an doppelt zu sehen. Es kam ihm vor, als schlüge er schon seit Stunden den Ball. Eines seiner Augen schloss sich. Fast hätte er geschrien, denn der Schwarze Michael sah mehr und mehr aus wie Manfred Coen. Der König hätte niemals diesem Match zustimmen dürfen. Er konnte seinen Arm nicht mehr heben.

»Wo ist Margaret Tolstoi«, fragte er, bevor ihm der Butterfly aus der Hand fiel und er ins Netz krachte, der Tisch unter ihm zusammenbrach wie ein Sarg.

33

Die gleichen Ungarn jagten sie, im Exil lebende Polizeichefs, die Michaels Geld wollten. Aber sie konnte sie nicht auf offener Straße abknallen. Das hier war Montparnasse und der Boulevard Edgar Quinet, nicht das Ödland von New York. Die Gendarmes waren mit der Anarchie nicht so intim vertraut und die Kriminalpolizei würde eine bewaffnete Mama aus Odessa mit Pariser Vergangenheit gar nicht gut finden. Sie musste Michaels Firmen schließen, so viel sie konnte von den Bankkonten abheben und dabei keinen Verdacht erregen. Die Bankmanager kannten sie als Michaels verheiratete Schwester, Madame Tolstoya. Die beste Verteidigung, laut dem Schwarzen Michael, war es, die Wahrheit nur mit der geringsten kleinen Lüge auszuschmücken. Michael und Margaret kamen wahren Geschwistern so nahe, wie zwei Waisenkinder es sein konnten. Michael vertraute ihr all seine Bücher und Konten an.

Sie trug ein Vermögen in Francs bei sich und konnte all diesen Ungarn ganz gut ausweichen, als sie ein Bild von Isaac in der *International Herald Tribune* sah. Ihrem Schatz waren gleich zwei Schlagzeilen gewidmet:

BÜRGERMEISTER VON NEW YORK
VERSCHWUNDEN
SIDEL ANGEBLICH IN FRANKREICH

War dieser Spinner in Carcassonne? Sie rief Michael im Montagne Noire an. Aber Michael musste mit seinen gefleckten Rehen beschäftigt gewesen sein. Er ging nicht ans Telefon. Wie konnte sie den Wirrkopf finden *und gleichzeitig* weiter Geld kassieren? Sie erreichte den Boulevard Arago und stieg sechs Stockwerke zu Nicolae Mars' chambre de bonne hinauf. Nicolae war ein rumänischer Schriftsteller. Davon gab es im Moment Hunderte in Paris und sie hatte den Eindruck, dass Michael jeden Einzelnen unterstützte. Die meisten wohnten wie Nicolae Mars in Mansarden für Hausangestellte. Einige wenige hatten französische Verleger. Nicolae war der Doyen dieser emigrierten Romanciers. Er war fünfundfünfzig Jahre alt. Er trug eine Brille mit dicken Gläsern und hatte einen leichten Bauchansatz. Früher einmal war er Mitglied der Securitate gewesen. Doch er war bei Ceausescu und der Geheimpolizei in

Ungnade gefallen. Er sah aus wie ein Weihnachtsmann ohne Bart.

Französisch war schon immer die zweite Sprache Rumäniens gewesen. Bukarest war das Paradies des Balkan, *un petit Paris*, bis Ceausescu anfing, die Straßen aufzureißen und seine Alptraum-Boulevards zu bauen. Die Staatsverlage hatten Nicolae Mars bereits zum Schweigen gebracht und für tot erklärt. Trotzdem wäre er vielleicht geblieben. Aber er war ein Hypochonder und genau das rettete ihm das Leben. Er machte sich Gedanken darüber, was wohl geschehen würde, sollte er einmal krank werden. Den Krankenhäusern Bukarests waren die Medikamente ausgegangen. Die OPs waren nur unregelmäßig geöffnet. Es herrschte ein nicht zu behebender Mangel an Elektrizität. Nicolae war überzeugt, er würde mitten in einem Stromausfall auf einem Operationstisch sterben. Also flüchtete er ohne eine Kopeke in der Tasche nach Paris. Der Schwarze Michael besorgte ihm die Mansarde. Michael hatte romantische Vorstellungen bezüglich der Literatur. Er mochte den Geruch von Büchern. Margaret hing etwas weniger am geschriebenen Wort. Romane besaßen für sie keine Zukunft. Außerdem fand sie Nicolae sowohl auf Rumänisch als auch auf Französisch schwer lesbar. Er konnte die Finger nicht von Liebesgeschichten lassen. Aber die Leidenschaft, die er in seinen Büchern beschrieb, wirkte auf Margaret langweilig und vorhersehbar. Nicolaes Männer sprangen stets dunkeläugige Mädchen an und verkündeten ihre unsterbliche Liebe mit pathetischen kleinen Gedichten.

Sie hatte Nicolae einen Stapel »Molières« gebracht, Fünfhundertfrancscheine. Es war das letzte Bündel, das sie je bringen würde. Nicolae konnte es nicht glauben.

»Michael zieht sich aus dem Geschäft zurück. Er wird zwischen verschiedenen Diensten aufgerieben. Er wird sich in den Montagne Noire zur Ruhe setzen.«

»Margaret, wie soll ich ohne Michael überleben?«

»Du hast doch einen französischen Verlag.«

»Der nie Tantiemen zahlt«, antwortete der Romancier. »Wie soll ich nur leben?«

»Ach«, sagte sie, »ich werde dir helfen. Ich werde Kunstmäzen.«

Nicolae taxierte sie mit seinen eulenhaften Augen. »Würdest du mich heiraten, meine liebe Margaret?«

»Ich bin Witwe«, sagte sie. »Ich könnte nie wieder heiraten.«

»Aber du bist mir so sympathisch geworden.«

»Es ist das Geld, Nicolae. All die Molières.«

»Nein«, sagte er. »Ich bin kein Goldgräber. Ich habe eine Schwäche für Frauen mit roten Haaren.«

Margaret nahm ihre Perücke ab und zeigte Nicolae Mars ihre unerwartete Kahlheit. »Du hattest eine bestimmte Vorstellung von mir, Nicolae. Jetzt hast du noch eine andere.«

Aber ihre Kahlheit schien Nicolae zu entflammen. Seine Nasenflügel bebten. »Liebling, schlaf mit mir.«

Er stürzte sich auf sie wie eine seiner Romanfiguren. Nicolaes Stärke überraschte sie. Er war ja doch kein Nikolaus! Aber er erlahmte, als er die Glock in ihrer Hand bemerkte. Sie tänzelte um ihn herum und setzte die Perücke wieder auf. Ihr »Brauttäschchen«, ein einfacher Samtbeutel, war immer noch offen. Er starrte auf das darin liegende Vermögen in Francs. Beinahe konnte er das Geld mit seinen Blicken bewegen. Sie schloss das Brauttäschchen und ließ ihn in seiner Mansarde zurück. Er hatte sich nicht ein einziges Mal bei Michael bedankt. Was konnte man von einem Schriftsteller auch schon anderes erwarten?

In der Nähe des grünen Löwen von Denfert-Rochereau stieg sie in ein Taxi. Der Löwe hatte sie schon immer amüsiert. Er kennzeichnete die Grenze ihrer Spaziergänge als kleines Mädchen im Nazi-Paris. Die deutschen Soldaten besuchten den Eiffelturm oder das Sacré-Cœur, hingen mit all den kleinen alternden Künstlern am Montmartre herum, aber Margaret hatte ihren Löwen.

Sie überquerte den Fluss und fuhr ins Marais. Wenn sie ihren dummen Schatz nicht finden konnte, dann würde sie eben seinen Vater besuchen. Joel Sidel, den Porträtmaler. Sie stieg mit ihrem Beutel aus dem Taxi, schlenderte die Rue Vieille-du-Temple entlang, ging durch eine Öffnung in der Mauer, entdeckte einen dunklen Hof mit magisch blauer Erde, wie ein Friedhof, auf dem Golems schlafen mochten. Ein sonderbarer Instinkt trieb Margaret und führte sie eine Treppe zu Joels Tür hinauf. Angeblich hatte er eine vietnamesische Lebensgefährtin, eine Geliebte-Ehefrau. Aber sie war nicht in der Wohnung. Die Wände waren hellgrün, wie ihr Löwe. Joel lag mit einem Spitzbart im Bett, der gelb geworden war. Er sah aus wie ein verhungernder Mann. Margaret hätte ihm Nudeln oder etwas gefüttert, aber die Schränke waren leer. In diesem Haus konnte es keine Dame gegeben haben.

»Wer bist du?«, fragte er.

»Die Verlobte Ihres Sohnes«, sagte sie in der Annahme, diesen alten Mann ein wenig anlügen zu müssen, da er andernfalls argwöhnen könnte, dass sie nur gekommen war, um seine Wertgegenstände zu stehlen: die hellgrünen Wände, Schmuck aus Staub.

»Leo heiratet wieder?«

»Nicht Leo«, sagte sie. »Ihr anderer Sohn.«

Er bekam ein ärgerliches Gesicht unter dem Spitzbart. »Ach, der Bürgermeister. Der mit dem schwarzen Herzen. Kann seinem Vater nicht verzeihen, dass er nach Paris gegangen ist. Nur er kann ein neues Leben haben.«

»Mr Sidel, Sie müssen sich anziehen.«

»Nenn mich Joel. Du gehörst ja fast schon zur Familie, auch wenn du eine Fremde bist. Wo gehen wir denn hin?«

»In meine Wohnung.« Sie selbst hatte überhaupt keine Wohnung. Es war das letzte von Michaels Apartments am Boulevard Montparnasse. Sie hatte das Haus noch nicht verkauft. Sie wollte den *trésor public* nicht misstrauisch machen. Die Steuer könnte Michael ins Visier nehmen. Das Haus lief auf Ninas Namen.

Sie half dem alten Mann beim Anziehen.

»Joel, was ist mit Ihrer Frau?«

»Mauricette? Sie ist letzten Monat gestorben. Ich wollte sie in Montparnasse begraben, aber uns fehlte das Geld. Sie wissen schon, ein Grab neben Jean-Paul Sartre. Es bedeutet mir etwas. Mein Sohn, der Bürgermeister, versteht das nicht. Ich bin nur ein mittelmäßiger Maler. Mir fehlt es an Talent. Aber ich war mit meiner Porträtmalerei glücklicher, als ich es mit einem Leben wie eine Wanze in Manhattan je gewesen wäre. Bring mich um, Isaacs Verlobte, aber ich kann nicht aufhören, Paris zu lieben.«

»Ich heiße Margaret«, sagte sie. »Margaret Tolstoi.«

»Tolstoi. Nett, nach einem Genie benannt zu sein.«

Margaret führte ihn die Treppe hinunter, vorbei am Hof der Golems mit der blauen Erde und hinaus auf die Rue Vieille-du-Temple, wobei sie die ganze Zeit den Beutel mit Michaels Millionen umklammerte. Ihr Mund formte sich langsam zu einem Schrei. Sie schaute in die Augen eines Banditen mit blauem Gesicht. Joel hatte sie abgelenkt. Die Ungarn hatte sie völlig vergessen. Dieser Ungar jedoch hatte ein vertrautes Grinsen. Es gehörte dem vermissten Bürgermeister. Isaac Sidel.

»Es gibt keine Entschuldigung«, sagte sie. »Deinen Vater so allein zu lassen. Joel war am Verhungern.«

»Ich habe hier draußen gewartet. Ich hatte nicht den Mut ... und dann habe ich dich hineingehen sehen.«

»Du warst in Carcassonne, stimmt's? Und Michael war dumm genug, dich lebendig aus seinem Wald hinauszulassen.«

»Ich bin verwirrt«, sagte der alte Mann. »Ist das mein Sohn, der Bürgermeister? Er sieht aus wie der Wolfmann. Seine Wangen sind ja ganz blau.«

»Er ist der Wolfmann. Er hat sich seit einer Woche nicht rasiert.«

Margaret bugsierte Vater und Sohn in ein Taxi. Sie verließen das Marais auf der gleichen Strecke, die Leutnant Lodl vom Service Juif einmal mit ihr gefahren war. Lodl war in sie verliebt, in ein kleines Mädchen von zwölf Jahren namens Magda Antonescu. Das Marais war voller Frauen und Kinder mit Judensternen auf der Brust gewesen. Magda hatte nicht einen Mann auf den Straßen entdecken können. Lodl hatte eine jüdische Geliebte. Es sollte ein großes Zusammentreiben geben, ein *grande rafle*, und Lodl, der bei der Planung mitgewirkt hatte, versteckte ebenfalls jüdische Kinder, schickte sie in Klöster, brachte sie zu Freunden, denen er vertrauen konnte. Lodl war so etwas wie ein attraktiver Frankenstein. Die Fluchtrouten, die er für die Kinder ausarbeitete, waren beinahe so effizient wie seine Pläne für das *rafle*. Der Leutnant liebte das Detail.

»Lodl«, hatte sie gefragt, »kann ich einen jüdischen Jungen oder ein Mädchen unter meinem Bett verstecken?«

»Still, kleine Maus.«

Er streichelte ihre Wade, aber er küsste sie nicht auf den Mund. Sie war ja immerhin noch ein Kind. Onkel Ferdinand würde sie in sechs Monaten heiraten. Und als Magda im Juli, nach dem *grande rafle*, ins Marais zurückkehrte, da konnte sie keine Kinder mehr entdecken. Das Marais war überflutet mit Geistern wie ein bitterkalter Friedhof …

In Michaels Küche am Boulevard Montparnasse begann

sie zu weinen. Margaret hatte nicht mit Gästen gerechnet. Sie hatte ihr eigenes *rafle* organisiert, hatte Michaels Geld zusammengetragen. Doch Lodl wollte ihr einfach nicht aus dem Kopf gehen. Sie hatte Zwiebeln und Kartoffeln und Steckrüben und Lauch. Sie hatte eine Dose Thunfisch, einen Laib Roggenbrot, eine Flasche Wein, etwas Blauschimmelkäse. Sie hatte seit Monaten keine richtige Mahlzeit mehr zubereitet. Margaret aß immer auf dem Sprung. Aber sie machte einen Salat und servierte den beiden Sidels im Esszimmer, das auf Paris führte wie ein großartiger Blumengarten.

»Köstlich«, sagte der alte Mann, dessen Spitzbart über der Salatschüssel schwebte. Er hatte keinen Blick für die Aussicht, dieser Gauguin, dessen Augen nach innen gerichtet waren. Und Isaac sah er ebenfalls nicht an.

»In Ordnung«, sagte Joel. »Ich habe dich verlassen. Bist du jetzt glücklich?«

»Mom ist wie ein Hund gestorben«, sagte Isaac.

»Aber ich bin nicht auf ihre Knochen getreten. Und du warst neunzehn Jahre alt, zwanzig, als ich ging. Wo ist das Verbrechen?«

»Papa«, sagte Isaac, »du hättest auch in New York malen können.«

»Nein. Es hieß: Paris oder gar nichts.«

»Wo sind deine Leinwände?«, knurrte Isaac. »Du hast Porträts in einem Touristenhotel gemalt wie ein Flüchtling vom Montmartre.«

»Das war mein Privileg«, sagte Joel.

»Ich sollte dir jedes Haar einzeln aus dem Gesicht reißen.«

»Isaac«, sagte Margaret. »Du solltest nicht so mit Joel sprechen. Vergiss nicht. Ich habe meine Glock.«

»Lass ihn reden«, sagte Joel. »Er war schon immer ein wildes Tier.«

»Ja, Papa. Ich bin der Wolfmann.«

Es klopfte an der Tür. Margaret erhob sich mit ihrer Waffe in der Hand vom Tisch. »Wer ist da?«

»Nicolae Mars. Ich stecke in Schwierigkeiten. Lass mich rein.«

Sein simples Flehen beunruhigte sie. Margaret öffnete die Tür. Nicolae krachte in ihre Arme, schleuderte Margaret auf ihre ungedeckte Seite, wo sie nur die Wand sehen konnte, während sechs Ungarn, bewaffnet mit italienischen Pistolen, in die Wohnung eindrangen. Margaret stieß sich von Nicolae ab und hätte ein oder zwei der Ungarn erschießen können, aber die anderen Mörder wären an Joel rangekommen. Sie wollte nicht, dass der alte Mann aus dem Marais in Michaels Haus starb.

»Margaret, Liebes«, sagte Nicolae und putzte seine Brille mit einem stinkigen Lappen. »Du solltest mir wirklich deine Waffe geben.«

»Nicolae, wenn ich sterbe, stirbst du auch. Vergiss das nicht. Du hättest nicht zu den Ungarn gehen sollen.«

»Ich musste, meine Liebe. Michael zieht sich zurück, einfach so. Hat sich nicht einmal mit uns beraten. Ich bin sein Mündel.«

»Du bist fast sechzig«, erinnerte Margaret ihn.

Der Romancier explodierte entrüstet. »Ich bin fünfundfünfzig ... Margaret, du hast zwei Besucher. Einer von ihnen ist berühmt. Ich habe Sidel erkannt. Der geheimnisvolle Bürgermeister von Manhattan. Möglich, dass wir ihn entführen müssen.«

»Du wirst einen Scheißdreck entführen.«

Ihr dummer Liebling war aus dem Esszimmer gekommen. Er hatte Margaret aus dem Gleichgewicht gebracht. So würde sie die Ungarn niemals erwischen.

»Maître, das Geld, das Geld«, sagte der Chef der Ungarn, ein welker Ex-Polizist mit Augenklappe.

»Margaret«, sagte Nicolae, »sieh selbst. Das sind ungeduldige Jungs. Michael hat ihre Landsmänner bereits abgeschlachtet. Ihre Kanonen könnten losgehen. Das könnte einen schrecklichen Unfall zur Folge haben … Ich erleichtere dich um deinen Beutel und dann werden wir verschwinden.«

»Du erleichterst sie um einen Scheißdreck.«

»Isaac«, raunte Margaret, »geh zurück zu deinem Vater. Das hier ist mein Kampf.«

»Nee«, sagte Isaac. »Margaret, ich übernehme den kleinen Fisch. Ich schlag ihm den Kopf ein.«

»Wer ist hier ein Fisch?«, fragte Nicolae wieder empört.

Die Ex-Polizisten richteten ihre Pistolen auf Isaacs Augen.

Die Tür ging auf. Oskar Leviathan spazierte mit Nina Anghel in die Wohnung. Die Ungarn lächelten. Michaels heiß geliebte *enfants* liefen in ihre kleine Falle. Doch Isaac verstand den Schlachtplan. Es war eine neue Variante des Trojanischen Pferds. Michaels Pferd war metaphysischer Natur. Er hatte seine Krieger in die Höhle der Mörder geschmuggelt. Er befand sich auf einer weiteren Selbstmordmission. Aber es war Nicolaes Selbstmord, nicht Michaels.

Der Mörder mit der Augenklappe sank mit einem Dolch unter dem Ohr auf den Teppich. Mit der Geschmeidigkeit einer Schlange griff ein Arm um die Tür und brach einem anderen Mörder das Genick. Dann tauchte Michaels Gesicht auf wie eine böse Maske, die Augen praktisch eingefallen, und er stieß einen Schrei aus, der beinahe Isaacs Trommelfelle platzen ließ. Es war ein Kamikaze-Ruf. Der König konnte sich nicht bewegen. Seine Arme und Beine waren erstarrt. Er war wie ein Zuschauer auf einem winzigen Feld voller Spielzeugsoldaten. Michael glitt von Soldat zu Soldat und brach jedem das Genick.

Isaac hörte ein merkwürdiges Miauen. Es war Nicolaes Weinen.

»Maître«, sagte Michael. »Ich habe Eure Worte so geliebt.« Er erwürgte Nicolae vor Nina Anghel und Oskar Leviathan. Der Romancier starb mit demselben Miauen.

Joel Sidel kam aus dem Esszimmer geschlendert, sah die Leichen und schimpfte mit seinem Sohn. »Isaac, ich kann all deinen Streichen nicht ganz folgen.« Dann kehrte er ins Esszimmer zurück, machte die Augen zu und schlief auf seinem Stuhl ein.

34

Der König wurde zu Hause mit unglaublichem Trara willkommen geheißen. Im Hafen gab es eine Schiffsparade, und ein Feuerwerk malte Isaacs Phantombild quer über den Himmel. Einige orthodoxe Rabbis beschwerten sich. Keine Stadt sollte Götzenbilder verehren, sagten sie. Das Komitee zur Wiederwahl von Isaac Sidel, von dem das Feuerwerk finanziert wurde, veröffentlichte eine Entschuldigung und die Rabbis zogen ihre Beschwerde zurück. Isaac konnte all den beschissenen Krach und die Aufregung nicht nachvollziehen. Er war nach Carcassonne geflogen, um einen Mann umzubringen, hatte versagt, hatte sich eine Woche nicht in New York gemeldet und kehrte als Held zurück.

LeComte war es, der eine Legende um den König gesponnen hatte, ließ zunächst Bruchstücke durchsickern und veröffentlichte schließlich ein umfassendes Dossier. Der Bürgermeister von New York war untergetaucht und hatte eine Bande von Mördern quer durch Frankreich gejagt, wobei es sich um genau jene Bande handelte, die obdachlose Männer ermordet hatte. Der Anführer der Bande war ein gewisser Michael Cuza alias König Carol, ein berüchtigter rumänischer Killer, Schmuggler und Juwelendieb, dessen Stützpunkte Tischtennissalons waren.

LeComte begab sich nach Harts Island vor den Gestaden der Bronx und besuchte den Töpferacker. Die Geronimo Jones wurden aus ihren Gemeinschaftsgräbern geholt, wobei man feststellte, dass es sich um ehemalige Angehörige von Nicolae Ceausescus Palastwache handelte, die dem großen Diktator Schätze geklaut hatten. Michael hatte sie nach Manhattan gelockt, einen nach dem anderen ermordet und ihre Leichen in verschiedenen Obdachlosenasylen abgeladen, während er sich hinter der Maske eines Tischtennistrainers versteckte.

Wo Isaac Sidel ins Spiel kam. Polizeichef, designierter Bürgermeister und der erste Alexander-Hamilton-Fellow des Justizministeriums. »Er ist ein geborener Nachtkämpfer sowie ein Ehrfurcht gebietender einfallsreicher Detektiv«, wurde LeComte im *New York Magazine* zitiert. »Sherlock Holmes an der neuen Front. Es sollte nicht weiter überraschen, dass Sidel Michael Cuza an einer Tischtennisplatte ausfindig machte, anbot, mit ihm zu trainieren und sein Schüler zu werden, damit er Michaels Arbeitsweise aufdecken konnte.«

Und laut dem Artikel war dieser New-Age-Sherlock-Holmes zwischen den Schwarzen Michael und seine Bande geraten, und genau diese Bande hatte Michael dann in seiner Höhle am Montparnasse getötet. Doch das von der Illustrierten veröffentlichte Foto der Leiche von Michael Cuza ähnelte verdächtig dieser Putte Nicolae Mars.

Der König verbrannte den Artikel in seinem Kamin. Er hatte angefangen, im Gracie Mansion seine Waffe zu tragen. Wie ein Wegelagerer hielt er Fremde im Korridor auf. Er suchte Martin Malik auf. »Wer hat das Komitee zur Wiederwahl gegründet?«

»Das wird immer so gemacht, Mr Bürgermeister. Wenn man nicht frühzeitig anfängt, ist man nach einem Jahr tot.«

»Schön. Wer ist der Vorsitzende?«

»Wir haben zwei Vorsitzende. Papa Cassidy und Rebecca Karp.«

Isaac stöhnte. »Papa hat mal einen Killer auf mich angesetzt. Wussten Sie das, Malik?«

»Ohne ein Komitee zur Wiederwahl können Sie unmöglich überleben.«

»Und Sie können nicht einfach so Feuerwerke veranstalten. Wie viel hat es gekostet, mein Gesicht auf den Himmel zu bringen?«

»Neunzigtausend Dollar.«

»Malik, stellen Sie sich doch bitte mal vor, wie vielen obdachlosen Männern und Frauen ich mit neunzigtausend Dollar zu essen geben könnte.«

»Aber das Komitee kann ihnen nichts zu essen geben. Das wäre eine Zweckentfremdung der Gelder.«

Und der König verließ fluchtartig Malik, der der wirkliche Bürgermeister war. Isaac trat nur in der Kleinen Engel Straße auf der Stelle. Sein Dad war zu ihm in die Residenz gezogen. Er malte Porträts der Angestellten des Bürgermeisters. Er trug seine Baskenmütze und rannte mit einer Staffelei und undichten Farbtuben die Treppen hinauf und hinunter. Joel hatte sich sein persönliches Paris innerhalb der Wände der Villa eingerichtet. Er ging niemals hinaus. Er war über achtzig und schien glücklich und zufrieden damit, die Sidel-Verwaltung unsterblich zu machen.

Aber der König wollte für sein Porträt nicht Modell sitzen. Er konnte sich nicht recht entscheiden, ob er seinen

Vater küssen oder umbringen sollte. Er hatte Joel in fünfunddreißig Jahren nur zweimal gesehen, und jetzt waren sie praktisch Zimmergenossen. Isaac trug Hausschuhe wie sein Dad und blieb in der Kleinen Engel Straße.

Gegen acht bimmelte es an der Tür. Der König war vor dem Kamin eingenickt. Er stand auf und fragte sich, ob einer der Ungarn das Massaker in Montparnasse wohl überlebt haben könnte und jetzt gekommen war, um ihn zu entführen. Isaac öffnete die Tür und fand einen Schwarzen mit Narben auf dem Gesicht ... und zwei Metallkrücken.

»Wiggy, was ist mit deinem Rollstuhl passiert?«

»Den hab ich kaputtgeschlagen. Hab im Krankenhaus gesagt, ich könnte Sie nicht ganz allein lassen. Habe die Ärzte gebeten, mich so gut es eben ging herzurichten.«

»Aha«, sagte Isaac. »Gottverdammt gut, dich zu sehen.«

Und der König hatte seinen Bodyguard wieder.

Man bat ihn, eine Rede zu halten. Schyler Knott hatte den Christy Mathewson Club wieder eröffnet und wollte Isaac beim Eröffnungsdinner dabeihaben. Der König konnte nicht ablehnen. Er kam mit Wig. Sie sahen aus wie zwei Killer im Smoking. Schyler Knott, der Purist des weißen Baseball, hatte eine Kampagne begonnen, Archibald Harris in die Hall of Fame aufzunehmen.

Isaac hatte einen ausgesprochen merkwürdigen Tischpartner. Es war der Melamed, Izzy Wasser. Warum sollte das größte Hirn der Mafia in den Mathewson Club kommen? Aber Izzy war ein Baseball-Freak. Und Isaac war ein Idiot. Der Melamed war hier, um Archibald Harris aus einem ganz anderen Grund zu feiern. Und es hatte überhaupt nichts mit den Niggerligen zu tun.

»Iz, Sie haben ihn engagiert.«

»Isaac«, sagte der Melamed, »musst du unbedingt in Rätseln sprechen?«

»Archie Harris. Sie haben ihn engagiert.«

»Nicht so laut. Ich gehörte sechsundvierzig noch nicht zur Familie. Du warst damals ein Schuljunge und ich war ein am Hungertuch nagender Melamed und Einbrecher. Und in dieser Zeit blühte Archie auf. Damals, sechsundvierzig ... Aber später habe ich ihn engagiert. Er hat viele Aufträge für uns erledigt, bis dein Bodyguard ihm die Mandeln rausgeschossen hat.«

»Wig hatte einen guten Grund«, sagte Isaac.

»Sicher hatte er einen guten Grund, aber er hat damit auch Archies Karriere beendet.«

»Dann war es kein Märchen. Das mit der Purple Gang.«

»Isaac«, flüsterte der Melamed, »wir haben Harlem mit einem einzigen Mann an der Kandare gehalten. Archibald Harris. Er hat sämtliche farbige Buchmacher terrorisiert. Ich habe Arch geliebt. Wir haben stundenlang über Baseball gequatscht.«

Ein Pult wurde zu Isaacs Tisch gebracht und mit einem Mikrofon verbunden. Der König starrte auf sein Publikum und fing an zu weinen. Er konnte sich nicht beherrschen. Wig erhob sich auf einer Krücke und legte einen Arm um den König.

»Sollen wir absagen, Bruder?«

»Wiggy, ich bin okay.«

Sie bildeten eine seltsame Pietà, Albert Wiggens und Isaac Sidel. Der Bodyguard und sein gelähmter König. Wiggy nahm wieder Platz.

»Habe in diesem Club eine Prinzessin kennen gelernt. *Anastasia*. Geboren wurde sie in Bukarest, die kleine Schwester von Carol, dem Kindkönig. Carol war ein richtiges Schätzchen. Er raubte die Leute aus und spielte Tischtennis im königlichen Palast. Anastasia und Carol waren schon ein heißes Gespann. Als das Königtum aus der Mode kam, schlossen sie sich der Geheimpolizei an und bereisten die ganze Welt. Die Prinzessin tauchte neunzehndreiundvierzig in meiner Junior Highschool auf. Und tauchte vierzig Jahre später erneut im Christys auf. Immer noch Geheimagentin. Heute allerdings arbeiten sie und Carol freiberuflich für das FBI. Weiterhin züchten sie Miniaturrehe auf einem Berg nördlich von Carcassonne, wenn sie nicht gerade Leute für den kleinen Liebling des FBI umlegen, für Frederic LeComte. Und bei dem Gedanken an die Prinzessin musste ich weinen. Aber ich sollte nicht so persönlich sein. Schyler hat mich heute eingeladen, um über Archibald Harris und den schwarzen Baseball zu sprechen ...«

Isaac lachte, als er die Limousine sah, die vor dem Christy Mathewson Club auf ihn wartete. Er steckte Wig in seine eigene Limousine. »Wiggy, ich muss jetzt ein Solo machen.«

»Ich bin Ihr Bodyguard.«

»Ja, aber ich werde sicher sein. Es ist nur das FBI.«

Er schickte Wig nach Hause zur Kleiner Engel Straße und stieg selbst in LeComtes Limousine ein. Der Kulturkommissar war stocksauer. Er richtete eine Kanone auf Isaac, eine vernickelte .22er Präzisionswaffe, die er sich auf dem Schießstand der FBI-Akademie gekrallt haben musste. »Tolles Märchen haben Sie da erzählt, Euer Ehren. Darf ich Sie zitieren? ... *wenn sie nicht gerade Leute für den kleinen Liebling des FBI umlegen, für Frederic LeComte.*«

»Sie haben die Christys verwanzt.«

»Natürlich habe ich das. Wie sollte ich mich sonst über Sie auf dem Laufenden halten? Sie sind ein Brandstifter. Isaac, Sie dürfen weder Anastasia noch König Carol erwähnen, nie wieder.«

»Frederic, meine Märchen sind genauso gut wie Ihre. Sie sollten auch dem *New York Magazine* keine Interviews geben. Sie sind schließlich das FBI.«

»Aber ich musste doch das Durcheinander entwirren, das Sie veranstaltet haben. Leicht war es nicht. Michael Cuza ist tot, Isaac. Ist das klar?«

»Tot, bis Sie ihn brauchen. Und was wird aus Oskar Leviathan und Nina Anghel?«

»Sie gehören zu den Kollateralschäden, sind Teil des Sperrfeuers. Aber sie werden auf dem Montagne Noire nicht sehr leiden.«

»Mit Margaret Tolstoi?«

»Sie gehört jetzt Michael«, sagte LeComte. »Ich habe sie ihm versprochen. Das ist Teil unseres Deals. Ich kann auch ohne Margaret Tolstoi leben.«

Isaac riss LeComte die .22er aus der Hand und bohrte sie in seinen Hals.

»Frederic, ich habe keine Angst zu schießen. Glauben Sie mir das?«

»Ja.«

Was konnte der König tun? LeComte war wie eine gemeine gute Fee, die ihn und Margaret am Leben hielt. Isaac war fast so was wie ein Sohn des FBI.

»Ohne Sie werde ich mich einsam fühlen, Frederic, ich schwör's bei Gott.«

Isaac gab die .22er zurück, stieg aus der Limousine und ließ sich von einem Streifenwagen zur Gracie Mansion fahren. Er machte sich gar nicht erst die Mühe, sich auszuziehen. Er schlief auf dem Sofa.

Am nächsten Morgen machte sich der König ein Glas Orangensaft. Er hatte einen Gast. Schyler Knott. Der König war immer noch im Smoking.

»Euer Ehren«, sagte Schyler, »ich gebe den Baronen ihre Schuhschachtel.«

»Was meinst du damit?«

»Das Emeric Gray an der East Fifty-sixth. Ich werde es nicht unter Denkmalschutz stellen.«

»Warum hast du gestern Abend bei den Christys nichts davon gesagt?«

»Ich wollte dich nicht enttäuschen. Und ich vermische niemals Baseball mit dem Denkmalschutz ... Euer Ehren, Jason und seine Partner haben sich bereit erklärt, zwei Millionen Dollar für die Obdachlosen bereitzustellen.«

»Das ist gottverdammte Erpressung.«

»Da bin ich anderer Meinung.«

»Aber keines von Emerics Gebäuden kann je ersetzt werden. Du bist doch derjenige, der das gesagt hat, Schyler. Jeder einzelne beschissene Stein ist unsere zweite Haut.«

»Du hast mich aus dem Keller geholt, Isaac. Ich bin jetzt ein Politiker.«

Isaac marschierte nach oben. Er fand Wig in Harwoods Zimmer. Die für Schulschwänzer zuständigen Beamten der Schulbehörde waren in die Kleine Engel Straße gekommen, doch sie konnten Harwood nicht dazu bewegen, wieder in die Schule zu gehen. Harwood hatte das Siegel der Villa eines Bürgermeisters hinter sich. Er wohnte bei Isaac Sidel. Aber an die Buchstaben des Alphabets konnte er sich nicht erinnern. Und der brutale Polizist, Albert Wiggens, brachte ihm wieder das Lesen bei.

»Der weiße Mann kommt in den stumpfsinnigen Himmel und in die stumpfsinnige Hölle, aber der Nigger kommt ins Paradies des armen Mannes.«

Wig erhob sich auf seinen Metallkrücken, als er Isaac in der Tür bemerkte. Und es tat Isaac weh, Wiggy beim Gehen zu beobachten, wie er seinen Körper drehte, während er auf den Boden einstach.

»Wiggy, ich möchte mir gern die Purple Gang ausborgen.«

»Wie kommt's, Bruder?«

»Um Papa Cassidy und Judah Bellow und Jason Figgs kaltzumachen.«

»Damit wirst du zum Waisen.«

Aber die Purple Gang konnte sich nicht auf Krücken fortbewegen. Und Wig musste Ritas Jungen großziehen. Warum sollte er Isaacs Launen folgen?

Der König kehrte in sein Schlafzimmer zurück. Irgendjemand würde immer da sein, um ihn zu manipulieren. Er konnte nicht einmal eine miese Schuhschachtel erhalten. Der ganze Planet würde mit einem Emeric Gray weniger verlieren. Er musste ein Porträt dieser Schuhschachtel für seine eigene klägliche Ewigkeit haben. Er schnappte sich Joel Sidel mit seiner Staffelei und seinen Terpentindosen und fuhr ihn hinunter zur Fifty-sixth Street, wo er die Staffelei genau gegenüber dem Emeric Gray aufstellte.

»Male«, sagte Isaac. »Male.«

»Was?«, fragte Joel und schob seine Baskenmütze schräg über ein Auge.

»Das Haus, Papa. Es ist ein Meisterwerk.«

»Ich male keine Gebäude.«

Joel klappte seine Staffelei zusammen und kehrte zum Wagen zurück.

Der König war einsam und verlassen. Er fuhr seinen Vater zurück zur Kleinen Engel Straße. Joel zog seine Mütze aus und ließ sie baumeln wie ein Höfling. Mit einem Mal schien der alte Mann zu strahlen. Isaac konnte diese Glückseligkeit nicht verstehen, bis er sich umdrehte und eine glatzköpfige Dame in seinem Esszimmer entdeckte.

»Wie geht es Ihnen, Madame Tolstoi?«, fragte Joel und küsste Margaret die Hand.

»Es ging mir gut«, sagte sie, »bis ich das Gesicht Ihres Sohnes sah.«

»Isaac ist immer so. Finster.«

Die düstere Stimmung des Königs war allein seine Sache. Das Szenario gefiel ihm nicht. LeComte verlieh Anastasia und rief sie dann zum Montagne Noire zurück ... oder setzte sie einem anderen Banditen ins Nest.

»Du kannst Madame Tolstoi zum Dinner einladen, Dad. Ich werde den Koch vorwarnen.«

Margaret warf Isaac ein kleines blaues Büchlein zu, der den Adler auf dem Einband erkannte, mit dem Olivenzweig in der einen Klaue und Pfeilen in der anderen. Er öffnete das Büchlein, sah ein Foto von Margaret ohne Perücke. Es war beinahe Magie. LeComte hatte Margaret einen amerikanischen Pass gegeben. Bei Frederic LeComte war nichts gefälscht und alles unecht.

»Margaret«, fragte Isaac wie ein bettelnder kleiner Junge, »wie lange kannst du bleiben?«

»Irgendwas zwischen für immer und einer halben Stunde ... Stell mir keine Fragen, Isaac.«

Der König hörte einen dumpfen Schlag. Joel stand hinter seiner Staffelei. »Ein Porträt«, sagte er.

»Papa, jetzt nicht.«

»Ich bestehe darauf. Du und die Lady.«

»Isaac«, sagte Margaret und packte den Arm des Königs. »Hör auf deinen Vater. Wenigstens dieses eine Mal.«

Joel Sidel befand sich bereits in einer Welt der Farben. Er sah weder Isaac noch Margaret Tolstoi. Er sah wirbelnde Plateaus, die sich bewegenden Ebenen einer Wange.

»Papa«, sagte Isaac.

Der König hatte eine Offenbarung. Er war der Sohn seines Vaters, nicht Frederics beschissener Agent. LeComte konnte ihn nicht mit einem kleinen blauen Büchlein beherrschen. Isaac hatte seine kahle Braut und er würde mit ihr in eine fünfte oder sechste Dimension entschwinden.

»Margaret«, flüsterte er, »ich liebe dich.«

Was konnte sie mit ihrem dummen Liebling nur machen? Die Mikrofone des Teufels waren einfach überall.

Margaret selbst hatte bei ihrem letzten Besuch in der Villa die eine oder andere Wanze versteckt.

»Pssst«, machte sie.

»Margaret, ich liebe dich.«

Sie streichelte vor Joel sein Kinn. »Isaac, die Wände haben Ohren.«

»Ich weiß.«

Und sie küsste ihren dummen Liebling auf den Mund. Warum sollte sie sich Gedanken darüber machen, wo der Teufel wohnte? Sie war in der Kleinen Engel Straße bei Sidel.